超低空飞行

同时代人的写作

李洱 著

北京出版集团
北京十月文艺出版社

小说即是对话(代序)

李 洱

在不同的场合,我总是听到人们说,小说家要与时代同频共振。对于生活中的作家个体来说,这个说法很有道理。其实,对于大多数作家来说,在日常生活中,你不让他同频共振,他也要力争同频共振。连沈从文这样的作家,在相当长的时间里都力争与时代同频共振呢,遑论他人?但是具体到小说创作本身,这个说法就值得推敲了。套用马克思的那个比喻就是:上午打猎,下午捕鱼,晚饭后从事批判。马克思的话是否可以理解为,白天"同频",晚上不"共振"?

小说写的从来不是生活本身,更不是眼下的生活,而是虽然已经远去,却留在了脑子里的、对于经历过的生活的"活泼的印象",也就是经验。"经验"的原始语义就是"经历"加"验证"。"验证",就意味着你要不断回到过去,意味着对"故事"的重新发现以及重新想象。正是在这个意义上,人们从来不说"小说要讲新事",而是说"小说要讲故事"。辛亥革命过去十年之后,鲁迅才写下他的《阿Q正传》,正是这个道理。

所有的小说家,只要他不是存心应景,他的写作都会与现实保持着某种紧张关系。阿甘本在谈到赫尔曼·麦尔维尔的小说《抄写员巴特比》时,特别提到了写作者使用的工具:墨汁。阿甘本说:"墨汁,这用来书写的黑暗的水滴,就是思想本身。"阿甘本其实是想说,小说的注意力通常会集中于负面经验。这当然也是常识。小说之所以与时代构成对话关系,或者说,小说之所以有存在的必要性,就是因为它与时代构成对话关系,就是因为在小说家眼里一切尚未被主题化。这种对话关系越是紧张,它与时代的关系就越是亲密。在小说写作的意义上,"紧张"才是"亲密"的同义词,所谓的"亲密无间"其实意味着疏离,甚至背叛。当然,这也是常识,是我们在日常生活中经常耳闻目睹的景象。

所以，如果要问我，在你眼里，小说写作在这个时代应该保持一种怎样的姿态，我会说，我倾向于认为，一定要与时代保持紧张的对话关系。这种对话关系，当然应该落实到不同的层面，它既是与现实的对话，也是与传统的对话，更是与未来的对话。套用马歇尔·麦克卢汉的说法即是："我们透过后视镜看着现在，我们倒退着走进未来。"

《小说评论》2023年第6期

目 录

辑一
汪曾祺的语言是革命性的　　　　　　　　003
作为一个读者纪念史铁生　　　　　　　　009
我们与张洁无法道别　　　　　　　　　　014
建法先生　　　　　　　　　　　　　　　028
忆德公　　　　　　　　　　　　　　　　042

辑二
因为欣赏，所以批评
　　——浅谈贺绍俊先生　　　　　　　　059
关于莫言的"看"与"被看"　　　　　　　068
看《朝霞》　　　　　　　　　　　　　　084
谈张炜，说格非
　　——两篇短论　　　　　　　　　　　098
当初的欲望已成记忆
　　——关于程永新的小说集《若只初见》　109
李敬泽话语　　　　　　　　　　　　　　124

一滴雨倒立着回到天上
　　——阅读何向阳 　　　　　　　　　　138
邱华栋与他的小说 　　　　　　　　　　151
梁鸿之鸿 　　　　　　　　　　　　　　162
读李宏伟的《北京化石》 　　　　　　　171

辑三
它来到我们中间寻找骑手 　　　　　　　181
为什么写，写什么，怎么写 　　　　　　196
贾宝玉长大之后怎么办 　　　　　　　　211
何为小说家的经验 　　　　　　　　　　242
从李辰冬的《红楼梦》研究说起 　　　　260
致广奈：一个成熟的作家，会有自己的修辞　315
从《一千零一夜》开始 　　　　　　　　322

辑
一

汪曾祺的语言是革命性的

汪老的作品我看得不是很多,因为我不是汪迷。但是,断断续续地、零零散散地也看了不少。刚才看了汪老的视频,第一句话就让人很触动,他出生于1920年,比五四运动"小"一岁,比共产党"大"一岁。出生在1920年的文化人的文化态度非常值得琢磨。我刚才就在想,张爱玲也出生于1920年,魏巍出生于1920年。还有一个人,非常重要,就是王元化先生,也是出生于1920年。这些人的作品,都可以看到比较鲜明的态度。作为五四运动的"弟弟"和共产党的"哥哥",他们的人生道路、文化选择和他们的作品之间有着复杂和微妙的关系,很耐人寻味。

刚才敬泽主席和汪朗先生都提到了,我们后来在各种场合所看得到的汪老的文章，尤其是近年被当成鸡汤文在媒体上发布的那些作品，与真实的汪老，是有着很大差异的。汪老有着不同的面向，可能是个很复杂的人。在看汪老作品的同时，我也断断续续看到过关于汪老的一些评论文章，有些文章很重要，很有意思，比如李陀先生就写过一篇文章，谈的是"毛文体"和汪老语言之间的关系，见解不凡。其中有一个观点，我觉得可能值得商榷。李陀先生说"文革"语言是"毛文体"的巅峰。"文革"语言其实并不是"毛文体"的巅峰，某种意义上恰恰是"毛文体"的反面。毛泽东的《反对党八股》，还有他的《在延安文艺座谈会上的讲话》，所提出的语言学观点，都与"文革"语言是相反的。汪老的语言，我说的是他重新写作之后的语言，你只要看一眼，你只要熟悉新文学史，就会发现，他的语言是别具一格的。比如，他的语言最大的特征就是口语化，有自己的语气。这是从鲁迅等人开创的现代书面语中解脱出来的语言，也是从后来的"毛文体"中解脱出来的语言。当代写作，那种带有知识分子情怀的作家，所用的语言，大都可以放在鲁迅这样一个谱系里去看。而汪老的语言，从谱系上说，似乎属于周作人这样的一个谱系。当然，他跟周作人也不一样。周作人总体上还是一个知识分子形象，汪老似乎更接近于士大夫，有着类似于桃花源中人的感受。周作人喝的茶来自苦茶庵，苦啊，汪曾祺喝的是春来茶馆的茶，妙啊。

春来冬去，一会儿桃红柳绿，一会儿万木萧瑟。据说汪老晚年最后一句话是，来一杯碧绿透亮的龙井。虽然也有《陈小手》这样的作品，但总体而言，我们的直观印象是，汪老的作品重点似乎不在反思。但我们同时又得承认，他的写作仍然有着革命意义，这说的还是他的语言。放在新文学和新时代文学的传统中，他用口语写作，在相当大的程度上，意味着他在给汉语"松绑"。他要回到诚实的个人，回到真切的语气，回到世俗的烟火，回到一个老百姓的位置。

汪曾祺，在口语中找到了自己的家。你在家里，当然要说人话。所以，简单地说，汪曾祺的小说就是在家里说"人话"。在小说中说"人话"，这个意义够大的。我觉得，这也是一种启蒙，这也是一种反思啊。如何看待汪曾祺小说的说"人话"，放在新文学史上是个比较关键的问题。我想向在场的汪迷们请教一下，他后来的这种语言，是高邮方言吗？好像不是吧？虽然你觉得，用这种语言写高邮的风土人情，特别契合，词与物高度一致，但我觉得，这不是高邮的方言，甚至与高邮方言的关系不大，至少没有人们想象的那么大。我们也可以直观地看到，他的语言有着老北京话的特点。汪曾祺刚才在视频里说的话，我们都可以听出来，他的书面语也特别纯正，完全是知识分子的语言。如果再联想到，他早年在西南联大写的那些翻译体的小说，你可以发现，汪曾祺是可以熟练掌握几种语言的人。他晚年小说使用的这种语言，是他的一种有意选择。说得直接点吧，他后来的语言，其实也是一种再造的语言，是他经过自觉地选择，然后苦苦追求、严格地自我训练，最后再造出来的一种语言，然后达到一种"野凫眠岸有闲意，老树着花无丑枝"的境界。所以，他与新文学传统的关系，可能比较复杂。他的别开生面，是建立在对新文学传统的某种反思基础上的。从这个意义上看，通常被人看成士大夫的汪曾祺，虽然确实有士大夫的一面，但现代知识分子的那一面，我们是不敢轻易忽略的。

谈汪曾祺，人们现在习惯于追溯到晚明的小品作家，比如归有光。从归有光到汪曾祺，当中隔了多少代了？隔代传承，当然与心性有关，与地域文化传统有关，但那也是一种自觉选择的结果。顺便说一下，他跟归有光面对世界的态度，其实是很不一样的。归有光，一辈子都想当官啊。你看看最能透露归有光志趣的《项脊轩志》，他写祖母，写母亲，写妻子，写家人怎么在这个老房子里生活，写得平白如话，又悲欣交集。这都可以理解，可是接下来，归有光还是要写到，天下英雄刘备、曹操、诸葛亮，人家都是走出了这种偏僻的小地方，然后成就一世英名的，可是我呢？我活得不如意啊，壮志未酬啊。面对权力，归有光是臣服的，是卑微的，是标准的士大夫式的，但你在汪曾祺后来的小说中，哪里会看到这种牢骚？会读到这种幽怨啊？汪曾祺要坦然得多，淡泊得多，要超越得多。我刚才随手翻到他关于《沙家浜》的创作谈，他谈到毛泽东看到《芦荡火种》之后，通过江青传达了几句话，提醒原稿需要修改。汪曾祺接下来写到，毛主席的意见都是有道理的，态度很好。毛主席态度很好，汪曾祺这样写，态度也很好啊。那么，他是如何保持住这种自尊的呢？这份底气是谁给他的？因为他是1920年出生的啊。现当代历史上知识分子的种种尴尬，他什么没见过。但是从文体上看，汪曾祺确实是有对归有光等人的继承。当然，我们还可以一直往前延伸，从更远的地方找到他的谱系。我记得前段时期在北京开会时，曹文轩老师提到汪曾祺小说与文章的关系，提到汪曾祺小说中的美，主要是那种风俗美、人情美。汪曾祺为什么要写美，怎么写美？西方现代派以后，写恶成了文学的主潮。写恶当然极有意义，至今仍然极有意义，因为它提供了反面的经验，提供了反省的基础。但是，从另外一面看，滥觞肇迹，容或可观，累屋重架，无乃太甚。这个时候，汪曾祺对风俗美的描写，相当于累屋重架之外，另建了一个小庙。敬泽刚才说到，汪曾祺有力地参与了新时期文学的建构，其实也可以从这方面去理解。这里也涉及一个问题，就是如何看待汪曾祺热衷于写风俗。什么是风俗？风俗就是一个民族集体创作的抒情诗，这是高尔基的说法。那么，汪曾祺如此执着地写风俗，在我看来，他其实就是要用小说的形式写抒情诗。

前面说了，我本人不是汪迷，也没有专门去找汪曾祺的小说看。我是遇到了就看。几年前，有一次我带孩子去找数学老师补课，在数学老师的茶几上看到《晚饭花集》。我就歪在沙发上，把那本书从头读了一遍。孩子下课了，我都不知道。最近几年，我在很多场合，听人们谈到汪曾祺。有一个汪迷，就是今天在场的苏北先生，曾拿着我的《石榴树上结樱桃》，专门跑到我的办公室，告诉我，书中有个细节，汪曾祺也写过的，但不是这样写的。他还一会儿站起一会儿坐下，认真比画了两种写法的不同。他说他是来请教的，我听着却是要我找差距。新时期以来的作家，很少有像汪曾祺这样，死后还在生长的。他在汪迷中生长，而汪迷又不断地增加。这么说来，汪曾祺是一个生长性的作家。实际上，随着社会公共空间里的戾气越来越重，汪曾祺的生活态度，他的小说和散文中所表现出来的文化态度，使得他的意义日渐突显，不断拓展。

本文系作者在《汪曾祺别集》出版研讨会上的发言稿

作为一个读者纪念史铁生

　　我不认识史铁生先生。很多年前,我曾经有机会见到史铁生先生,但我自己放弃了。我可以非常尊重一个人,但我很难成为某个人的粉丝。很多年之后,我在一个文学活动中远远地看见过史铁生先生,但我从未想过要去打扰他。我与史铁生先生的关系,就是一个读者和作者的关系。我读过他的很多作品,从他最早的作品到他晚近的长篇小说,从他被人反复传诵的作品,到他的一些很少有人提起的短篇小说。我在读到史铁生先生作品的时候,已经开始写作了,所以我又绝对不能够矫情地说,我是读史铁生先生的作品长大的。我只是他的一个读者。在这里,我愿意以一个读者的身份,来怀念一个作家。

　　我想先讲一下,史铁生先生去世之后,我经历的一些与史铁生先生有关的事情。2010年的最后一天,我在北京协和医院的电梯里接到了莫言先生的短信,只有一句话:"兄弟,我们尊敬的兄长史铁生于凌晨三点因脑溢血去世。"我当时"哦"了一声,对亲戚低声说了一下。我说史铁生去世了。电梯里有五六个人,我们彼此并不认识,可以想象每个人的知识背景并不相同。虽然史铁生并不是一个畅销书作家,但这几位互不认识、知识背景并不相同的人,竟然全都知道史铁生,而且全都读过他的作品。电梯安静地上升,上升,电梯的门开了,却没有人下去。他们似乎想从我这里知道更多的情况。他们或许想到,我与史铁生先生是认识的。他们用探询的目光看着我,但终究没有再问。我后来经常回忆起医院那个狭小的电梯里的场景,每次都感慨不已。我想,我们可以把那个场景看成与史铁生并不认识的人,在为史铁生举行着一个短暂的纪念仪式。我也由此经常想起史铁生在纪念他的朋友周郿英时写过的一段话。史铁生说,所有的朋友都不会忘记那个简陋而温暖的小屋,因其狭小我们的膝盖碰着膝盖,因其博大,那里又连通着整个世界,在世界各地的朋友,都因失去你,心存一块难以弥补的空缺,又因你的精神永在,而感激命运慷慨的馈赠。我想,虽然我并不认识史铁生先生,但是通过阅读他的文字,所有的读者在那一瞬间,仿佛都成了朋友。

　　我接着往下讲。我从电梯里出来,给一个记者朋友转发了这条短信。关于史铁生去世的消息，我只转发了两个人，一个是近年来对史铁生的作品进行了深入研究的批评家，同济大学中文系主任王鸿生先生，他后来又写了多篇关于史铁生先生的文章，这些文章是我看到的关于史铁生的最为精彩的论文，最近的《十月》杂志上还刊登了他的《阅读史铁生札记》。而且据我所知，他与史铁生没有接触过。另外一个就是这位记者朋友。我这里不说这位记者的名字了，我只能告诉朋友们，他是一个非常出色的记者，一个优秀的随笔作家。我没有收到这位记者朋友的回信。几天后，我参加了在清华大学举行的史铁生先生的追思会，在会上见到了这位记者朋友。我此时才知道，他因为参与报道了一个著名的极有权势的文化人的丑行，而遭到了某种不公正的待遇，他和他的家人都受到了威胁。而且在我们谈话的时候，他的妻子还打来电话，提醒他应该去哪里躲避一夜。这位记者与史铁生先生倒是有过接触。他告诉我，接到短信的时候他在海边徘徊，正在想着自己的工作多么没有意义，人生多么没有意义。但我转发的那条短信，使他及时地从那种坏情绪中跳了出来，开始重新思考人活在世上的意义。在随后的几天里，我看到他在媒体上组织了多篇关于史铁生的哀而不伤的文章。哦，请大家相信，我这里的讲述，没有一丝文学上的夸张。

  我本人读过史铁生先生的很多作品。他的那些集腋成裘的随笔和小说，有一种感人至深的力量。命运将他的身体限定在轮椅上，使他的外部生活受到极大的影响，这使他的文字发展出一种向内心行走、用思索行走的独特的文体。我最感兴趣的，是史铁生用自己非凡的创造，打开了汉语叙事的另外一个向度。正如我们已经知道的，汉语文学几乎很难去正面讲述灵魂内部发生的故事，这当然与我们的文化传统和文学传统有关，有人甚至认为与我们使用的汉字有关，尽管"吾日三省吾身"是我们祖传的哲学要义之一。按照王鸿生的说法，我们可以讲述人生的各种冒险故事，可以用小说的形式讲述时间之谜，可以讲述人在历史和现实中的命运，90年代以后我们也学会了如何讲述正在进行中的日常生活，但我们却很少能够讲述当代中国人精神跋涉的艰辛，也就是我们真正的心灵史。

但史铁生的作品，尤其是他晚近的长篇小说《我的丁一之旅》，却在这方面进行了卓有成效的探索。这是一部讨论何为灵魂的自由的小说。一方面，自由的本性就是要突破各种限度，但另一方面，自由又必须与平等、爱统一起来，自由因为有其一定的限度而成为自由。史铁生写下的才是真正的心灵史，是他们那代人或许还包括更年轻的一代人进行精神跋涉的历史。由此，史铁生与绝大多数汉语作家区别开来了。如果说，现代作家侧重于提供知识、趣味和想象力，那么史铁生则是向我们提供了求知方法和精神维度，以及在叙事上进行精神叙事的突破性实验。我个人认为，这是他对汉语写作的最大贡献。

作为史铁生先生的一个读者，我个人认为，对史铁生先生和他的作品的研究，还有待于进一步展开。我期待着读到更多切实有效的论文，我把这看成我们在21世纪的今天纪念史铁生的一个重要意义所在。

本文系作者在史铁生逝世一周年纪念活动上的发言稿

我们与张洁无法道别

著名作家张洁于2022年1月21日病逝于美国,过了头七,过了二七,又过了几天,她的读者才知道。秘不发丧是密室政治的产物,在中国历史上源远流长,背后必然闪烁着刀光剑影。而张洁是职业作家,为何也会如此安排?没错,了解张洁的人都能意识到,这应该是张洁生前的叮嘱,完全符合张洁的做派。虽然张洁生前说过,希望人们能够忘掉她,并且早在2014年就与读者正式道别了,但对于她的读者和研究者来说,想忘掉她并不容易,因为她不仅是新时期以来最重要的作家之一,也是新文学运动以来最重要的女作家之一。毫无疑问,这个"从森林里来的孩子",虽已魂归道山,但她的形象和作品还将长留人间。

我第一次见到张洁是在2009年，地点是瑞士的伯尔尼。我是从德国慕尼黑赶去的，而她是从美国赶来的。当她穿着风衣，在德语译者的陪同下出现的时候，我立即认出了她。那时她虽然年过七十，但依然风姿绰约，风风火火。有人给我们做了介绍，她迅速说道，我很喜欢你的《花腔》。这样的话，她后来又对我说过，还说恨不得是自己写的。正式离开中国之前，她在机场也对记者说过此话，所以不像是客套。考虑到她是《无字》的作者，而《无字》涉及的部分历史与《花腔》有些重叠，所以我能够理解她为何这么说。我说出这一点没有别的意思，一是想说明她对中国小说的现场比较留意，二是想说明这正是我与她的缘分。

那天她在伯尔尼的讲话，给我留下了深刻印象。她坐在高脚椅子上，上身挺得笔直，双手交叠平放在膝头，微仰着下巴。她的改革小说《沉重的翅膀》在西方影响很大，所以话题主要围绕着这部书展开，但她却主动介绍起了长篇小说《无字》，以及这部书的创作经过。她顺利地说起了自己的不易，但不像是诉苦，倒像是训话，神态却不是训话般的傲慢，反而有一种凛然之气。对于一些敏感的问题，只要不涉及个人生活，她也乐于、勇于回答。而对于国内同行的写作，她则巧妙地滑过去了。她显然有着极为孤傲的一面。待她从台上下来，我对她说：刚才，您，张老师，像个女王。她说，别叫老师，叫大姐。

在张洁那个年龄段的小说家当中,她是真正有才气的,甚至称得上才气逼人。仅就才气而言,在那代人当中,王蒙、张贤亮和张洁,可能排在前三位。作为晚辈,我在大学时代就阅读过她的作品,很早就读过她的《爱,是不能忘记的》《沉重的翅膀》《方舟》《祖母绿》。前两部作品,是当代文学课老师要求读的。就艺术性而言,只要熟读俄苏小说,你可能就会觉得写得一般。我想,她可能受到契诃夫短篇小说的深刻影响。不同的是,契诃夫小说往往是"乐而不淫,哀而不伤",张洁的情感浓度要大得多,是"乐而淫,哀而伤"。这两部给张洁带来巨大声誉、她后来却不愿提及的小说,尤其是《爱,是不能忘记的》,事实上不仅是"伤痕文学"的代表作品,也是道德话语转换的重要标志。最重要的是,这关于爱的主题,日后将贯穿她的一生。小说中的主要人物,在改头换面之后还将在另外一些作品中反复出现,构成关于爱的系列诗篇,这爱的诗篇最终还将与死亡的歌谣一起唱响。

她的中篇小说《方舟》和《祖母绿》,则实打实地显示出她的卓尔不群。事实上,直到现在,我还是觉得她更适合写中篇,在较为有限的篇幅内,情绪、故事和抑制不住的议论能够做到浑然一体,不至于过于漫漶。她的才气和痴气、舒缓与峻急、风雅和烟火气、坦承和此地无银三百两、敏感和牢骚满腹防肠断,在小说中纠缠在一起,扯不断理还乱,还跳跃着,捂都捂不住。张洁的矛盾修辞不是训练和理性认知的结果，更多是本性使然。这样的人，每天都会渴望正常生活，但正常生活她又根本无法忍受，如果忍受一天就会自我感动，但接下来就是自我厌弃；这样的人，一定会成为小说家，不管她此前有没有受苦，更何况她确实受了那么多苦，许多苦只能通过小说道出；这个人，如果不写小说，不闹你个天翻地覆才叫怪事，她的许多言论即使放在今天、放在别的国度，也是惊世骇俗的，所以写小说其实拯救了她。小说给她提供了一个宣泄通道，一个烟囱，使她能够短暂平复，与世界短暂和解。我是在图书馆阅览室的过期杂志上看的《方舟》，读得心惊肉跳。她笔下的女性个个浑身带刺，乌泱乌泱地就来了，说是有冤无处申其实还是申了。她本来是要数落男人的不是，造成的阅读效果却很惊悚。比如，涉世未深的男性读者，可能因为这部小说而对此类女性产生恐惧心理。

虽然写的是爱，但在小说中，张洁却是"以恶抗恶"。只是她说的那些"恶"，好像算不上什么"恶"，只是因为张洁写了，于是也便成了"恶"，必须身心俱反。这"恶"，源自爱的记忆，源自爱的逻辑。张洁无疑是极度敏感的，而正如我们所知道的，对写作者而言，敏感有时候就是才华的同义词。张洁的敏感堪比普鲁斯特。在普鲁斯特笔下，一块玛德莱娜小点心，就可以成为"我"痛苦和幸福的源泉，必须用几万字的篇幅去细加呈现。正如普鲁斯特所说，这记忆，在某个相同瞬间唤醒、触动和撩拨起来的旧时记忆，最终能实在地从内心深处浮升到清醒的意识层面，从黑夜般的混沌中升腾起来。不过，奇怪得很，她的"以恶抗恶"，最后沁透出来的那个"我"，形象却并非丑恶，而是烂漫，接近于"我本将心向明月，奈何明月照沟渠"式的烂漫。这个事实说明，关于爱，她其实有着挥之不去的古典情怀。这个古典，有中国传统的影子，却并非中国传统，更可能是由俄苏或西方浪漫小说所建构起来的。我对张洁的阅读谱系不太了解，所以在这里只是猜测。

看到《祖母绿》，我就松弛多了。小说的核心意象，那块名叫祖母绿的宝石，是主人公送给自己的生日礼物，它携带的七字箴言成为主人公命运的写照："祖母绿。无穷思爱。"主人公是海的女儿，这部小说似乎有着自我升华的倾向，将个人的爱情、事业，与国家的命运相勾连，试图呈现主人公阔大的胸襟。坦率地说，这篇小说似乎缓解了我因《方舟》而产生的那种恐惧之感。对张洁来说，这篇小说显示了她试图跳出个人恩怨的努力。但"无穷思爱"的那个"爱"，不管在语义上做出怎样的置换，不管你如何扩展它的外延，爱的私人性都是其语义的基本构成。主人公最后的选择，当然可以看成一种"大爱"，是突然涌起的爱的潮头和波峰。在当时的语境中，这当然可以做出许多正面的解读。但是，那其实是主人公不得已而为之。如果说在小说中那是永恒的选择，那么在现实中却只是暂时的委曲求全。那不是和解，那是将要再次爆发的前奏。一个浅显的事实是，潮头终将落下，波峰终将滑入谷底，而且永不停息。

在波峰浪谷之间奔涌，时而撒欢，时而撒泼；时而凉爽宜人，时而悲凉彻骨；时而高歌猛进地抒情，时而进退维谷地反讽，这是人到中年的张洁在小说中留给人的印象。从《爱，是不能忘记的》开始，她的故事皆是从男女关系入手，但因为她笔下的男女关系牵扯极广，波纹从同心圆荡漾出去，几乎能荡漾到各个犄角旮旯，所以她的故事又有着很强的社会性。看上去，她的私人性总是与公共性同频共振，但实际上，她又恒守着对于爱的最初的理解。公共空间里约定俗成的爱的形式的演变，在她看来那都不叫爱，她的不屑一顾几乎是必然的。她既与时代相契，又与时代脱节。某种意义上，张洁让我想起阿甘本所描述的"同时代人"。这当然令人尊重，但这给她本人带来的痛苦只能更深，而且简直是深不见底。在写作这个行当，张洁是知行结合得最紧密的人。甚至可以这么说，她有时候的知行分离只是知行合一的另类表现形式。我想，这也是小说家王安忆借用母亲茹志鹃的话，称张洁为"赤子"的原因。或许有必要说明一点，她的写作对于后来的女作家，甚至包括"70后"的女作家，都有着深刻的启迪。虽然后来的女作家，以职业作家的素养，大都能够将私人性与公共性做恰当的区分，只在作品中将两者勾连，以相互激发，推进故事，展示人物命运，但张洁的影响仍然依稀可见。再后来的以"身体写作"著称的女作家，或许更加突出了人物的身体性，小说人物一镜在手专照私处，快感即是幸福，但张洁的影响依然存在，不管她们是否看过张洁的小说。也就是说，讨论新时期以来的女性写作问题，张洁是跳不过去的，因为她是源头性存在。

你得承认，张洁的语言感觉是极好的，而且到老都没有退化，这是令人惊异的。她有自己的语言节奏，而且在七扭八歪、七抢八砍之后，那个节奏竟然还在。可见她的"气"是很足的。她用词似乎不大规范，你一眼就能看出她并没有受过正规的文学教育，但她感觉好啊，"气"足啊，有些不大能够成立的话，不大能够捋顺的逻辑，从她嘴里说出来，反倒显得很准确，而且还能自圆其说。这就是她的本事了，就是她的才气了。才气，再加上满腹怨气，再加上飞蛾扑火的勇气，那就像烈火烹油了。因为烹的与其说是别人，不如说是她自己，所以张洁也就大有一言不合、同归于尽的侠女风采。这种烈火烹油，表现在文本上自然就是鲜花着锦了。当然了，侠女也是会感伤的，你可以感受到，尽管她在作品中嬉笑怒骂，但却又弥漫着无法消弭的感伤情调。感伤确实是她的一个重要基调，她尽管反讽，却从不幽默。她的故事大多是跳跃式发展，但似乎又不同于我们所说的意识流,而是一种情绪流,某种意义上甚至接近于自动写作,这也是她喜欢反复修改的原因。借助修改时盘旋归来的理性,对小说进行必要的规训,对泉水般不择地而出的议论做出必要的校正。对她的手稿进行研究显然是必要的,从中或可看见她面对文本时内心的博弈,也就是张洁内心的"密室政治"。

新文学以来,绝大多数女作家的作品,都带有强烈的自传性,或者说非虚构特征。我这么说,丝毫不带贬义。因为男人带来符号,女人带来世界。进一步说,如果新文学以前的很多女性也拥有写作能力,那么我们今天对那个世界、那个时期的历史人文状况,可能会有更直观的感受。而在这些女作家中,张洁作品的自传性,可能又是最强的,至少是最强的之一。这么说吧,你甚至能够在她的改革小说《沉重的翅膀》中,看到她真实的生活和真实的情感,虽然某种意义上它更像一部应景之作。顺便说一句,张洁的应景并非一般意义上的应景,在当时的语境中甚至需要具有极大的勇气。这个勇气也包括,她敢于囫囵吞枣去写那些不熟悉的生活。当然了,在这些勇气的背后,她对个人生活的愿景也起了作用。某种意义上,甚至可以这么说,《沉重的翅膀》就是一部特殊年代的情书。

她的《无字》,人们已经谈论很多。张洁所经历的沧桑人世,在这部小说中纤毫毕见,自然也最能见出她的性情、风采、卑微和自尊。很多人读出了张洁的柔情,并一洒同情之泪;也有很多人读出了她依然如何硬得硌人,刺得人发毛。我在《莽原》做编辑的时候,女编辑们讨论起这部作品,甚至会捶胸顿足、仰天长叹。当她们讨论作品的时候,如果有男人碰巧在场,她们的眼神都变了,都开始斜眼看你了。她们无数次讨论书中的细节,讲着讲着就不再斜眼看人了,而是喘着气,盯着你看,恨不得把你撕了。这些职业编辑,能够入戏到这种程度,可见张洁文笔之狠、之毒、之辣、之醍醐灌顶般的感染力。她们接下来又常常会讨论张洁在河南的一段生活。那段生活对张洁影响极大,在《无字》中不仅是情绪变化的酵母,平地一声雷,还是一条隐蔽的线索。我读到过不少关于《无字》的索隐文章,但是对于这条线索,批评家们似乎不够敏感。这个事实说明,批评家对张洁的阐释远远不够。小说家陈村认为,这部小说令他想起写了《简·爱》的勃朗特又写出了《呼啸山庄》。这个说法无疑是有见地的。我想,某一天批评家和文学史家或许能够证明,《无字》的文学史地位堪比萧红的《呼兰河传》。

有一点足以引人深思,长达九十万字的长篇小说,张洁竟将它命名为《无字》。是沉默才感到充实,开口就感到空虚,以至于近百万言将尽之时,才将它命名为《无字》的吗?她七十岁的时候,无师自通开始油画创作,选择用线条和色彩来表达她对世界的感受。她的所有油画作品都没有标题，只标注创作日期，可见她已执着于"无字"。关于她的画油画，李敬泽有句话说得好，他无法想象张洁提着毛笔去画几根竹子、涂几笔山水，画油画的张洁才是张洁。张洁以油画作品来和读者告别，告别仪式就选择在我任职的中国现代文学馆。在此之前，她已将大量手稿捐赠给了中国现代文学馆。

  关于她的画展，我想尽量写得详细一点，为了自己能够记住她的风采，也为了方便读者见证她告别的仪式。张洁的忘年交、著名编辑兴安先生，是这个画展的策展人。兴安找到我之前，已和时任文学馆征集部主任的计蕾谈过多次。我向李敬泽报告了此事，李敬泽对张洁很敬重，说一定要办好，为此各部门还不止一次开了协调会。我曾陪着敬泽到张洁家里去，以便知道张洁都有哪些要求。她住在北京文联的宿舍楼，与邻居共用一个走廊，走廊装了门。张洁或有洁癖，从走廊到她的门口，我们按要求换了两次鞋，在进门之前又按要求套上了鞋套。她正要给我们倒茶，突然又把茶杯拿走了，把杯子又洗了三遍：一次用自来水洗，一次用矿泉水冲，一次用开水烫。

  那只后来在朋友圈传播甚广的豹子，是我们在她家中首先看到的油画。它是那么孤独、神秘，有如幽灵。豹子，油画中的豹子，当它蓦然回首，它看到了什么？莫非看到了画它的张洁？只见它全身笼罩着薄暮的暗影，只是在喉部有一抹微光,从光学角度看这应该是不合适的。显然,那光线并非自然光线,而是源自张洁的内心,是内心的微光照着自己的喉咙,但它却是无言的。这样一只荒原上的猛兽,同时却兼具猫之柔美。那么,这是张洁的自画像吗?我不知道。随后,又看到了荒原上的马车。我们说是马车,张洁说错了,是东北的板车。或许记反了,我们说是板车,张洁说那是马车。我后来又看到了这幅画,可我直到今天也不知道那是马车还是板车,或许是马拉的板车?不管它是什么车,它都已走过漫长岁月,已被废弃且行将散架,野草已从木条中疯长。这也是张洁的自画像吗?我不知道。

　　当时她的那套房子早已卖掉了,家具也搬空了,这也是室内只有凳子没有椅子和沙发的原因。那时离她去国还有一段时间呢,她为何急着把家里腾空?她的卧室也挂着油画,所以她也领我们看了卧室。床还在,它是那么小,虽然是木床,但似乎与单人钢丝床差不多大。张洁的解释是,她只要醒来,绝不在床上多待一分钟,要立即投入工作;如果床很舒服,就可能在床上再赖上一会儿,而这是绝对不能允许的。闻听此言,我对张洁,对张洁大姐,肃然起敬,但同时心中也有几分苦涩。她是个善于给自己创造困难的人,却是为了写作。当然,我也忍不住想到,在多部散文和小说中出现过的、曾被极度赞美又被彻底嫌弃的前夫孙友余先生,如何受得了啊。

后来在她那里吃饭了吗？应该没吃，又好像吃了，还吃得挺饱。有一个细节，很见张洁直爽的性情，不妨一说。就在我们告别的时候，张洁指着走廊上的两个纸箱，说她也要下去送垃圾。我和敬泽当然立即表示，我们可以捎下去。张洁对此表示感谢，说着又从屋里拿出来两个纸箱。我和敬泽肩扛手提出门，电梯门有点窄了，好在我们终于侧身进入，顺利下楼了。

值得欣慰的是，经过认真准备，张洁的画展办得很好，至少张洁和兴安都认为办得很好。兴安说好不作数，张洁说好才叫真的好。那天来了很多人，几乎挤满了文学馆C座一楼大厅。文学界来的朋友大都是她的晚辈，其他读者却有很多是上了年纪的。铁凝、敬泽也都出席了，敬泽还给画展写了序，印象中那是敬泽第一次给画展写序。画展海报上的个人介绍，显然出自张洁之手，引用的是海外出版人的话，她显然在意海外的评价。张洁出现的那一刻，现场先是安静了几分钟，掌声才响起来。张洁即席发表的道别演讲，真是令人动容。谁都没想到，她会谈到遗嘱。因为谈到了遗嘱，我有理由认为那是关于爱的道白。在读者和朋友面前，她谈话的主题可以理解为向死而生，向死而爱。她依然风度十足，完全不像个老人，至少是老年模特儿的最佳人选；依然头脑清晰，依然有自己的节奏，依然话中带刺，既伶俐又凌厉。我又想起当年对她说过的那句话：您像个女王。当然，这话我没有说。我对敬泽说，张洁大姐不老啊，以后还能写啊。惭愧啊，我说出这话，说明我当时对张洁心中的"无字"二字，还没有足够的了解。

演讲完之后，有人看画展，有人拿着书请她签名。想签名的人太多了，张洁少有地来者不拒。我作为主办方的一员，边维持秩序，边帮助读者把书递给她。她每签一本，都真诚地道一声谢。上了年纪的读者总是对她说，太喜欢《从森林里来的孩子》了，太喜欢《爱，是不能忘记的》了。由此可见，她的读者已跟着她走了许多年。但是张洁一遍遍地说，不要看，一定不要看，太傻了。换个人，可能就不会这么说，但不这么说就不是张洁。一抬头，她看见了我。她以为我也是找她签名的，立即柳眉直竖，用签字笔指着我，说道：李洱，你！起什么哄，就不能等一会儿？解释是没用的，于是我赶紧说：大姐，对不起，我错了。文学馆工作人员不明就里，后来问我是怎么回事，惹得张洁大喊。他们担心服务没有到位，惹张洁发火了。我安慰他们说，没你们什么事，你们不知道，张洁老师的脑子永远比别人多转一圈半。

此后我再没见过张洁。她去国之后，我偶尔会收到她的电子邮件。我回过两次，问及她的状况，她没有回复。但这并不影响她后来还会发来邮件。记得两年前收到她的邮件，上面竟然是乱码。我想，大概是她的电脑出了问题，也就没有再回。我没有想到，再得到她的消息，竟然是她的去世。真是伤感啊，真是可惜啊，因为这样一个作家，很难再有了。她随着新时期文学一路走来，她延续并创造了中国女性写作的传统，她的苦难是历史的见证，她的荣耀首先属于她个人，但又是时代进步的标志。所以我想，即便她郑重地与读者和朋友道别了，但读者和朋友不会和她道别。每个人都会死去，但在死去之前，我们的记忆里或许会为张洁留着位置。

《纽约时报》报道，已经做了祖母的张洁，临终时对女儿、女婿和外孙说出的最后一句话是："I'm so happy, I feel so loved."那从未忘记的爱，现在来到了张洁大姐身边，让她感到了快乐。想想《祖母绿》中的七字箴言吧："祖母绿。无穷思爱。"她真的满足了吗？这满足可以看成与世界最终的和解吗？唯愿如此！令人心痛的爱，纠缠了一生的爱，现在终于伴着从森林里来的张洁大姐，在这个严冬进入了长眠。我衷心祝愿张洁大姐安息。我想，陪伴她的不仅有石碑和花朵，还会有读者无法道别的怀念。

《小说评论》2022年第6期

建法先生

人们通常喊他建法。

我是晚辈,叫他林老师或建法老师。现在,我愿意称他建法先生。

最后一次见建法先生是在北京某饭店的包间,那应该是七八年前的事了,当时他设宴招待台湾作家张大春。有一年在苏州大学,参加他和王尧主持的"小说家讲坛",我提到刚给张大春的《小说稗类》写的书评。我说张大春这个人,才学识皆备,是罕见的人才。吃饭的时候,建法先生就问我是否认识张大春,我说不认识,以前只是看过他的小说《四喜忧国》,我觉得是部杰作。建法先生这天喊我过来,大概是想介绍我和张大春认识。

包间里满当当的,建法先生的饭局似乎向来如此。他有他的核心圈子,我自认为不在那个圈子里,但这不影响我对他的感情,似乎也不影响他对我的看法。建法先生照例亲自沏茶。他是普洱茶爱好者,曾专门做了茶饼送给朋友。他的紫砂壶出自张正中之手。张正中在清华大学进修时,他曾带我去见过。茶壶很小,似乎只适合两个人用,但现在那个茶壶却要应付十几个茶杯。于是他一遍遍地沏,将公道杯蓄满,再给每个人沏上。大家都熟悉他的这个习惯,也就安之若素。

有人向张大春问起了书法。张大春前一天刚去拜见他的姑父欧阳中石。张大春说,能否写好书法与腕力有关,所谓腕随己左右。有人说建法先生的气色比上次见面好多了。建法先生就起身,打开包,从包里拿出一只玻璃瓶子。他的药就在瓶子里,据说是一个道行很高的道士给他开的方子。那是一些黑色的虫子,比甲虫小,比蚂蚁大,在瓶子里叠床架屋,攀登翻滚。我虽然已多次见过这只瓶子,但仍然感到惊骇。

建法先生把瓶子举过眉梢,童真般的笑绽开。我有一种奇怪的感觉:对他来说,那好像不是虫子而是标点符号,是校样上用错的标点符号被他捉拿归案了。仿佛疾病本身,倒有些事不关己。在一片抑制的惊呼声中,他笑着把那个瓶子放回包里,然后招呼大家动筷。

在以后的几年时间里,朋友们在电话中谈到建法先生的病，偶尔会提到那只瓶子，谈到他的病似乎又加重了，谈到某个朋友又带他到哪家医院做了检查，但是情况不容乐观。再后来，就知道他走路需要扶墙了，需要坐轮椅了，卧床了。我记得，有朋友去看望他的时候，曾在他的床前给我打过电话，他把电话接过来，问起我的写作，鼓励我多写。他的声音没有大的变化，只是语句不够连贯，还会把你最后的几个字重复一下。我记得，当朋友从他家出来打电话过来的时候，话语中流露出对他的爱、尊重和忧虑，或许还有惋惜。

最后一次与他联系，是在去年3月。朋友去看望他的时候打来电话，说建法先生还在与他们讨论，应该组织哪些批评家去写哪些作家论，据说他罗列了二十个名字。那时候他已经只能通过敲击电脑键盘表情达意了，或者通过嫂子的同声传译。我对朋友说，等疫情稍缓，允许出京，我就去沈阳看他。我们也在电话中谈到对嫂子的敬意。嫂子名叫傅任，建法先生用他的福建普通话叫出来，听着就是夫人。我们不能跟着叫夫人，只能叫嫂子，于是，嫂子就成了他夫人的代名词。再后来，建法先生也跟着我们叫起了嫂子。

2022年5月24日，北京中考前第二次模拟考试在线上举行，家长负责打印试卷、答题卡，并且承担监考任务。监考是全程录像，其间不能用手机。当孩子考完，将答题卡拍照上传之后，我打开手机，看到众人在微信里哀悼建法先生。我一时有些恍惚，随后才悲从中来。我接了几个电话，都是关于他的。朋友们都意识到，一个伟大的编辑家，一个真正的文学赤子，再也见不到了。我通过张学昕跟嫂子取得了联系。除了让嫂子节哀顺变，不知道说什么好。而且，由于疫情防控措施日紧，外地朋友都不能前去沈阳送他最后一程了。

对很多人来说，这个缺憾将是难以弥补的。

我们是怎么认识的？我看到他在"林建法工作室"公众号上发布的一篇短文，提到由于我们是校友，虽然在校期间并不认识，但还是会感到亲近一些。这个说法让我感动。这也是我前面说的，我虽然不在他的核心圈子里，却并不影响彼此感情的原因。

他是华东师大中文系七七级的，我是八三级的。我进校的时候，他已经毕业回了福建，然后又去了辽宁。我后来知道，他经常到华东师大约稿，就住在华东师大招待所。他的很多同学都是他的约稿对象，而他们正好是我的任课老师。大概在90年代初，有一次我回华东师大，还听人们议论他可能会调回华东师大。我想，或许某一天，我们曾在文史楼高大却昏暗的走廊里擦肩而过。

虽然无缘认识，但他的大名我早就知道了。1985年春天，建法先生还是小林的时候，就参与筹备了厦门会议。在新时期文学批评史上，那是个著名的学术会议，其意义类似于不久之前的杭州会议。华东师大有几位青年教师参加了厦门会议，并把会议精神带到了课堂。他们无一例外地讲到了他。我清楚地记得，夏中义老师曾用抒情般的语气宣称，此人是个天生的编辑。随后又补充说，此人是他的同学。同学们都笑了，这是夸谁呢。

我不知道，在建法先生筹备的众多学术会议中，厦门会议是不是第一个。但是有一点似乎可以确定，他正是由此确立了当代文学批评界重要操盘手的地位。迄今，从事当代文学批评的人，大都与他有关。不同的批评家，与他的关系可能或深或浅，对他独具个性的编辑活动可能或赞或讽，但所有人都承认，他是三十多年来文学批评界最重要的人物之一。

90年代初，当我开始发表作品的时候，建法先生的名字已经如雷贯耳。有朋友问我认不认识林建法，我老老实实承认不认识。朋友立即拿我打趣：你连林建法都不认识？那林建法就更不可能认识你了，你还早着呢。我也常听到朋友们开玩笑说，他是"地下评论家协会主席""民间作协主席""文坛黑社会头领""二渠道批评界领袖""评论家中的法西斯"等等，这当然都是另一种意义上的赞美。后来的事实说明，其实还应该再送他一个绰号：林·堂吉诃德。

我在一些杂志上看到过他的照片，长人、长发、长脸，不像福建人，倒真的像是长白山一带的人。东北人长脸是比较多的，据说早年的萧太后就是长脸，像马。《中国作家》杂志的著名编辑萧立军，是辽国萧太后家族的后裔，是他告诉我他们家族的人都是马脸。这么说来，建法先生后来妇唱夫随，到辽宁成就一代伟业，莫非真是天意？

1999年春天，王鸿生邀请建法先生来到新乡小冀镇，参加一个题为"中原突破"的文学讨论会。当时我刚调入河南省文学院，在度假村的一间房子里负责登记来往宾客。我看到了他的名字，然后仰脸看到了这个风尘仆仆的长人。他好像只待了一天，就匆匆离去了。从头到尾，我都没能和他说上话。

第二年冬天，有一个深夜，我被一个陌生的电话惊醒，那人自报姓名林建法。我一时有些发愣。他大概已经忘记我们见过面，介绍说他也是华东师大毕业的，我们是校友，现在主编着《当代作家评论》。又说，他看过我的小说，要在《当代作家评论》上做一期关于我的批评小辑。他问我跟哪个人比较熟悉，说来听听。我还在犹豫，他已经报出了名字：南帆、格非、王鸿生，就这么定了。格非、王鸿生，我不仅认识，而且有很深的交往，这个他肯定知道了。他或许觉得我认识南帆，因为南帆是在华东师大读的研究生，是徐中玉先生的弟子。

当我告诉他，我不认识南帆，难以开口的时候，他说他看到南帆在某篇文章中提到过我，南帆选编的小说集中也选用了我的中篇小说。他向我提供了南帆的通信地址和电话，要我尽早给南帆写封信或者打个电话。我还在犹豫怎么开口，他就打来了第二个电话，说他已经跟南帆说定了，我要做的就是把作品复印件寄过去。这就有了后来发表在《当代作家评论》（2001年第4期）上的三篇评论：南帆的《饶舌与缄默：生活在自身之外》、格非的《记忆与对话——李洱小说解读》和王鸿生的《被卷入日常存在——李洱小说论》。这是最早的关于我的三篇学术性评论文章，当然也是最早的评论小辑。

2001年冬天，建法先生看到了长篇小说《花腔》，他的兴奋似乎超过我本人，主动表示要参加研讨会，并要我向人文社建议，开会时应该邀请苏州的王尧到场。这个会后来是在上海开的。人文社委托《文学报》的朱小如安排会场，朱小如或许喝大了，就近取材找的是个歌厅。会议开始前一个小时，我和人文社编辑赶到会场，发现里面没有桌子，只有茶几；没有凳子，只有双人沙发；灯光昏暗，看不清人脸。后来终于开了个大灯，却是激光灯，艳光四射。我们临时找了几个落地台灯，才勉强与黑灯舞会拉开点距离。一些花枝招展的姑娘赶在批评家到来之前来到会场，经百般劝说才气呼呼地离开。会议进行中，朱大可把我叫了出来，提醒我把会议海报取掉，"不然姑娘们会把你当成自己人"。正说着，更多的姑娘和油光水滑的先生们拥到了门口。

这件事一定给建法先生留下了很深的印象，他后来悄悄问我,什么时候与上海娱乐界挂上钩的?搞得我哭笑不得。就在这个场合,建法先生也在工作。他的工作就是倾听和判断,谁讲得有道理,谁来写文章比较合适。会议之后,经建法先生介绍,我认识了他在上海的不少批评家朋友。就在2002年第3期,他又组织发表了关于《花腔》的评论小辑。他用稿极严,用的是复旦大学两位学者的文章,一篇是王宏图的《行走的影子及其他——李洱〈花腔〉论》,一篇是张懿的《行走便是迷路——读李洱的〈花腔〉》。我后来认识了王宏图,并且成为朋友,与张懿却至今缘悭一面。

算下来,建法先生主编《当代作家评论》期间,组织过关于我的三个评论小辑。我参加过他组织的五六个学术会议,他也约我写过几篇评论性文字。他曾要求我与梁鸿做一系列对话,然后由他来出书。但是好像只做了四次,就没有再往下做。梁鸿说过几次,"林老师又催啦"。后来我和梁鸿与他约定,等新长篇出来之后再说。他为此打过几次电话,询问小说的进度,表示等小说写完了,由他来组织研讨会。可是,我的长篇还没有写完,他已离开了《当代作家评论》。

时至今日,我依然记得那些交谈,在海边,或者在某个山岗;我记得那些饭局,精致的或者原生态的;我记得那些肯定或否定,关于某篇小说或者某篇评论;我记得他的固执,现在我愿意认为那是必要的坚守;我记得某些委婉的争执,现在我承认他是出于智慧,而我是出于偏见;我当然也记得他的一些提醒,现在我愿意称之为教诲。

对我而言,我宁愿认为,他那样做出于某种偏爱。对于这份偏爱,我显然应该诚挚地表示感谢,但我却从未将之和盘托出。有些话,对于同辈人,或许可以用开玩笑的方式说出。对于长辈,或许也能够以短信的方式表达。但对于林建法式的人物,似乎有点说不出口,你会觉得肉麻。事实上,有相当长一段时间,我甚至有意与他保持一点距离,只是向他投去尊敬的一瞥。

建法先生喜欢勃兰兑斯的《十九世纪文学主潮》,曾反复阅读。他说,他喜欢勃兰兑斯的精到客观,要言不烦。勃兰兑斯的宏阔和精微,发现和创造概念的能力,迄今罕有匹敌。第一个向欧洲推荐尼采,在课堂上讲授并且以专题课讲授尼采的不是哲学家,而是文学批评家勃兰兑斯。尼采虽然疯了,但仍然知道盛情回报勃兰兑斯,说勃兰兑斯是一个优秀的欧洲人,是文化传教士。作为一个犹太人,勃兰兑斯对流亡有着深入血液的理解,提出了"流亡文学"的概念,认为"流亡文学"是新世纪文艺戏剧的伟大序幕。我认为,近年国际学术界经常提到的"流散文学"的概念,可以上溯到勃兰兑斯。

在建法先生心中,是否有着成为勃兰兑斯的梦想,我不知道。如果有,那也不是以批评家的形式,而是以编辑家的形式；不是用自己的写作来抵达梦想，而是以发现别人的写作来抵达。我想起托马斯·曼曾说，勃兰兑斯是创造性批评的大师。以建法先生的编辑成就，他应该称得上创造性批评编辑的大师。而进一步说，创造性批评编辑的工作，何尝不是一种批评？

文学史是由作家、编辑、批评家共同建构起来的，缺一不可。他们带着自己的主体性进入公共空间，形成不同的对话关系，这个关系所形成的序列就是我们熟悉的文学史。这些年来，随着接受美学、读者反应理论的被强调，人们确实注意到读者在阅读活动中的意义，这当然是必要的。不过有一个事实不能忽视：读者其实是个相当模糊的概念，一个未名的暧昧的领域。对作家而言，他心中当然装着读者，这是没有疑问的。但是他脑子里的那个读者是谁呢？首先是编辑、批评家和作家在不同时期的同行。编辑、批评家和作家同行，就是读者的代表。通常情况下，他们都同时具有多重身份：既是写作者，也是读者，也是批评家。而现在人们通常所强调的那个"读者"，反倒说的不是"读者"，而是"市场"。只是，现在，我不敢相信这个"市场"，不敢相信这个"市场反应批评"。

建法先生通过策划一系列不同主题的学术会议、不同的批评栏目，来展开他的创造性批评工作。他以沙场秋点兵的方式将不同代际的批评家进行排列组合，他不断地促成作家与批评家的对话，他也持续地编辑和出版年度批评文选和作品选。人选、文选和作品选，每一个选择都意味着批评，每个被选择的对象都是批评对象，都是批评观念的呈现。当他以发表和出版的方式将之公布于众，并作用于当下文学创作的时候，这种批评活动就是高度及物的批评实践活动。

如果再考虑到这些工作是在缺少办刊经费的情况下进行的，我们就会知道他的费力与劳神，就更加理解这种高度及物的批评实践活动其实满含着艰辛。不妨顺便提到一件小事，在很多年里，建法先生总是不停地请作家签名，然后再把这些书送到赞助者手中。连我这样的人都至少签过几百册，更不用说那些大咖了。我也记得，我还在河南工作的时候，曾接到他的电话，让我找二月河签名。我跟二月河还算熟悉，又托了人，但二月河说，请先向希望工程捐款，"拿到捐款证书再来签名"。二月河这样做当然有他的道理，我其实是想说，找人签名至少是件挺麻烦的事。

建法先生几乎尝试了一切，以使他的刊物保持活力，保持在场感，保持对当代文学的有效性。如果打个比方，那么他的刊物就是剑客的剑，舞者的舞，琴师的琴，诗人的笔，以及英雄的豪气。他与很多大才有过精彩的合作，奉献出很多佳作，虽然他遇到的并非都是良才。他拉弓调琴，有的琴音可能不大入耳，但他有本事让人们意识到乐器本身的卓异；有时候乐器本身材质有限，但他会分配给它合适的曲谱。除了识才的本事之外，这一切还有赖于一个看似平常的词：劳动。

勃兰兑斯在散文《人生》中，曾经这样描述过劳动者的一生：他们从事向思想深处发掘的劳动和探索，忘记了现时的各种事件。他们为他们所选择的安静的职业而忙碌，经受着岁月带来的损失和忧伤，和岁月悄悄带走的欢愉。当死神临近时，他们会像阿基米德临死前那样提出请求，"不要弄乱我画的圆圈"。

编辑的工作，形神皆似勃兰兑斯笔下的劳动者，看上去是安静的，却非常琐碎，需要特别专心和细致。在中国复杂的语境中，很多时候甚至需要特别小心，才能踮着脚蹚过雷区。而在不知不觉中，人就老了。但正如勃兰兑斯所描述的，劳动者仿佛又以自己的劳动和成果，延缓了沙漏的计时，时间的脚步似乎真的慢了下来。很多朋友都谈到，直到坐上轮椅，建法先生还在编书，还在口诉如何编书，还在策划作家与批评家的"拉郎配"。时间似乎也在建法先生那里消失了。他好像还是1985年的那个小林，还是那个筹备厦门会议的年轻人。

直到最近两天，我在朋友圈看到他的一些访谈才知道，除了喜欢勃兰兑斯，他还喜欢伊格尔顿，这个人碰巧也是我喜欢的。建法先生没有说他为何喜欢伊格尔顿，但是我想他可能也是从伊格尔顿那里取得了自我认同。伊格尔顿的文学批评、文化批评，总是着眼于自我、他者、世界三者的关系，落脚点则是人的解放和自我形塑。在伊格尔顿提到的诸多概念中，我对他的"自我形塑"概念极为认同。在伊格尔顿看来，任何一部作品都受到各种因素的制约，但是它利用这些因素来形成自己的逻辑，然后以自己的力量脱胎换骨，成为自己。所以伊格尔顿说：人生没有既定的意义，这就为每个个体提供了自主创造意义的可能；如果我们的人生有意义，这个意义也是我们努力倾注进去的，并非与生俱来。这个话题有点沉重了，以致伊格尔顿发出了自嘲：提出这个问题的人，要么是疯子，要么是喜剧演员。

在许多人看来，建法先生的行为既有疯子的色彩，也有喜剧演员的色彩——这也是我称他为林·堂吉诃德的原因。不过，我宁愿换一个词，换一个很多人都认同的词：文学赤子。这个文学赤子，是在各种因素的制约下成长起来的。既然建法先生如此热爱伊格尔顿，那么他或许早已把这些繁杂的文学活动看成自我形塑的过程。

然后呢？然后他就成了我们眼中的建法先生。

建法先生的形象，当然也会在他自己的文章中出现。我曾读过他的几篇散文，感觉极好。他的散文就事论事，隐而不晦，都是好文章。对于长辈，他的态度是恭敬的，很有些侍坐的意思；对于年纪相近的朋友，他会偶露峥嵘，果真是诤友；

对于晚辈，他却会露出温柔敦厚的一面，给人以垂爱的感觉。这些在编辑之余写下的文字，客观上记录了编辑与人交往的要领，其中包含着严格与仁慈。从另一个角度看，一个编辑家忍不住去写散文，还应该是因为他有一个更本真的自我，需要有另外一个表达方式。我也由此想到，如果他晚年没有生病，将他半生遇到的人和事写下来，不仅是好文章，而且是当代文学史上珍贵的文献。但是这个遗憾，同样不可弥补了。

我在微信上看到，沈阳友人送别建法先生的时候，正逢大雨。建法先生若有感知，必定会催促着人们，别淋雨了，回去写文章吧，写不好，不管你是谁，都是会被退稿的。

《当代作家评论》2022年第4期

忆德公

以后去上海，再也见不到德公了。

德公是程永新叫出来的。程永新是职业编辑，给小说改题目、起标题，给小说中的人物改名字、起绰号，常有"杰作"。这习惯难免会带到生活中来，比如给熟人另起名号。"德公"也是其"杰作"之一，"杰"在既是昵称又是尊称，老少喊起皆为相宜，而且上口。德公对这个称号应该是比较受用的。你叫他德公，他就吐口烟，笑着问你何时到了上海，怎么安排，晚上一聚？

我认识德公很晚，只是还不认识德公的时候，就常常听人谈到他。20世纪80年代中后期，某篇小说如果被德公评论过，小说和作者必定暴得大名。那时候的德公，是文学界的裁判，时常出任小说界冠亚军决赛的主裁。身份如此"显赫"，在传说中的德公却是个沉默的人。有人描述那时的德公，少言寡语，不抽烟，不喝酒。但是人们又说，德公眼力好，能够辨认出作家的潜力，预测他有着怎样的前景。这倒是真的。他的第一篇评论写的是贾平凹，他是王安忆"雯雯世界"的最早阐释者，他是莫言小说的首评人。这里顺手引用几段他最早评论莫言的话，让我们见识一下他的好眼力：

> 这是一个联系着遥远过去的精灵的游荡，一个由无数感觉相互交织与撞击而形成的精神的回旋，一个被记忆缠绕的世界。

> 莫言的作品经常写到饥饿与水灾，这绝非偶然。对人的记忆来说，这无疑是童年生活所留下的阴影，而一旦这种记忆中的阴影要顽强地在作品中表现出来的时候，它又成了作品本身不可或缺的色调与背景。

> 在缺乏抚爱与物质的贫困面前，童年生活的黄金光辉便开始黯然失色。于是，在现实生活中消失的光泽，便在想象的天地中化为感觉与幻觉的精灵……微光既是对黑暗的一种心灵抗争，亦是一种补充，童年失去的东西越多，抗争与补充的欲望就越强烈。

后来对莫言的评论可谓汗牛充栋，但涉及早期莫言创作心理与基本方法的文章，大抵没有超出德公最早的评述，只是更加学院化罢了。有此卓异的艺术感觉和判断力的人，怎么可能是个沉默的人呢？以我后来对德公的认知，他最早的沉默，其实并不意味着他不说话。他说话，一句没少说，只是在肚子里说；他当时的沉默，只是在初入文学批评职场时，对文学批评和同人所保持的敬意和谦虚。你看他多能说，他在很短时间内就写下了关于汪曾祺、林斤澜、张洁、王蒙、韩少功、铁凝、王安忆、陈村、余华、残雪、李杭育等人的"作家论"，而且均是他们的首批评论者。我当然不能说，这些人后来的成就与他的评论有关，但他的评论有利于作家更早认识到自己的经验和才能则是肯定的。1992年，莫言在一篇文章中引用了德公的论断之后，说过这样一句话：

评论家像火把一样照亮了我的童年，使许多往事出现在眼前，我不得不又一次引用流氓皇帝对他的谋士刘基说的话：原本是趁火打劫，谁知道弄假成真！

德公不仅写下了关于那批重要作家的首批评论，而且将他们的作品聚拢在一起，以小说集的形式出版。从发现作品，到评论作品，再到结集出版这些作品，德公与原发刊物和出版社合作，有力地推出了一批杰出作家。有关他与吴亮编辑出版《探索小说集》《新小说在1985年》的情况，已有多人评析，这里不再赘述，我只想重复一点：在1985年前后，德公与他的批评家同人是中国小说话语转换的重要推动者。他们和作家、编辑家们的共同努力，使得人们短时间内形成了新的观念性的想象与理解。而当"骤雨初歇"，探索文学和先锋文学的高潮落下，德公一定有着"都门帐饮无绪"之感。他显然是不甘心的，所以他在编辑《文学角》期间又接着组织相关评论，试图将文学探索继续推进。前天晚上，陈村发来了他自己亲手录入的《文学角》总目录，我看到其中有关张炜、格非、苏童等人的文章，以及作家本人的文章。无奈《文学角》很快被停刊了。此时的程德培，或许感受到了何为"报国无门"。因为报国无门，所以酒量大增？在德公的批评生涯中，这或许是一段无奈的停歇，冰泉冷涩弦凝绝，凝绝不通声暂歇。但这同时意味着，"声暂歇"之后他还将发出强音，成为更纯粹的批评家。我说的"更纯粹"是指，当很多人不再从事文学批评，甚至倒过来对文学、对文学批评极尽冷嘲热讽之时，德公却仍然把文学批评当作自己的生活方式。《庄子》云，"道术将为天下裂"，关于文学与文学批评的危机论，或者以此生发的焦虑与虚无，因为来自不同的评价系统，也来自不同的社会感受，完全可以理解，但我们也应该对守望者致以敬意。

我无意也无力对德公的批评进行评述，但我想提到一个事实：在20世纪80年代，德公是最早的小说本体论者。关于小说本体的阐释，从来都是学院派的活儿，但德公从来都不是学院派。虽然，根据他的朋友们的描述，他早年通过自学阅读了大量学院派著作，而且这种习惯一直保持到最后。但我们可以看到，德公与学院派还是有很大差异。德公从来都是围绕着某篇小说展开评论，那是一篇新小说，那是一篇因为艺术性而入他法眼的小说，它或是名家作品，或是某个新人的处女作。然后，他才有兴趣去调动他的"理论资源"展开论述，以证明他对作品的感觉是有理可依的。

90年代末，当我有幸认识德公的时候，他已经做起了图书生意。是林建法先生带我去见德公的，地点就是德公在新世界的那个办公楼，当时朱小如也在场。那是我第一次与德公同进晚餐。德公只喝酒，不吃菜，更不吃主食，这个习惯后来一直保持着。那天我首次见识了他的热情、周到、豪爽，还有反讽能力。德公拿自己开玩笑，也拿朱小如打麻将的事开玩笑。厚道的朱小如嘿嘿笑着，露着牙，牙有黑有白，还间杂着金属的颜色。与早年传说中的程德培不同，此时的德公抽烟很凶，抽的是中华烟，抽烟的姿势很有派头，过滤嘴不是夹在指根，而是夹在中指和食指的关节位置，他还会随时给你扔一根烟过来。推杯换盏之际，谈起与众作家交往的细节，他话语滔滔，无所忌讳，但他又是宽容的，对同行保持着尊重，只论趣味而不评价人品。他的衣着很有品位，衣衫挺括，领带考究，裤子刚刚熨过，皮鞋锃光发亮，加上他本人眉清目秀，相貌堂堂，我都有一种见到老牌帝国大资本家的感觉了。他捕捉细节的能力是一流的，从他嘴里说出来极为有趣，令人捧腹。捧腹大笑的，首先是他本人，他会一手夹烟一手捧腹站起来，然后再在笑声中坐下。在德公那里蹭饭，无疑是愉快的事，双方都很愉快，他本人好像更加愉快。如果你再给他提供一些细节，他的愉快就更是无以复加。他会倾身向前，请你再重复一遍，随之大笑。那不是黑暗中的笑声，而是朝霞中的笑声，有着孩童式的好奇、天真和无邪，甚至灿烂。他无疑是极为善良的人。这样的人，做生意若能成功，当是举世之奇迹；这样的人，成为批评家其实也是奇迹，因为唯一可以依凭的就是自己的热情、才华、敏锐与勤勉。

再见到德公，已是新世纪了。2002年春天，拙著《花腔》研讨会在上海召开，人文社编辑委托朱小如联系场地，不知道朱小如是不是喝高了，会场竟安排在金色年代夜总会。我和人文社编辑赶到会场，发现会场没有桌子、椅子，只有茶几、沙发，灯光则是镭射的，花红柳绿，如入魔境。与会者进入会场，个个表情复杂。有朋友问我，什么时候与上海娱乐界挂上钩的？我说就在此时此刻。人文社领导和编辑责备我还有工夫开玩笑，催促服务员重新布置灯光。这时候，西装革履的德公大驾光临了。他说，有得搞了，蛮好的，蛮好的。我已记不清嘉宾们会上都说了什么——可惜林建法先生远行了，不然他定能找到记录稿。我能记得的，是会后去吃饭，德公说，就在这里吃好了。那天不少人确实在那里待到很晚，搞得人文社和赞助会议的朋友有点紧张。德公和朋友举杯唱和，令我感到这就是德公的主场。当时我与德公没有谈到拙著，但此后几年，我多次听他谈到《花腔》，并表示他要写篇长文。听朋友们讲，他曾多次与人谈到拙著，不管人家说好说坏，他都要人家"再说说看"。魏微那篇关于《花腔》的长文，现有多人提及，但很少有人知道那篇文章源于德公的建议。德公也曾在文中提及此事，只是说得相当委婉：

> 魏微关于《花腔》的两万多字评论可称得上"珍贵"。我极少在微信上与人讨论问题，而几年前关于《花腔》却和魏微有过几个来回，此事在一次闲聊中被《上海文化》同行获悉，他们正想开个作家写作家的栏目，于是便向魏微约稿。谁知魏微并未如期交稿，直到两年后才履行约定，其认真可想而知。当然，这仅是我的一面之词，魏微原本做如何打算和安排，我不得而知。

正因为他对拙著有偏爱，我们随后有了更多接触，甚至曾在一起掷骰子喝啤酒，也会互相打听在干什么。2014年春天，我在巴黎偶遇金宇澄。聊到德公，老金说德公还问你，长篇写得如何了。又说，上海作协和文艺社推荐德公的一篇评论参评"鲁奖"，你看胜算几何？若能评上，或可解决德公退休金问题。我说，德公的文章写得好，写得认真，尤其是那篇《谁也管不住说话这张嘴》，写得好！要相信评委是识货的。我还开玩笑说，他评的是刘震云，说的却是德公自己，德公本人就有一张利嘴嘛，对象一方，主体一方，难得同构。后来德公的《谁也管不住说话这张嘴》，果然获得了"鲁奖"的理论批评奖。"鲁奖"的授奖词，当然没有写到我的"玩笑"，但对德公的批评特色的评价倒还中肯：

> 评论集《谁也管不住说话这张嘴》，贴近文本，贴近阅读体验，贴近关于研究对象的创作史、批评史，有效构成了多维对话，细腻地呈现出新世纪汉语叙事变化的内在轨迹。程德培自觉地继承和刷新传统的作家论、作品论，审美嗅觉敏锐，批评态度认真、耐心，言说方式灵动、活泼、率性，他的这部论著表明，把批评变成一门艺术是完全可能的。

颁奖活动是在中国现代文学馆C座报告厅举行的，我作为工作人员为他们服务。看到德公上台前被迫化妆，我开玩笑说，人这一生，最少要化妆两次，一次是结婚前，一次是火化前。众人侧目，但德公大笑。说起来，我与他真正有较多接触，就是在我调到现代文学馆之后。在文学馆十一年间，我其实只做了两件事，一是负责客座研究员的工作，二是负责"唐弢青年文学研究奖"的联络工作。因为上海是重要的文学批评中心，所以我每年都要与上海的老师和朋友联系，希望能把客座研究员带过去，与上海批评界展开对话。感谢陈思和先生和复旦朋友相助，我们与复旦大学合办过一次关于文学教育的研讨会，后面几次会议则与《上海文化》合开。每次，我都尽力邀请德公到会，因为他的到场和发言，总能引起青年批评家的兴趣，他也常常留下与青年批评家同餐共饮。他在酒场上的豪迈与机锋，常使伶牙利嘴的年轻人自愧不如。客座研究员例会在上海之外举行的时候，我也常通过黄德海问他有没有兴趣参加。2015年7月，我们与河北作协合作，在河北崇礼召开"文学如何书写城乡变化"会议，德公终于请到了。他开玩笑似的发言依然犀利，依然能够准确击中七寸。他说，三十多年来中国发生了巨大的变化，城市不是城市，乡村不是乡村；三十年来农民的生活，高晓声用两部小说就概括完了，一个是"李顺大造屋"，一个是"陈奂生上城"。我补充了一句：

造屋上城，还有卖地。半场休息时，他站在楼头台阶上，说：造屋上城，还有卖地，卖地卖地。众人大笑。有年轻人调皮捣蛋，说不只是卖地。话题顿时有点丰富多彩了，本来话多的德公却不再言语。这个细节说明德公确是个老派的人，很有道德感、分寸感。我至今还记得，回京路上他来不及吃饭，急着赶火车回上海。我至今还记得，他在那个斜坡上匆匆离去的背影。翌年5月，中国现代文学馆与长江文艺出版社合开"新世纪文学批评与文学出版"论坛，我又把他请来了，并请来了他的"双打搭档"吴亮，还有与他合称"二程"的程永新。德公在发言中提到20世纪80年代成名作家在新世纪的变化，这些变化有很多不确定性；新作家的出场方式与前辈作家不同，他们直接面对市场，也给出版带来了不确定性。他的发言表明，他对文学现场非常熟悉。晚上，刘醒龙请外地朋友在湖边饮茶，德公对我抽的荷花牌香烟很感兴趣，我顺势胡吹一通，更激起他孩童般的兴趣。我当即委托宋嵩上街买了两条，说是从北京带来的，送他品尝，然后趁机邀请他参加下次例会。至于我为何要屡次麻烦他出来开会，除了他没有公事羁绊，还因为我想告诉客座研究员，做批评家，有个现成的榜样，那就是德公。这个榜样，谈到四十多年的文学批评生涯，有一段"夫子自道"：

阅读和写作不是我的工作，而是我日常生活中不可或缺的一部分。我的朋友并不是具体的张三李四，而是各种各样我喜欢或者不喜欢的文本。它们延伸了我对世界的认知，它们既丰富也改变了我对自我人生的看法。我并不认为批评多么崇高，但也不否认批评应具有独立的使命感：那种执着而不带有偏见，随时准备孤身独立、好奇、热忱、怀疑的意志。

有着如此诚恳的"夫子自道"的人，不是榜样又是什么？确实需要客座研究员倾听，当然也值得我等写小说的人倾听。事实上，正是因为这里提到的"独立、好奇、热忱、怀疑的意志"，他的批评文体也出现了重大的变化。最近十年，在杂志和朋友圈，我时常与德公的文章相逢，他依然围绕着某篇具体的小说展开论述。即便评论的是文学新人，他的文章中也时常谈到旧事，流露出对往事的缅怀，对友情的眷顾。而其最突出的特征，是他的文章中大段引经据典，仿佛不同时代的诗学在此汇聚，却与评论对象若即若离。我以为，他并非以此展示博学，而是他的文体因为多年的积淀而出现了必不可少的变化：早年的读书笔记与如今的夜读偶记、纷纭的思绪与片刻的凝神、整体的怀疑与片断的肯定，在此借叙事性作品某个线索一起涌现。可以认为，这些溢出具体小说文本的断章、讽喻、箴言,以及不停地将故事转为概念,将概念转为意象,将意象变成回忆,不仅使他的写作成为对自己生活的思考和记录,也是在召唤逝去的灵韵。若将这些文字整理成册,便是德公的批评性随笔。

  有那么几年,德公每次见到都会问,新长篇怎么样了?他说他要写篇评论,把《花腔》与新长篇放到一起来谈。因为我拖稿时间越来越长,他似乎怕我难堪,后来就不再问了。有一次在北大开会,黄德海向我传达程永新旨意,别改了,必须尽快交稿,并说德公已经写了几万字关于《花腔》的评论,就等着新长篇呢。我当场立了"军令状",下周四交稿。到了那天,稿子发走,我心中突然忐忑不安,不知道这写了十三年的作品,在程永新与德公眼里能否过关。过了几日,程永新电话告知已经读完,又说德公已看,同期将配发德公宏论,德公要从《花腔》谈到《应物兄》。他果然兑现了几年前的诺言。我只是没有想到,删节后竟然还有六万字之多。我很想报答这份盛情,就在与人文社的出版合同中加了一条,要求出版德公的评论,人文社也慨然同意。我没有料到,德公竟然婉拒了。再托黄德海去说,他还是没有答应。老牌的新潮批评家,自尊如此!

  去年,我在工作变动之前,中国现代文学馆与上海文艺出版社签订了有关"唐弢奖"的合作协议。我知道,这是上海朋友的美意，颇为感动。虽然我已经调离，文学馆还是希望我参加首次在上海举行的颁奖活动，而我之所以乐意前往，就是可以去看望身体欠安的德公。颁奖仪式结束后，我随黄德海前往德公家中。主持活动的李敬泽因无法走开，特意交代我代向德公问安。元宝兄知悉此事，亦提出陪同前往。我记得同去的还有弋舟、李宏伟、哲贵等人，他们都曾受到德公点评。据说德公多次婉拒朋友探望，此次慨允，或是考虑到外地朋友见面不易。德公当时气色还好，只是稍显消瘦。我们进门时，他正跷着动过手术的脚，手持遥控器在看球赛。他端坐在高靠背沙发上，与我们聊了一会儿，依然谈笑自如，风度不减。只是我们出门之后，德公夫人在电梯口悄声相告不太乐观，不过"伊蛮乐观的"。没想到，这竟是我最后一次见到德公。

回忆与德公交往的点点滴滴，真应了那句话：君子之交淡如水。平时从不联系，见面有事说事，无事则以闲聊为乐，然后把酒临风，持螯望月，不亦快哉。想到往事不可重现，怎能不黯然神伤？最近半年，我曾向朋友打听德公近况，听说身体日渐好转，心中有安慰，念中有期盼。今年8月底，我去上海参加一个活动，本想让黄德海陪我去探望德公，却因各自时间难以错开而未能如愿。不料中秋节前夜，忽接陈村微信，说德公已经远行。我心中惘然，在窗边坐了很久，此时正有冰轮转腾于苍茫云海间，令人顿觉冷清，顿染寒气。

有朋友发来陈思和先生送别德公的悼词，悼词中说："在场的很多年轻朋友，应该会记得程德培对大家的扶持、提携和奖掖，他不仅敏锐地辨识出年轻写作者的才华和实力，更是不遗余力地推荐、鼓励和表扬。或许正是因为有程德培的身体力行和倾心扶植，上海文学评论的年青一代才得以健康成长。落红有情，春泥护花，这就是程德培一直在做的工作。"对陈思和先生的这段话，我深有同感。这些年德公对张定浩、黄德海、李伟长、木叶以及在高校任教的年轻同行的爱护，朋友们都看在眼里。而且德公的言传身教，还使得上海年青一代批评家，保持着与学院派批评的某种张力，这在我看来意义非凡。其实，还有更多没能到场的年轻朋友，不管是从事评论的，还是从事小说创作的，都会念起德公的恩惠。德公远行之后，我特意上网查阅了一下"德培"这个名字，有着怎样的寓意。网上说，德培名字五行为火土；火土组合，火生土，土旺。这种组合的人，有礼有节，稳重踏实，富有进取心，做事积极主动；其人意志坚定，能够乐观奋斗，耐性佳，能调动各方面的资源来实现自己的理想。说得倒是贴合，只是德公哪有什么资源，他的资源就是他的敏锐，他的豪迈，他的踏实，他的道德。他以德培人，所以他是德公。

在那篇题为《洋葱的福祸史——从〈花腔〉到〈应物兄〉》的结尾部分，德公以少有的抒情语调写了两段话：

每一代人都有责任赋予文化史以意义……最让人悲哀的事实可能成为记忆和持续情感的胜利，成为静谧、长眠、和解、满足、阴冷、孤独黑暗中停留和产生爱的地方。

让我们记住李洱在谈及《花腔》时的那句话："爱的诗篇和死亡的歌谣总在一起唱响。"

德公曾经多次对我开玩笑：在严肃的前额下，你有一张嘲笑的脸。每次说过这话，他都要问一句：不生气吧？然后又找补说，拉伯雷也有这样一张脸。这话他后来也写到了文章中。德公，我怎么会生气呢？德公，当我写下这些点点滴滴的回忆，我不仅没有嘲笑，而且只有敬仰。

没有德公的上海，就是另一个上海了。

《上海文化（新批评）》2023年第6期

辑二

因为欣赏，所以批评——浅谈贺绍俊先生

2004年，我出版了小说《石榴树上结樱桃》，不久看到一篇书评，是那本书的第一篇书评，署名贺绍俊。我认真拜读了，觉得是一篇非常实在的导读文章，完全可以拿来作为序言。这么多年过去了，我还记得，贺绍俊上来就把主人公孔繁花竞选村长与小布什竞选美国总统做了个比较，说书中描写的乡村选举很有意思，既冷酷又温情脉脉，反正比美国总统竞选有趣。还有一句话，似乎很容易带来销量，大意是说，读者朋友啊，与其看美国总统选举，还不如看这部小说呢。这篇书评确实引起了我对写作过程的一些回忆。那部小说是在"非典"期间写的，当时我住在香山脚下，每天除了写小说，就是看凤凰卫视，电视里经常播的就是小布什与克里竞选总统。本

来还有两章要写的，可当中接到《收获》程永新先生的电话，说差不多就行了，先寄过来看看。我也就删繁就简，快马加鞭，让人给孔繁花送了一块匾，打发她回家抱孩子去了。坦率地说，写那部小说的时候，我还真的把书中主人公孔繁花与小布什做过对比。他们都是竞选连任，而且都志在必得。不同的是，精明的孔繁花后来落选了，而在中国媒体眼中憨头憨脑的小布什却连任成功了。失败后的孔繁花当天就改了口风，说还是抱孩子有意思，都想生二胎了；小布什当然也改了口风，说那个伊朗啊，那些毛拉嘛，今天先不打了，过几天再打。我当时还想，这个小布什，这个官二代，怎么弄得还不如我笔下的一个娘儿们。我的这些心事，是不是让贺绍俊先生知道了？

那个时候，我还没见过贺绍俊先生。我当然早就知道这个人，但我从来没有想到，自己的作品会与这个人的名字联系在一起。我以前对他的记忆主要来自20世纪80年代。熟知80年代文学史的人都知道，80年代文学批评界有个非常值得研究的"双打"现象，著名的"双打选手"有吴亮与程德培、张陵与李洁非、汪政与晓华，还有王斌与赵晓鸣、王干与费振钟、辛晓征与郭银星、盛子潮与朱水涌，等等。当时，贺绍俊先生是与潘凯雄先生配合双打。我是在华东师大图书馆期刊阅览室知道这些人的。在80年代，这些人的嘴巴不仅代表着文学批评，还代表着文学史，而且还代表着文学市场，而且最主要的，他们事实上还代表着自由奔放的时代精神。作为文学批评家，那个时候他们并不是介入文学现象，他们本是文学现场的一部分。此种情形，我在后来的二三十年里再没有见过。有一次，我与梁鸿在做对话，刚好收到林建法先生主编的一套文学批评大系，又看到了他们当中很多人的文章，我对梁鸿说，最近有一种观念，认为文学批评是一种写作，文学批评是一种对话，其实80年代的这些人的批评就是写作，和写诗、写小说一样，有激情，重感觉，讲究对话。两个作者同写一篇文章，不是最直接的对话又是什么？如果说80年代的文学带有强烈的抒情气质，可以看成一种抒情话语，那么这些批评也是抒情话语。在80年代，他们的批评是你中有我、我中有你，通过彼此的对话，通过与作品的对话，获得了一种纯朴的、抒情性的、建设性的批评伦理。我对梁鸿说的另一句话是，80年代的批评家，真是爱文学啊，真是懂小说啊，当他们批评小说家的时候，他们批评的好像不是小说家，而是他们自己，就像蛇咬住了自己的尾巴。

有些事，我是后来才知道的，比如贺绍俊先生在80年代曾执掌《文艺报》，后来又执掌《小说选刊》。按眼下颇具讽喻性的说法，他曾是中国作协"体制中"人。说实在的，我历来把某些写作者动辄号称自己是在"体制外"写作，当作笑话听的。谁来告诉我，在目前的中国，包括在目前的美国，谁又生活在"体制外"？莫非你是鲁滨孙？即便是鲁滨孙，如果没有一个体制的存在，鲁滨孙又怎么逃得出来，鲁滨孙的故事又该由谁来讲述？我以为，现在连企鹅和北极熊都不敢说自己生活在体制外。有个奇怪的现象不妨一提，一些号称生活在"体制外"的人，最津津乐道的就是"体制内"的故事，但出于某种奇怪的心态，一出口就差之万里、离题亿里，但他们的嘴上却安着固定的活塞，永远咕咕叽叽。更有些人还要不停地拿此写文章作秀，秀得早就生锈了，还要乐此不疲。因为有好处啊，有美元、欧元可捞啊。这是不是一种更无趣的媚俗？一个基本常识或许值得强调，文学作为一种特殊的介入性力量，它必须与形形色色的主流意识形态，包括作为一种意识形态的资本力量，保持必要的间离；如果它们搅拌成了足以吞噬你的旋涡，你也要试图从中跃出，岂能沉浸于此，并沾沾自喜？我提到这些事，是为了引出一个事实，那就是贺绍俊先生后来主动放弃了《小说选刊》主编职位，调到沈阳师范大学当教授去了——按某些人的说法，他这就是跑到"体制外"去了。但这个"体制外"的贺绍俊先生，文章该怎么写还怎么写，好小说在他眼里还是好小说，坏小说在他眼里还是坏小说。他竟然一点没变脸，一点不拿这个当回事，真是个诚恳的人。

修辞立其诚，我想贺绍俊先生不仅做到了，而且做得让人心服。他既"认"作家，也"认"作品。不分男女老少，他都是因为欣赏，所以批评。而在批评过程中，他非常注重知人论世。孟子说，颂其诗，读其书，不知其人，可乎？是以论其世也。在文学批评实践中，立足文本、参照人世，由人而文、由本及世，从而相互参照、相互阐发，进而找出其合理性，发现其审美特点，本是中国文学鉴赏、文学批评的正道，岂可轻易丢掉？读上贺绍俊先生的几篇文章，你就会觉得，"知人论世"这个词用到贺绍俊先生身上，那是再合适不过了。铁凝当选作协主席之前，他是用怎样的文学标准来分析铁凝的，现在他依然用那个标准来评论铁凝，因为他首先面对的是文本。但他也不会放过两个重要问题：铁凝的近作与世界文学有着怎样的关系？铁凝近作中那些"温暖而忧伤的人性光辉"的书写，如何有效推动着中国文学与世界文学的对话？对于莫言，他会先分析莫言成为莫言的主体性特征，再详细梳理《蛙》的篇章结构，然后再详论《蛙》在莫言创作中具有的转折意义，即从"激情的莫言"到"思想的莫言"的转变。他发现，莫言讲述的是姑姑的忏悔，贯穿的却是一种强烈的自我救赎意识，那是莫言对知识分子立场的追问，莫言的书信体在此类似于卢梭的自白。他在阿来的《空山》中，读到了"一座凝聚着盼望、连接着时间的博物馆"，而阿来就是这个博物馆的解说员：机村的人从封闭到盼望的过程，就是机村消失的过程，而它的未来将悬而未决，阿来如果就此结尾，其实也说得过去，沈从文不就是这么做的吗？但对此放不下的阿来，在游历了世界的诸多村落之后，还是颇有启发性地给机村找到了一个归宿，即让机村成为连接着时间、包含了痛惜和梦想的博物馆。我想，这样知人论世的分析，使论者与作者的身份部分重叠了：跟作者阿来一样，论者贺绍俊此时也是博物馆的解说员。

我有时会感慨贺绍俊读作品之多，读作品之细，而且不同代际的作家作品，他都能说得让人心服口服。张炜的《你在高原》有多少人仔细读完了，我不知道，但我知道贺绍俊先生肯定读完了。他把《你在高原》的写作看成张炜的"精神之旅"。在张炜这里，小说既非时间序列，又非空间序列，主人公宁伽作为张炜精神的化身，在十卷本中进出无碍，宛如游魂。50年代生人的生存基因和精神密码，如何随着游魂而移步换形，最后又如何寻找那个"五谷为之着色"的"好一片田野"？以我对那代作家的看法，我以为这样的分析是切中肯綮的。对于须一瓜的那些罪案式的小说，他从中看到了"阴暗的好人"和"有罪的好人"。对这样的"好人"，读者是怎么接受的呢？他的这个切入点是非常敏感的。某种意义上，60年代出生的作家笔下，那种十恶不赦的坏人确实不再多见，成熟的、具有思辨力的女性作家，似乎也跳出了那种因性别而产生的道德二元论。但与此同时，一个根本性的问题裸露了，面对如此这般的窘境，愧疚与懊悔之上是否盘旋着一种救赎的可能？对于同是60年代作家的邱华栋，贺绍俊更是敏锐地分辨出他的独特性：邱华栋不仅长着猎豹的鼻子，而且他还把他的鼻子借给不同的人物，那些在都市里摸爬滚打的男男女女，长辈眼里的那些混世魔王，他们在这个时代到底嗅到了什么？旧的伦理与现代城市生活的冲突，是如何让他们身上散发出那样的气息的？他对邱华栋的一句评语相当中肯：邱华栋的小说，可以成为打开当代城市生活之门的一把钥匙。当那扇门打开之时，窥探的欲望好像得到了释放，思索的眉头却会随之紧皱。需要说明的是，贺绍俊先生的这些文章大都写于这些作品刚刚发表之时。我这么一说，你可能就会感到，他的这些观点后来大都成为人们对这些作家和作品比较集中而且稳定的看法。也就是说，他的观点一经发布，即成定见。

接近文学现场，就像超低空飞行，这使得贺绍俊先生对文学发展态势有着整体的把握。最近两年，我注意到贺绍俊先生在不同场合论及现实主义的意义：即便在各种现代主义、后现代主义思潮已经变得像家常便饭一般的今天，现实主义仍是值得我们正视的话题；但如果我们从现实主义角度来考量当代小说，就会发现人们对现实主义的理解不仅存在着困惑，而且在表达中漏掉了现实主义的基本内涵；我们可能误以为现实主义作品最容易写，实际上现实主义是一种最艰苦、最不能讨巧、最需要付出艰苦劳动的创作方法。毫无疑问，在21世纪的今天，现代主义与现实主义存在着一个重新合流的问题。与贺绍俊相近，阎晶明、李陀等人最近也在重新提到这个问题。我想说明的是，今天重提此议，并不是倒退，而是一种非常实在的描述，非常恳切的建议。这种看法的产生，来自与作家、文学现场的交流和对话，来自对人类已有的创作方法的重新检视。正是这种对话，敞开了一个新的批评视域，而一种新的文学格局有可能在这个视域中清晰地建立起来。

我是在2011年调入中国现代文学馆之后，才与贺绍俊先生有所接触的。这些年来，我经常从他这里打听，有哪些作品值得一看。他总是要推让一番，颇有些不能说、不便说的意思。但是两杯酒下肚，他就会用肯定的口吻说，某某的某篇作品写得不错的。这个时候，他的眼睛非常亮，带着欣喜；他的额头也非常亮，能照出他的欣喜。过不了多久，你就能看到他为那部小说写的评论，而且通常是那部小说的第一篇评论。他的推荐总不会让你失望，他的文章总会给你启发，被评论的作者即便能够看出他的挑剔，我想也会感到温暖，并且会在那挑剔之处徘徊逗留的吧。说真的，我有时候觉得，实在应该再办一份选刊类杂志，这份杂志既是文学批评选刊，也是小说选刊，还是诗选刊，而且这个选刊有一个现成的主编，他就是贺绍俊。如果每期再由他来上一篇编后记，那这份杂志就有收藏价值了，因为那会是当之无愧的中国文学选刊。前年，得知有家创意写作杂志请他当了主编,我不由得心中暗喜,可仅过去一年,因为不能异地办刊,那家杂志就黄掉了。我倒不为贺绍俊先生本人遗憾,只是为中国文学的发展有点黯然神伤。

突然想起一个细节。去年有一天,贺绍俊打来一个电话,谈的是他对《应物兄》中某一节的看法。那一节实在是理解小说的关键,竟然被他抓了个正着。随后,他顺便提到了《应物兄》一句英文的注释,他认为翻译得不准确,并提供了标准答案。我把这个意思向编辑转告了。编辑急了,问,谁说的,谁说的?我说贺绍俊啊。编辑说,贺老师?那还有什么好说的,我这就通知印刷厂,马上改过来。

《当代作家评论》2020年第4期

关于莫言的"看"与"被看"

关于莫言,人们已经谈论很多。我本人参加过三次关于莫言的研讨会,一次在鲁迅博物馆,时间是2006年11月,是林建法先生召集的会,那时候我还在河南工作。一次在北京师范大学,是人民文学出版社和张清华教授召集的会,时间是2020年10月,那已是莫言获得诺奖多年之后的事了。最近的一次是在首都师范大学,时间是2022年1月,是张志忠教授召集的会。加上这一次,算是第四次了。我相信,这样的研讨会不仅跟莫言有关,也会对中国文学的发展有某种启示。

在鲁博开会的时候,莫言诚恳地说了一句话,说在这里开会自己很不安,因为自己已到了鲁迅逝世的年龄了,好像才刚开始写作。当时莫言著名的短篇小说《拇指铐》已经发表,我个人认为那是莫言向鲁迅致敬之作,从阿Q到阿义,从有因有果的脑袋被砍,到无缘无故的拇指被铐,贯穿始终的,仿佛是一场接一场的历史儿戏。这个话题,我后面会讲到。在北师大开的是《晚熟的人》研讨会,我在会上提到,阅读《晚熟的人》的过程,就是感受莫言小说变化的过程。集子里的小说,单独发表的时候,他的变化可能还不大容易看清楚,我们甚至会纠缠于某篇小说在叙事上是否完整,留白是否过大,逻辑上是否有足够的说服力,等等。但是,当小说收到一个集子里,你从头到尾看下来,你的感觉可能有所不同。比如,你可能就不再计较单篇作品的完成度问题。此种情形在文学史上其实屡见不鲜,比如鲁迅的《野草》和《故事新编》,如果你单篇阅读,你也会觉得有些篇章不够完整,个别篇章甚至显得晦涩难解,语言风格也参差不齐,文体上也不统一。但是完整地看下来,你就会觉得那是一个整体,最终呈现出鲁迅在某个阶段的艺术特色、精神历险。乔伊斯著名的短篇集《都柏林人》也是如此,要想真正理解其中的名篇《阿拉比》、《伊芙琳》和《死者》,就需要把它们与《都柏林人》中另外的篇章联系起来看。乔伊斯那时候还很年轻,二十岁出头。他和笔下的人物,两眼对着看,心中起哀怨。这哀怨其来有自,无远弗届,穷山距海,不能限也。这时候,你要再说,某篇细节不充分,节奏有问题,就是吹毛求疵了,你得把整部小说集当成一个整体。顺便说一下，在欧美国家，一部短篇小说集，往往有着统一的构思，是一部完整的小说。不像我们这边，中短篇小说可以随意编辑出书。所以有一次，我就对李敬泽建议，我们这边的短篇评奖，其实应该评某部短篇集，而不是某个短篇，他也觉得有道理。

我先简单说一下我对《晚熟的人》的看法，然后再来谈我今天要谈的问题。莫言小说的叙述人，在《晚熟的人》中出现了明显的变化。高密东北乡的故事，以前是通过"我爷爷"的视角来讲述的。"我爷爷"的讲述，既是第一人称，又是第三人称；既是单数，又是复数；既是个体，又是类。这使得小说的讲述，获得了超越性自由。联系到这些小说出现的那个时代的语境，我们可以说，这是群体的声音，也是个体的声音，是"群"也是"怨"。小说多次写到，神仙打架，凡人受难。当然，他也曾用第一人称写过很多小说，但那些小说，大多采用儿童视角。作者化身儿童，重新回到遥远的故乡，一个可以称为前现代的故乡。往事依稀，但却让人充满缅怀之情。现在，小说中的叙事人已年过五旬、六旬，面对的是现在进行时中的故乡，一个喧腾的、复杂的、不伦不类的故乡。它有别于生产队时期的高度热闹又极端贫困的那个故乡，也有别于李敬泽所说的祥林嫂们所生存的那个死寂的故乡。当小说的叙述人称，从复数变成具有独特身份的第一人称单数的时候，小说的一个直观的变化，就是从"虚构"变成了"非虚构"。它当然还是虚构，我说的其实是小说的高度写实性特征。这或许说明，莫言是以此在为活色生香的现实赋形立传。莫言以前的作品，无论是长篇还是中短篇，都有一种强烈的倾诉色彩，主观性很强：抚节悲歌，声振林木，响遏行云，或可称为莫言式的呐喊。现在，他却罕见地具有了客观性，而这似乎与一般的第一人称小说的叙事效果不同，但事实就这么发生了。现在，感情的挥洒之中，多了一份理智的审视。不过，尽管多了一份审视，但在面对现实的时候，他依然有些手足无措。他独听独叹，又彷徨于无地。所以，从叙述腔调上看，可以说他是从呐喊到彷徨。

小说集《晚熟的人》的一个关键词，就是"晚熟"。我后来看到过莫言本人的一些访谈，他似乎倾向于认为，"晚熟"是一个正面的词，或者说他从"晚熟"中看到了积极的一面。我的看法则正好相反。读者与作者的看法正好相反，这问题是不是很严重？是不是因为没有看懂小说？我不这样看。说实话，我自己的小说，如果有批评家跟我的理解不一样，我反而会很高兴。一百个读者有一百个哈姆雷特，不是好事吗？不是相当于莎士比亚写了一百个哈姆雷特吗？布鲁姆甚至认为，作家的创造性就来自误读，无误读无作家。所以，如果我的理解与莫言不一样，我不会不高兴，我相信莫言也不会不高兴。

我的看法是，"晚熟"与其说是对人物精神状态的一种判断，不如说是对人物拥有成熟的精神状态的一种期盼。顺便说一下，近年批评界热衷于讨论文学中的"新人"形象，塑造"新人"也被看成是"五四"新文学以来的重要任务。"新人"似乎既指尚未出现过的人物形象，又指亟待破茧而出的具有新时代精神面貌的人物形象。据说人们现在比较认可的旧的"新人"是梁生宝，而新的"新人"是谁好像暂时还没有公论。尽管不时地听到有人声称，最近又冒出来了一个"新人"，但好像还只是属于作者和某个批评家的个人偏爱。

　　我觉得，对"晚熟的人"的讨论，在此也具有实际意义。与"晚熟"相对应的词就是"早熟"。不过，如果换一种说法，在小说所提供的语境中，"早熟"很多时候就是"早衰"。事实上，在莫言小说人物所置身的乡村伦理中，"早熟"是一种普遍现象，正所谓穷人的孩子早当家，一个生龙活虎的生命，肉体在茁壮长成，精神却步步衰退，并迅速进入千年不变的轨道，其精神成长的可能性几乎被过早地扼杀在摇篮里了。不过，这是我的读后感，与莫言的看法可能不一致。按照我的阅读，我觉得莫言写了一群没长大的人，一群失去了精神成长可能性的人。他们不能够长大的原因是多方面的，其间有着种种参差，与传统文化、教育状况、历史嬗变、阶层演化等密切相关，这使得他们一次次丧失了正常的成熟机会。也正是在这个意义上，我觉得莫言的这本小说集，其实有一个潜文本，那个潜文本表达着他对真正的成熟的期盼。

最近的一次与莫言有关的研讨会，是张志忠教授主持的，因为张志忠教授主编了一套"莫言与当代中国文学创新经验研究"丛书。这套书收录了很多批评家对莫言的研究成果，包括海外汉学家的研究成果。这套丛书，对莫言本人和中国作家都有意义，有助于读者进一步了解莫言。或许有点不合时宜，我当时提出了一个小的建议，那其实也是我阅读之后的一个遗憾，就是这套书竟然没有收录作家同行对莫言的评价。对莫言进行研究的，不但有评论家，还有作家，比如徐怀中早年对莫言的评价。作家同行对莫言的解读，情绪或许复杂一点，既可能有羡慕嫉妒恨，也可能有激赏自惭爱啊。这些情绪既然形成了文字，也是一种文献资料，而且正好可以由此窥见当时的文学生态、文坛状况。最重要的是，可以看到他们之间的差异，他们的分野。其实国外类似的书，至少会给作家的评论留出一半篇幅。关于索尔·贝娄的研究文章，写得最好的是菲利普·罗斯。国内出版的《索尔·贝娄文集》，总序就是罗斯写的，单刀直入，纵横捭阖，不搞概念推演，懒得引经据典，有一说一甚至说二说三，有话或长或短总是言之有物，一句话，好看！罗斯好像不需要拍索尔·贝娄的马屁，他们更多的可能是惺惺相惜。其中最有意思的地方，是我们可以直观地看到不同的犹太作家如何理解犹太文学，如何理解现代主义之后对人物形象塑造的看法。托尔斯泰恶心屠格涅夫的文字，可以见到托尔斯泰的人品真的不敢恭维。屠格涅夫帮过托尔斯泰很多忙，托尔斯泰唯一的回报就是忘恩负义。托尔斯泰说，屠格涅夫赞美我的话，把我抬得这么高，我相信他是真诚的，但也请你们把我对他的真实看法忠实地转告给他，他是个无赖，应该痛打一顿。真正的无赖是谁？托尔斯泰嘛。但是这么一个人，却写出了那么伟大的、具有无与伦比的道德感的作品，这不是很值得分析吗？福克纳评论海明威《老人与海》的文章，曲里拐弯的，正话反说，反话正说，无论如何都算得上书评中的奇文，奇文就该共欣赏。

　　萨特对加缪《局外人》的评价，也是很耐人寻味的。虽然这是加缪最重要的小说，但加缪却说这部作品其实可以不存在，如同一块石头，一条河，一张脸，可以不存在。话是这么说，加缪还是非常看重这部作品的。萨特关于加缪写过两篇评论，一篇是评《局外人》的，一篇是在加缪死后写的。萨特说，怎么理解这个名叫默尔索的局外人呢？有人说，这是个傻蛋，是条可怜虫；另一些人说，这是个无辜者。然后，萨特用加缪《西绪福斯神话》中的观点来解释默尔索，说这个人不好不坏，既不道德也不伤风败俗，这些范畴对他没用，因为他属于一个特殊类型的人，就是荒诞。他不仅荒诞，而且知道自己荒诞。

用我接下来要谈到的视角问题来看的话，就是他看见了荒诞，他本人也荒诞，而且他还看见了自己荒诞。那么什么是荒诞？萨特的说法与阿甘本对"同时代人"的说法有某种相通之处，那就是脱节：人对统一性的渴望与不可克服的自然和精神的脱节；人对永生的憧憬与生命有限性的脱节；人的本质是"关注"但他的努力却是徒劳无功，这又是脱节。萨特又说，这些主题并不新鲜。从17世纪开始，这种法国式的、干巴巴的、肤浅的主题，已经说得够多了，根本不差加缪这一嘴，它早已是古典悲观主义的老生常谈。加缪是出车祸死的，翻车了，车轮朝上。警察赶到的时候，车轮还在无风的空中转动。这个细节很有意味：与大地脱节的、惯性的、无效的、没有摩擦力的、悲剧性的转动，但却带着血丝，以及情人等待戈多式的对加缪的等待，那是个女演员，此时正在道路的尽头梳洗呢。萨特则是第一时间写了悼词，这个悼词与雨果在巴尔扎克墓前的悼词一样，非常值得阅读。雨果说，作家的梦想就是把世界写到一本书里，一本书就是一个世界，就是人间喜剧，它与作家刚好相等，不多也不少。萨特此时面对的就是加缪这本书。萨特说，我和加缪之间发生过争执，争执，这没有什么，即使人们再也不见面，而这恰恰是我们在这个狭小世界里互不忘却、共同生活的另一种方式。这就是我说的，需要在莫言的研究文丛中，收录作家批评的根本原因。他们曾在同一语境中写作，或者相互争执，或者相互欣赏，他们的作品和相关评议，共同呈现了我们的生活方式，共同构成了文学史的环节。

库切与纳丁·戈迪默的互评，那也是足可玩味的。戈迪默是现实主义作家，种族隔离与殖民主义给南非带来的动荡和破坏，是她永恒的主题，虽然她的多部小说也吸收了现代主义的手法，比如对福克纳的借鉴，但她依然是现实主义作家，她受制于良知，发端于愤怒，是政治式的抒情性写作，是以小说形式存在的二极管半导体。而库切的写作就复杂得多，你看了《耻》就知道，他解构了黑白的二元对立，他喜欢写狗咬狗一嘴毛，喜欢写拉康式的欲望的辩证法，他是一个典型的后现代作家，但比巴塞尔姆的拼贴与游戏性写作要深沉得多。他的小说必须放在小说史的意义上进行解读，必须在互文性的意义上进行解读，否则就显得空洞。我知道很多作家对库切不以为然。王安忆就对库切不屑一顾，说他的小说写不下去的时候就来一段床戏，没劲透了。她的这个理解，当然植根于她的小说观念，包括性别。库切的床戏，在我看来每一段都很必要啊。他的床戏，用他的一部小说题目来讲，就是《内陆深处》啊。《耻》获得了布克奖，而且那是库切第二次获奖，评奖委员会认为，那是评奖历史上最没有争议的一次评奖。对于这样一本书，戈迪默的看法却是，小说的故事都难以成立。她说在《耻》这部小说中，没有一个黑人是"真正的人"。她的生活经历使她很难相信，怎么可能会有黑人去保护强奸犯？不可能的，即便属于同一家庭成员也不会的。她是南非苏富比商人的阔太太，典型的上流社会成员，对于广大人间的那些具体的细致的困难，未免少见多怪。她有一篇小说叫《偶遇者》，写咖啡馆里的那些朋友拥有同等定额的情人，吃维生素的时候要配上一颗避孕丸。对于这种生活，这种出于不能承受之轻，吃完避孕丸之后再去反抗隔离政策，顺便将自己的行为拔高到人类解放事业高度的生活她是了解的，而库切笔下的生活，那种头脑风暴，那种弯弯绕，那种虚无主义，她其实不太了解。戈迪默还给菲利普·罗斯写信，说库切的小说优雅倒是挺优雅的，但却没有深厚的情感，没有爱，只是写到死去的流浪狗的时候才露出那么一点点感情。与加缪和萨特不同，库切与戈迪默的差异，是文学观的差异，是男作家与女作家的差异，是对历史局限性和小说叙事自由之间平衡关系的看法的差异。戈迪默喜欢用一个词：言语的美学探索。那么也就可以说，他们的差异，最终将表现为"言语的美学探索"方式的差异。但若套用鲁迅的话，就是人间的图，各省的图样实无不同，差异的只在所用的颜色。或者就像萨特所说的，这正是在一个狭小的世界里不能相忘、共同生活的一种形式。总之，有来头，有说头，有看头。

借着谈论对莫言小说的印象，我顺便涉及与此相关的一些问题,这也是为了说明讨论莫言和莫言研究,可以连带着讨论很多问题。莫言的写作还在持续,尚未金盆洗手,宝刀尚未入鞘,说明他还有很多变化的可能。奥登说,诗人是持续成熟到老的人。一个真正的作家,即便老了,也还会再成长、再成熟。同时我又觉得,根据莫言至今为止的创作,已经到了我们把莫言放在新文学史的传统中进行考察的时候,需要看看他到底和我们的传统是什么关系。我们通常会说,一部小说写得好,因为它有新意。但评价一部小说,只看到了新意,未免有点单薄。有新意,也要有旧意,即能够看到它与传统的关系。有旧意,也有新意,方有源头活水来,天光云影共徘徊;新意不脱旧意,方能意趣盎然。这就如同我们看书法作品,要有来历,要用古意,正所谓章草须有古意乃佳。这"旧意"与"古意",当然不仅仅指我们的传统。新文学运动以来,我们的传统当中本来就包括西方文学的影响,甚至可以说,西方文学影响的成分还要更大一些。鲁迅的传统当然是我们最为有力的传统,但鲁迅本人的创作正是别求新声于异邦的结果。莫言的创作,当然也是曾别求新声于异邦。2012年,诺奖评委会在评价中就提到,他的作品令人联想到福克纳和马尔克斯,是他们的融合,同时他又连接着中国传统文学和口头文学。这个评价是中肯的。需要说明的是,莫言与世界文学之间存在着激越对话关系:既受其影响,又抗拒着影响,这个抗拒随即就促成了他与中国文学传统更深入的对话。于是，他与福克纳与马尔克斯的对话不仅没有让他变成福克纳和马尔克斯，反而让他回到了遥远的过去，使他变成了另一种意义上的施耐庵和蒲松龄，让他更深入地回到了英雄与狗熊、施虐者与受虐者、驴欢马叫、妖魔鬼怪的中国世界。换句话说，在这个过程中，莫言其实真正确立了汉语作家的身份，构建起了汉语作家的主体性。佛克马认为，要把"影响"与"相似性"分开来看，这个说法是很有道理的，我们可以看到莫言最后呈现的文本，只能说与福克纳等人有"相似性"，而不能说他就是福克纳的汉语版。尤其重要的是，莫言受到的"影响"，绝不仅仅是从福克纳和马尔克斯们开始的。莫言从来就置身于我前面提到的鲁迅所开创的新文学传统之中，这个传统本来就是受世界文学的影响而产生和发展起来的。而且，这里所说的世界文学，不仅包括西方文学，也包括东欧文学、俄苏文学，包括周氏兄弟所说的"被压迫民族"的文学。

如果从小说的叙事模式上来看莫言与传统的关系，可能会看得比较清楚。所以，我想集中到一个问题上来，就是看看莫言与鲁迅开创的"看"与"被看"模式的关系。鲁迅小说中普遍存在的"看"与"被看"模式，按鲁迅的说法来自著名的幻灯片事件的刺激。不过，正如我们所知道的，具体的幻灯片事件，很可能来自鲁迅的虚构。鲁迅虽然提到，他是与很多人一起看的，但至今没有旁证。倒是有各种材料能够证明，鲁迅的这个叙事模式的建立，与他对《新约》故事的创造性解读有关，鲁迅甚至为此专门写了一篇小说式的散文诗，就是我们所知道的《复仇》。鲁迅在这篇小说中，重写了耶稣被钉十字架的故事，并真切地建构着"看"与"被看"的模式。在鲁迅的"看"与"被看"模式中，看者或是愚昧庸众，或是不幸的英雄，但"看者"有时候也是"被看者"，阿Q就既是看客，又是"被看者"。这令人想起耶稣被钉上十字架之后，与耶稣一同被钉上十字架的两个强盗，就既是"看者"又是"被看者"。那两个强盗即便已经被钉了上去，也还在骂耶稣呢，他们觉得自己跟耶稣一起被钉在这里是自己的耻辱。鲁迅让"看者"与"被看者"的视线，或者说角色，不停地调换。需要说明的是，在鲁迅的小说中，还有一个看客，这个看客就是鲁迅，鲁迅同时看着"看者"和"被看者"。这也是鲁迅的小说大量采用第一人称叙事的原因。顺便说一句，新文学和古典白话小说在叙事人称上的最大区别，就是大量使用了第一人称叙事。我们可以看到，在鲁迅小说中，除了《狂人日记》，"被看者"很少说话，他们要么"看"，要么"被看"。说话的人是鲁迅，是启蒙者鲁迅。这个传统，成为新文学的最重要的传统，就是启蒙者在说话，而被启蒙者在被鲁迅们言说。

在十七年或新时期小说中，鲁迅小说中隐含的那个启蒙者，变成了被启蒙者，当年的被启蒙者则变成了启蒙者，这是红色叙事传统对鲁迅所代表的新文化传统的最大改写。在新时期文学最早的文本当中，鲁迅的叙事模式部分地得到了恢复，知识分子或知青作为小说叙述人，再次充当了启蒙者的角色，当年的"庸众"回到他们原来的位置。但是，在随后的一些文本当中，随着早期的愤怒情绪挥发殆尽，一些作家开始缅怀当年所受的苦难，悄悄调整了对于乡民的态度，即重新发现并且开始歌颂乡民们所置身的传统和他们的美德，一种在苦难中养成的美德。这其实也可以看成红色叙事的一部分：当革命没有能够成功地消除苦难的时候，叙事者们开始赋予苦难以积极的正面的意义。比如，我们甚至可以把王蒙的作品以及路遥的《人生》，纳入这个红色叙事传统。在我的印象中，能够对于此种叙事保持足够警觉的，韩少功先生是个重要例证。

莫言的小说，则是对鲁迅开创的叙事模式、十七年叙事模式以及新时期以来小说中所隐含的"看"与"被看"模式的一个重大改造。在莫言的小说中，所有"被看者"开始说话，甚至英雄与狗熊也同时发声，人与动物相互转化并同时说话。这个时候，"看"与"被看"的模式在某种意义上就得到了重大改写。所以我倾向于认为，到了莫言这里，"被看者"才开始真正发声，这个"被看者"常常是从各种意识形态中解脱出来的，对莫言来说是面向生命本身，而对生命本身来说，它是自己发声。所以我们也就可以理解，莫言为何常常把主人公设置为儿童，也可以理解莫言为何提出"作为老百姓写作，不是为老百姓写作"的观点。当然，我知道这里有个问题可能会引起争议，即莫言写作的时候，他的身份其实并不是老百姓，因为任何一个人，工人也好，农民也好，保姆也好，只要他写作，他就不再是单纯的工人和农民。他有一个职业身份，同时还有一个写作者的文化身份。他的身份是双重的，换句话说，他既是"看者"，同时又是"被看者"。正因为如此，我们可以看到，莫言笔下不仅出现了"看"与"被看"的对话，不仅"被看"的人在说话，而且"被看"的驴子、郎猪也在说话。在这里，"看见"一词既是动词也是名词，既是谓语也是宾语。套用阿甘本的说法，就是看的眼睛变成了被看的眼睛，并且视觉变成了看见"看见"的状态。什么意思？就是"我看见了看见"，"看者"看见了"看见"，"被看者"也看见了"看见"。莫言作为作者、我们作为读者，当然也都看见了"看见"。关于"被看者"的开始说话，如果套用庄子的话来说就是，天地有大美而不言，莫言让它们发言；四时有明法而不议，莫言让它们议论；万物有成理而不说，莫言让它们说话。莫言虽然对知识分子时有嘲讽，但他此时的身份当然就是知识分子，只是他不是一般意义上的知识分子，而是庄子意义上的知识分子。显然，我们有足够的理由，把莫言放在中国文学传统、新文学传统中，做进一步的研究，并把他看作传统链条中的一个关键节点。

最后再多说一句，我本人确实倾向于认为，现代小说就是在"看"与"被看"的多重对话关系中展开的。在现代小说的多重对话关系中，当然会有一些不兼容的时刻，一些逸出作品主题的时刻，一些沉默的时刻，学生或者说听众或者说读者会有一些走神的灵魂出窍的时刻。但这不要紧，这反而是有效阅读的标志。这就像《圣经》里提到的"沙上写字"，它在当时或日后会让你进入省思状态。诗人臧棣说，要在睁大的眼睛里闭上眼睛。这话说得好，不过话也可以反过来说，在你闭上的眼睛里，会有另一双眼睛正在张开，看见并且重构文本内外的关联。不过，这已经是另外的话题了。

本文系作者在"莫言的这十年和四十年"学术研讨会上的发言稿
《当代文坛》2023年第2期

看《朝霞》

一　敬意

我首先要向吴亮表示敬意。今天在座的读者朋友都需要知道吴亮。在中国,"先锋文学""先锋艺术"的概念是谁创造的?就是眼前的吴亮先生。我第一次见到吴亮是在1986年秋天,当时他的模样就像狮子王。在1984、1985、1986年,在文学艺术重要的转折关头,作为批评家的吴亮和他的同道们,深度参与了文学艺术的重新建构,这对后来的文学艺术产生了深远的影响。

20世纪90年代以后,一批知识分子、一伙杰出的批评家,从身体到身份都转向了高校,生活在高墙之内,变成了所谓的学院派知识分子。其中很多人不再直接面对文学现场，与当代文学的发展脱钩了。他们退回到脆黄的册页，退回到了不及物动词。也是有趣得很，他们中有些人后来突然认为自己是体制外的人。前两天我还跟他们开玩笑，拿着政府那么多的科研经费，研究的是鲁迅哪一天跟谁吃茶，南湖的船上坐了几个人，最后却说自己生活在体制外。他们说，哥们儿，这你就不懂了。这是向鲁迅学习。刘和珍君是要纪念的，北洋政府的高薪也是要领的。原来这就叫作学问。他们声称不再关心当代文学。他们通常是这么说的：80年代以后的小说，我一篇也不看。这种态度有点像女孩子对待前任男朋友：既看不得你过得不好，又看不得你过得比我好。

吴亮也就是在这个时期转向了艺术批评。看到吴亮去写艺术评论，我不由得为中国当代文学感到遗憾：中国当代文学失去了一个有判断力的人，失去了一个重要的操盘手。不过，虽然不再写文学批评，但吴亮实际上只是临时换了个战壕，仍然置身于艺术创造的现场，仍然处于艺术创作的一个大的场域。吴亮仍然葆有批评的活力。现在吴亮终于又重新回到了文学，不仅直接介入文学批评活动，主编重要的文学批评刊物，而且还身体力行写起了小说。朋友们，胡汉三又回来了。

吴亮这次带来的是《朝霞》。这本书让我惊呆了，我感慨万端，一时间却又不知道从何说起。我想，这本书应该是21

世纪以来，到现在为止非常重要的文学收获。但是，如果具体地谈论这本书，我又觉得很困难。人文社编辑邀请我跟吴亮先生对谈《朝霞》的时候，我第一个反应是拒绝的。要对话，必须有相等的资历和智力。我觉得我没有资格跟吴亮对谈。但是在接到短信那一刻，我在开会，我就随手在一张会议的议程表背后写了这么多感想，密密麻麻的。不过，写的是什么，我现在也看不懂了。但关于这本书，我其实还是有话可说的。

二　比较

　　人文社编辑的微信上有一句话，《朝霞》是批评家中的批评家写给作家中的作家的书。这当然没错，我觉得另一种说法也可以成立：这是批评家中的作家写给作家中的批评家的书。据说这本书的题目来自尼采：还有无数朝霞，尚未点亮夜空。尼采还有一句话：对一个哲学家的最高赞美，就是说他是个艺术家。所以，我称吴亮是批评家中的作家，吴亮应该不会生气。实际上，吴亮的批评文章，雄辩，恃才傲物，吃人不吐骨头，本来也都是可以当文学看的。他本来就是批评家中的作家。

　　吴亮刚才提到，是金宇澄鼓动他写出这个小说的。那我就从这里谈起。金宇澄先生，一个我非常尊重的作家。这两本书形成了非常有趣的对比，可以做大文章的。《繁花》和《朝霞》

写的年代、写的对象、故事发生的地点，都有很多重叠，但是写得却完全不一样。我先粗略概括一下：金宇澄的《繁花》是以个人方式完成的集体写作。什么意思呢？《繁花》里面的故事，我作为一个曾经在上海生活过几年的人，几乎都知道。金宇澄作为一个非常有成就的编辑家，一个喜欢吃喝玩乐的人，一个像我一样经常在酒场上混的人，这些故事他都听别的作家、别的朋友讲过无数遍，在口耳相传中它们被加工、被打磨，被赋予了越来越多的信息。然后金宇澄对它们进行重新编码和整合，把它们纳入了自己的叙事轨道。这有点像施耐庵的写作。施耐庵写一百单八将的时候，那些人物、那些故事，都已经经过无数人的口头加工。所以，我说《水浒传》是集体写作。我觉得，金宇澄先生是施耐庵意义上的作家。金宇澄和施耐庵都是以个人方式完成了集体写作。《繁花》获奖无数，但它获得的第一个奖是施耐庵奖，也算是实至名归。

而《朝霞》这本书呢？前面提到小说题目来自尼采。小说出场的第一个人物，则来自巴尔扎克：邦斯舅舅回来了，自然博物馆里的人来看他。它由此预示着，小说是在哲学和文学的经纬交织中展开，同时告诉我们，这个作者是汲取了所有知识的人。他也是从博物馆里走出来的。自然博物馆是个什么东西？知识的马蜂窝。自然本身不构成知识，自然的东西到了博物馆就成了人类的知识。这本小说由此可以说是人类知识的大汇集，吴亮由此捅了知识的马蜂窝。所以，这部小说首先可以看成是关于知识的小说。关于知识的小说当然可以也看成是集体写作，它是对知识的记录，是与知识展开的对话。但总体而言，这本书可以说，它是用各种知识来完成个人的写作。这一点刚好和《繁花》形成了有趣的对比。

我们都知道，《繁花》写的是弄堂里面的市民阶级。而在吴亮这本书里面，人物的精神世界得到充分关注。他们是思考问题的人，是要认识世界的人。他们游手好闲，对社会浅尝辄止，通过书本和世界打交道。他们是在知识和日常世界、在局外人和局内人之间的界面上生活的人。

在日常生活领域，吴亮的人物生活在一个人造的城市里。吴亮在90年代写了两组文章，一组是关于城市的独白，一组是关于日常生活的文章，图文并茂。关于日常生活，吴亮关注的也是城市里的日常生活。印象中吴亮从未对乡村的日常生活投去深情的一瞥。吴亮的经验来自窗内和窗外，而不是来自原野。窗内是静寂中激动的阅读和思考，窗外是喧嚣中杂沓的电车声和脚步声，邮轮拖着长笛在外白渡桥下驶过。这是另一种经验。他和曾经下乡插队的王安忆与金宇澄不同，就像萨特和加缪不同。萨特从来不吃新鲜水果，萨特只吃水果罐头。加缪处理的是地中海的阳光，萨特处理的是理智之年。

我们知道中国还被看成是一个乡村社会。城市文化的发展脉络，像涓涓溪流一样，很细，很微弱。如今我们看到的大部分好小说，那些吸引大量读者并被高校校长推荐给大学新生的小说，比如路遥的《平凡的世界》，比如陈忠实的《白鹿原》，比如莫言的《丰乳肥臀》，基本上都写的是乡土生活。进一步说，他们写的都是前现代的中国。小说中的人物生活在一个战天斗地的世界，一个行动的世界。那些人物与其说是人物，不如说是植物，有四季的变化，他们破土而出，盛开，授粉，结果，然后凋谢，然后又化为尘土。小说中的人物是行动的人。他们的行动构成了一个事件，他们通过行动改变命运。如果他们命运不好，那么我们会说，这部小说充满了黑暗的启示。大学校长们推荐学生看这些书，就是要对学生说，你要通过行动改变命运。对这些行动的追踪，对一个有头有尾的行动过程的描述，构成了一部小说。

但是，毫无疑问，知识的世界日益成为我们生活的世界，城市生活日益成为大多数中国人的日常生活。对这样一种生活的描述，显然必须有另外一种方式。不然，你的小说就不会真正具有现实感。

库切，说起来也是一个获得诺奖的作家，但却没有几个中国读者喜欢。我曾写过一篇关于库切的书评，我说除了马尔克斯，三十年来马尔克斯的诺奖同事们，他们在中国的被冷落，几乎是他们的必然命运。为什么？我们不习惯那些表现知识的小说，我们不习惯那些充满对话精神的小说。我们学习了巴赫金的对话理论，但我们却对那些书写知识与知识的对话的小说提不起兴致来。在我们的意识深处，我们还是乡村秀才。而对那些不是乡村秀才的人来说，他们又认为生活在远方。一个挥动锄头的劳动者的剪影是美的，他的汗水是美的，晶莹透亮，是以液体形式呈现的沉重的喟叹。而倾听勃拉姆斯，查阅《韦氏大词典》并寻章摘句的马立克母子，虽然他们思绪万千，带着无限的柔情，但他们的剪影却好像没有生活的质感。

实际上，对于后一种生活的描述，对于中国的作家而言，才真正具有挑战性。必须找到一种叙述方式，与这种生活构成对应关系。《朝霞》在这方面展示了它的方式。这种方式，与那些描述乡村生活的小说完全不同。正因为不同，我们从中获得了一种新的现实感。

三 另一种细节

如今，生活在城市里的人，这些读书人，你有那么多繁杂的思绪。你在物理世界里从东走到西，但你的脑子却是从南走到北。那些思绪、联想，纷至沓来，难以归拢。对这种生活的描述，在中国不是太多了，而是太少了。我们在生活中可能是这样的人，但只要诉诸笔端，很多时候我们的作家不愿意、不习惯，也不能把这些思绪用一种可以与它相适应的方式呈现出来。但对于汉语叙事文学而言，这个领域必须打开。

没有人规定，只有行动才会带来细节。但是我们惯常的阅读经验告诉我们，细节指的就是人物的行动、人物的姿势、人物的一颦一笑。它就像一块块泥巴，被作者捏来捏去，糊到人物身上，最后构成了一个人物形象。我要追问的是，那些纷乱的思绪怎么就不是细节了呢？聪明的阿诺，笨拙的阿诺，当他的初吻献给一个熟妇的时候，他的自尊和胆怯怎么就不是细节了呢？午夜梦回，当你回忆某件事情的时候，你是否同时回忆起了自己当时的心理？那些心理的波动，为什么就不是细节？它们为什么就不是一部小说的肌理，一部小说存在的物质基础？球有它的球性，小说有它的小说性。只要它是可感的，能够触发人的思考，引发人的感喟，使你在回忆中陷入更深的迷茫，它就属于小说，它就是小说的细节。

我提到了"可感的"这个词。没有人规定，"可感的"必须是"可视的"。音乐并不"可视"，但仍然"可感"。但我们确实习惯于将"可感的"视为"可视的"。为了突出那种"可感的"的效果，很多小说罗列了大量的物象、事件，新闻串串烧。好像作者的眼睛很大，很亮，大如牛眼，亮如狗眼。为此，我们不惜将主人公写成傻瓜。他只看不想，就像个傻瓜。我们知道，福克纳第一次写到傻瓜，就是为了突出那种可感的效果，他是为了引发人的思考。你不想，我替你想。福克纳的傻瓜一旦诞生，成群的傻瓜接踵而至。到今天，我们可以看到很多作者叙述历史的时候会选择一个傻瓜作为主角。这些傻瓜都没有什么变化。孔子说，刚毅木讷近仁。可他们一点也不刚毅，只是瞪着眼睛看，作者就非常宽容地让他"近仁"了，糊里糊涂地就安排小说接近了某种所谓的历史真相。其实，在傻瓜诞生的国度，也就是美国，傻瓜是有变化的。先是变成了辛格笔下的吉姆佩尔，辛格用这个傻瓜来写这个世界的不仁不义。然后，这个傻瓜又变成了索尔·贝娄笔下的赫索格。在座的朋友有的可能不知道，赫索格可不是一般的傻瓜。他每天都非常着急地思考一切问题，脑子从来都不闲着，脑子里的那个开关那个频道从来就没有关过。在某种意义上，当代知识者或城市人更接近索尔·贝娄笔下的人物。国事家事天下事，教授一级和二级，生旦净末丑，神仙老虎狗，什么都要考虑考虑的，都要放在舌尖上呾摸呾摸的。幸亏还有一层薄薄的头皮把我们的脑袋给裹住了，否则脑子里面的那些东西都会蹦出来，呼啸而去。这些东西，是不是细节？

傻瓜东渡，当美国的傻瓜越过太平洋到了中国之后，傻瓜们竟然都不思考了。但作家们却说，不是我不思考，他是傻瓜啊，他不会思考啊。谁说人家不思考？你无法写出这种思考，那是因为你的美学观念出了问题，或者说是你的能力出了问题。我看到过很多模仿《局外人》的小说。《局外人》的主人公默尔索好像也是个傻瓜。但他们模仿的只是《局外人》的第一部，模仿它的语调，然后这个家里死了个人，那个家里也死了个人，都要去奔丧。在死亡面前，他们都是一副事不关己高高挂起的样子。确实就像傻瓜。稍微聪明一点的作家会变那么一下子，写老婆生了孩子，要回去当爹喝喜酒。但他的表现呢，却好像那孩子是别人做出来的，回到家里也东张西望，不悲不喜。确实更像个傻瓜。但不要忘了，《局外人》的第二部是写审判的，所有的故事都要在第二部重新讲过，借由对默尔索的审判，人类文明的基础、人类的知识，在小说的第二部得到了重新审视。

这或许是汉语叙事到目前为止的一个短板。但是那些优秀的作家正在弥补这个短板。为了说明这个问题，我需要提到一个人：史铁生。在某种意义上，《朝霞》可以与史铁生的小说放在一个叙事脉络里面去研究。我觉得，在小说叙事领域，在这方面做出最高成就的人是史铁生。史铁生先生生前，有朋友约我一起去见史铁生，我没去。我觉得耽误他的时间。史铁生死后，我参与组织了他的研讨会。史铁生对汉语叙事传统的开拓非常重要。我甚至觉得无论怎么估量史铁生的意义都不过分。史铁生的小说不再去表现那个行动的世界，他表现的是一个玄想的世界，表现的是各种各样的印象、各种各样的思绪、各种各样的思考，由肉到灵，由心到魂。在他的小说中，人物始终在与知识对话，人物始终在与自己对话，人与人之间在不停地对话。史铁生的小说从来不会搁笔于白茫茫大地一片真干净。白茫茫大地真干净也是他质疑的对象。而在一切苦难之上，是史铁生无尽的仁慈。当然，如我们所知，史铁生这样做是因为他自己行动不便，与外部世界的联系被不幸地割裂了。但是文学发展，或者说，一个叙事传统的发展，有时候就需要这种奇遇。史铁生因个人的不幸而发展出来的叙事，某种意义上给汉语文学强行注入了一个传统。我们看史铁生的《务虚笔记》《记忆与印象》《我的丁一之旅》，都着力于此。

史铁生后期的很多作品都是无头无尾的。只有很厉害的人才敢把小说写得无头无尾。那些心智发达的人，他有那么多印象、那么多记忆、那么多经验需要表达。他扯出了一个线头，跑出来了一个线球。我觉得，吴亮的《朝霞》应该放在这样一个叙事传统中去看。有一个作家，叫帕斯捷尔纳克，我非常喜欢，他写过《日瓦戈医生》，早年写过一本《几何原理》。看《朝霞》的时候，我想到了书中的一段话，大意是说，一部真正的书是没有首页的。没有人知道首页在哪儿，就像树叶发出的喧闹的声音。没有人知道那声音来自哪里，只有上帝知道。就像在藏有宝藏的密林里，四周一片黑暗，你听到这个声音，瞬间会惊慌失措。你在黑暗里惊慌失措的那个瞬间，你会再一次听到树叶的喧哗声,那些声音在瞬间又涌向树梢,涌向顶端。树叶的声音来自风,但是风来自哪里?那是上帝的作为。然后,那声音又涌向了哪里?涌向了夜空,没有被朝霞点亮的夜空。

这样一种写法以前有没有?有。米沃什的《拆散的笔记簿》就是这种写法。米沃什的另一本书《米沃什词典》,以及韩少功的《马桥词典》大体上也可作如是观。前面提到的史铁生的小说,则是这方面的典范。虽然《朝霞》这本书有首页,但你完全可以从另外一个段落读起。邦斯舅舅可以在第二段出现,也可以在第三段出现。这是一部没有首页的小说。它是在知识的密林里逡巡的小说。每个段落,都是一株树。每个小节,都是一片丛林。读者会迷路吗?很可能。但这是知识者的遭遇。这样的书会畅销吗?不可能。但这是吴亮、史铁生、库切在中国的必然命运。我倒认为这是正常的命运。一本书在寻找它的读者。优秀的读者会再次把它从书架上取下。优秀的读者,同样会扯出一个线头,拽出一个线球。

四 记忆力

吴亮显然具有非常好的记忆力。70年代的那些神经末梢的颤动,他竟然还记得那么清楚。我所说的清楚并不是说它们在记忆中还保持着原样,从未改动。里尔克说,一个诗人,他必须经历过很多事情，他必须经历过异国他乡的条条道路，经历过许多爱情之夜，那些爱情之夜在别人看来大同小异，但是他本人却觉得迥然不同。他必须在孕妇的床前待过，孕妇忧戚的面容其实是她对未来的憧憬。他还必须在垂死者的身边待过，但是打开窗户，窗外传来的是喧嚣的市声，那是人间。当所有这些事情，在你的脑子里多到数不胜数，这时候你最重要的是要学会遗忘。仿佛它们从未发生过，无影无踪。但是某一天，这些消失的事物会再次回到你眼前，栩栩如生，难以名状。这个时候，你才可能写下第一句诗：我是一个诗人。你的写作，写的就是你忘了之后又来到你面前的那些词与物。我说的良好的记忆力，指的就是你拥有这样一种能力：对于遗忘之后再次出现的那个世界，你的语言让它重新生成。

《朝霞》让我们看到了吴亮在青春期经历过的很多事情。他骑着自行车，迎着朝霞，顶着硕大的头颅，穿大街过小巷，跟一些游手好闲者、闷闷不乐者、喜欢读书却一知半解者秘密交往。他们在讨论中勇于提供答案，但又对所有答案都不自信。因为读了马克思，他们就觉得手中拿着解决问题的钥匙。他们后来的生活对他们构成了极大的嘲讽。年届六旬，站在21世纪第二个十年的中期，吴亮回望上个世纪后半叶思想上的蠢蠢欲动，其中又有哪些思想在继续生长？

显然，对吴亮而言，那些思考还在继续，他依然困扰于此。这也是他能够保持非常好的记忆力的秘密所在。这些思考以及困扰，很可能还会产生出新的想象、新的事实。所以，我觉得吴亮还可以写出新的小说。上次吴亮对我说，他要忘记这部小说，但必须写出新的小说，才会忘记这部小说。但这部小说，你忘不掉。一个行动的世界，当行动结束，故事也就结束了，描写这个行动的小说也就结束了。但是，当思想成为行动本身，它就不会结束，它会催生出新的小说。

写了《朝霞》，我不知道吴亮还会不会去写晚霞。如果写晚霞，那也是晚霞对朝霞的回忆。在晚霞和朝霞之间是漫漫长夜，在朝霞和晚霞之间是乱云飞渡。它召唤着你为它赋形，它是乱云飞渡落在纸面上的影子，是你对影子的捕捉和思考。我记得这部小说最后写到徐家汇大教堂里的白蚁。我想，更多的细节就像白蚁一样，它会将神圣蛀空，但一个思考的人会通过写作之手将它重新修复。

一个具有丰富的精神生活的人，必定是一个记忆力超群的人。他会热衷于修复自己的记忆。但是没有人知道，连他自己也不可能知道，他的修复到何时才能结束。所以我觉得，吴亮的小说写作还会持续下去，作为读者，我对此依然有很大的期待。

谈张炜，说格非——两篇短论

汉语写作的荣幸——谈张炜

我事先跟张清华老师说，我不来了。因为张炜老师的创作量太大了，我看得很有限，说什么都是"盲人摸象"。但想了想，我还是来了。如果摸到了象蹄上，希望张炜老师不要踢我。

我只看过张炜老师的三部小说，《古船》、《家族》和《艾约堡秘史》，印象极为深刻。我前一段时间看完《艾约堡秘史》以后，还给张清华老师打过电话，谈我对这部作品的感受。我当时说，没想到，张炜老师笔力仍然如此雄健，宝刀未老。读这三部小说，我最突出的感受就是，张炜的小说都是张炜写的——张炜是有强烈的道德主义倾向、强烈的理想主义倾向、强烈的主体性的作家。

我想起我最早看《古船》,当时我从上海回到河南,我发现河南的朋友都在看杂志上登的《古船》。我的一个朋友,现在是浙江文艺出版社的负责人,就是曹元勇,他在杂志上勾勾画画,做了很多评点,还做了很多笔记。他强烈地向我推荐张炜。

我把杂志拿走看了以后,感受到这部小说跟我当时在上海看到的所谓现代主义小说差别非常大,理解了为什么河南作家那么喜欢《古船》。大家都知道,当时阿城他们提出"文化寻根"的时候,提到了儒、道。我觉得如果说在寻根运动当中有什么突出的文学成果的话,那么《古船》就是其中之一。其中的隋抱朴和隋见素给我留下的印象非常深。儒道文化在《古船》这里,不是作为观念,而是作为人物形象存在于文本中。三十年后再看《艾约堡秘史》,我能够感受到这么多年来,张炜的精神世界是非常稳定的。张炜是真正的儒道互补,抱朴见素。在纷纭变化的当代,张炜的价值观稳如磐石。

刚才陈晓明老师和西川都提到张炜受俄罗斯文学的影响。我对此深有同感。我们谈到俄罗斯文学,通常说的是19世纪的俄罗斯文学。但如果让我在俄罗斯文学当中选一个人,来和张炜做比较,我选的这个人可能是蒲宁。蒲宁是批判现实主义向现代主义过渡的一个人物。蒲宁也是一个具有强烈的道德主义倾向的作家，我们看他的《来自旧金山的绅士》，就可以明显地感受到他对商品经济、资本主义那套东西是非常厌恶的，他有强烈的批判意识，同时他的批判最后又导致他的无家可归。蒲宁对大自然的描写，与一般的俄国作家，比如屠格涅夫、契诃夫也不同，他不铺张，很俭省。这一点在张炜那里也可以感受到。蒲宁似乎是俄罗斯文学转换期的作家。我想特别说明的一点是，所有处于转换枢纽的作家，都是大作家。蒲宁如此，张炜也是如此，他们同时踏入了两条河流。

张炜的小说人物，吸附着太多的文化内涵。在张炜的小说世界里，在张炜小说中抱朴这样的人物形象里面，你可以感受到，他笔下的农民不像农民。抱朴在老磨坊里面不停地思考问题，不近女色，脱离肉身，看上去好像非常奇怪，但是他的想法却有一系列非常严肃的逻辑，虽然形式上是逻辑，但本质是混乱的。比如，他读古书，读《共产党宣言》，试图找到一条道路，从苦闷中走出来，却越陷越深。我想，这首先意味着，张炜在他非常年轻的时候，二十多岁的时候，已经对中国传统文化的儒道思想做了非常严肃的探讨。

那么，小说中的人物会走向归隐吗？归隐又岂能实现。很多时候，归隐几乎可以看成一种思想艺术，当然更是行为艺术。这方面最有名的人物就是陶渊明。陶渊明其实是无法归隐的。陶渊明在南山之下，搞一把无弦琴弹来弹去，情绪是很大的，实际上相当于摇滚中年。所以在中国，历史上的归隐大都可疑。进入1949年以后，归隐更是一种艺术。连陶渊明都无法归隐，抱朴或者见素，还有淳于宝册，怎么归隐？所以我们看到，淳于宝册的归隐，只是归隐到他自己创造的艾约堡里面。抱朴们在不停地勘探，在老磨坊里沉思，在葡萄园里沉思，三十年后，他们又在艾约堡里沉思、叹息，而且照样几乎不近女色。抱朴和淳于宝册两个形象，三十年后，合二为一了。一股脑儿地，张炜用自己的妙笔，将他们"存于宝册"，存于文学史册。在这里，田园变成了堡垒，桑田变成了自缚的茧，而他们的灵魂飞进飞出，其实是一直处于某种悬浮状态。张炜非常突出地写了这种既倾心于中国传统文化，同时又在资本经济中辗转反侧的一种状态，一种悬浮的状态。试想一下，中国人如今是不是经常处于这样一种状态？我想，这是张炜的贡献。

看看张炜写出的农民的这些新形象吧，看看他们在如何思考吧。他们也不得不思考，因为他们的命运一直被摆布着，在个人命运与国家命运的交织中，他们不能不思考。我们一般认为中国的农民是不思考的，是不会思考问题的，但是张炜笔下的农民全部在思考问题。记得有一次，我翻开《文艺报》，突然看到张炜写的一篇文章，一下子使我对他的理解又加深了。他说，他看到一个画家画的水牛，便问这个画家为什么不画黄牛。这个画家说，在中国画里面的牛全部是水牛，因为水牛的肚子比较大、角比较长，又有水，又有芦苇，所以水牛可以入画，而黄牛无法入画。张炜的小说第一次让黄牛入画了，他让农民开始在老磨坊里说话，做出类似于哈姆雷特式的一种思考。我为张炜让农民说话、让农民思考、让黄牛说话而喝彩。或许在很多年之后，张炜在这方面的意义才能够被充分认识到。

时间有限，我只说一点，那就是张炜与他笔下的人物的关系，好像也值得一说。你能够感觉到，张炜是在俯瞰芸芸众生，俯瞰他笔下人物的痛苦，他跟笔下的人物保持着某种间距。这样做的好处有很多，在叙事上可以获得一些便利。张炜本人因此能够逃脱一些痛苦。所以，我想，在叙事上张炜是既入乎其内，又出乎其外。这也使得张炜永远显得十分年轻，跟我十年前见他一样年轻。《古船》开头写道："我们的土地上有过许多伟大的城墙。它们差不多和我们的历史一样古老。"谈到张炜和一代作家，也可以这么说，我们这个国家有许多伟大的作家，他们像历史一样古老，也像历史一样年轻。这是汉语写作的荣幸。

谢谢张炜老师。

2019年5月18日，在"精神高原上的诗与思：北京师范大学驻校作家张炜入校仪式暨创作四十年学术研讨会"上的讲话

说格非——在格非创作三十年研讨会上的发言

今天在座的人当中，我认识格非应该是最早的。那是1983年，迄今已经三十三年。时间过得很快。我在来的路上还感慨呢，这会儿见到宗仁发更是感慨万端。1986年春天，格非翻过华东师大文史楼前的栅栏朝我走来，我正躺在草坪上晒太阳。格非给我看了一封信，是宗仁发写给他的，说他的小说被录用了。小说题为《没有人看见草生长》，题目来自帕斯捷尔纳克，大雪覆盖之下，草尖在生长，但是没有人看见。"雪"这个意象，是格非喜欢的，多年后他又写了《雪隐鹭鸶》。《没有人看见草生长》是格非的第一个中篇。正是因为《关东文学》发表了格非的小说，后来我也把第一篇小说寄给了宗仁发。

很多刊物约过我写格非，但我一直没写。曾写过一篇短文，二十年前发表在《作家报》上，题目叫《格非，作家中的知识分子》。关于格非，我有很多话可说，或许应该写一篇长文。格非在我的写作历程中对我帮助很大。有些人可能知道，他曾经是我的大学毕业论文的指导老师。20世纪90年代初，我曾对写作失去信心，格非当时鼓励我，说你的语言是中国最好的小说语言，怎么能放弃？应该写。这当然是鼓励了，也确实对我有很大的鼓励。我早年的很多小说，他都是第一个读者，提出过修改意见。他早年的一些小说，我也是第一个读者。我记得有一次，格非夫人打电话问，他是不是刚完成了一个短篇？她说的是《青黄》。我向她汇报了学习体会，结构，结尾，等等。我当时汇报说，这篇小说将来要传世的。来开这个会，我首先想起的是很多细节。

刚才福民和西川提到了格非的智力，我当然深有同感。他的智力水平之高，那是毫无疑问的。举个例子，有一年世界杯的时候，我从郑州来到北京，住在格非家里看球，格非当时住在东交民巷，离广场很近。我们白天蒙头睡觉，傍晚穿过广场，后半夜看球。当时我们没有电视机嘛。最后决赛是意大利对巴西。意大利的主教练是萨基。萨基本人没有踢过球，却是战术大师，是AC米兰王朝的奠基人，以智力超群著称，经常改变战术。那场球，一百二十分钟踢平了，点球大战的时刻来了。格非说，你看好了，萨基犯错的时候到了，他会让巴雷西踢第一个点球。巴雷西是队长，中后卫。他说，巴雷西踢不进，意大利就完蛋了，因为后面的人就会慌神了。他说这时候应该派毛头小伙子上去先来一脚，后面有老将助阵，小伙子的压力没那么大。巴雷西果然踢飞了，接下来的一个也踢飞了，最后巴乔也踢飞了。我当时觉得意大利队应该请格非去当教练，因为他的脑子太清楚了。格非的计算非常精确。我想，他的写作也与此有关。格非的写作习惯我当然不便多说，只能透露一点，他对小说的结构、段落的规划，对人物命运的设计，对一些关键语词的运用，都有周密的考虑，有如数学推演。虽然写作过程中会有一些变化，但事先的考虑是周详的。

今天这个论坛的主题很重要，我也很感兴趣。题目"重构或归返中国叙事之路"中提到的"重构"这个词，很准确。谈到莫言，谈到格非，现在很多人都会提到大踏步撤退，提到恢复传统，提到与《红楼梦》《金瓶梅》的关系。这当然没错。格非本人也一直在谈《红楼梦》《金瓶梅》。但我认为批评界对他们可能有某种误读，传统是个伟大的幽灵，但是没有人能够回去。当代人的幸运或者不幸，其根源都是一样的，那就是我们无法回到传统。我们回不去喽。兰陵笑笑生的临清和莫言的高密，曹雪芹的大观园和格非的梅城，虽然地理位置很近，但实际上相隔甚远。时间有它的地理学，地理也有它的历史学。《金瓶梅》写作的16世纪和我们置身其中的21世纪之间，在临清和高密、大观园和梅城之间，横亘着四个世纪的弥天大雾。你想回就能回去吗？所以，对于传统，我们只能够"重构"，不能够返回。

朋友们已经多次提到格非的近著《雪隐鹭鸶》。我看了《雪隐鹭鸶》，非常感兴趣。"雪隐鹭鸶"引自《金瓶梅》中的一句诗：雪隐鹭鸶飞始见，柳藏鹦鹉语方知。小说家的工作，就是发现隐藏于雪中的鹭鸶，看到栖落在柳树中的鹦鹉，找到它们在这个时代的踪迹，听到它们在这个时代的叫声。张竹坡说，读《金瓶梅》，生怜悯之心的是菩萨，生畏惧之心的是君子，生欢喜之心的是小人，生效仿之心的是禽兽。老张本人生的是什么心，我们不知道。鲁迅说《金瓶梅》写的是世情，他看到了世情。那么，格非看到了什么？

我想说，格非的《雪隐鹭鸶》可能给我们一个启示，就是当代小说家可能以另外一种方式进入写作。我们看到，格非近年有大量的研究性文章问世。有人说这是两条腿走路。对于格非的研究性文章，有些朋友评价极高，有人甚至认为比他的小说还好看，比如他的导师钱谷融先生就持这种观点。这是因为，这些文章对人有启示。小说与研究性文章齐头并进，当然首先呈现了格非的文化身份，一个知识者的文化身份，一个研究者的文化身份。知识者、研究者和写作者，在此三位一体。但更重要的是，我想说，格非是要通过考察兰陵笑笑生在16世纪社会转型时期的写作与16世纪政治经济学的关联，发现写作如何与转型期的社会现实构成复杂的对话关系。所以，我觉得，格非对传统的研究、对东西方叙事学的研究，是视野，是方法，同时也是情怀。它不是论文，与学位和职称无关，跟什么有关？跟写作有关。也就是说，在如此复杂的现实面前，我们无所傍依，我们需要借助对传统的考察，来创造新的传统。这样的对话关系如此重要，以至于我们不能不感觉到，只有在这种对话关系中，当代的写作才能够成立。同时，这种对话关系可能也意味着当代写作的一个重要倾向，那就是，我们其实是以个人写作的方式在完成一部集体写作，是在与传统，与各种知识，与已有的研究成果进行对话。这样一种倾向，在《江南三部曲》里得到了充分呈现。

有一个词，今天在场的陈晓明先生将它进行了重新塑造。它就是"晚郁风格"。"西马"的代表人物阿多诺提出了"晚期风格"，萨义德进行了一些阐释。陈晓明呢，把马克思主义普遍真理与中国革命具体实践做了结合，提出了"晚郁风格"的概念。如果考虑到现代汉语的历史非常短暂，考虑到中国社会现实的变化过于迅速，考虑到我们的记忆尚未成形，尚未变成可以直接呈现的有意味的形式就已经被冲得七零八落，被打击得粉碎，那么这个时代的写作尤其需要作家把才智、经历、体验、失败感整合到一起去，并为它赋形。所以有时候，我会有一种感觉，中国当代作家不到五十岁，其实没有能力去完成长篇小说。我的意思其实还是想说，你只有通过个人方式，通过你的修养、你的阅读、你对声色与虚无的体认、你与各种知识的对话、你的沉淀，最后才可能形成某种文字，才可能形成一部小说。而到了这个阶段，作家通常已是年过半百。

所以我一方面感慨时间过得很快，一方面又想说，不要紧,一切都还来得及,正是写作的好时候。朋友们刚才提到格非的转型,都用到了"生长性"这个词,我愿意在这个意义上理解这个词。五十岁之后,文学仍然有可能生长,而且是更饱满的生长和呈现。正是江南好风景,落花时节又逢君。你不能说,你对老师有期待。只能说,作为读者,我对格非未来的写作仍然抱有很强的阅读期待。

2016年4月22日,在"重构或归返中国叙事之路:北京师范大学驻校作家格非入校仪式暨创作三十年研讨会"上的讲话

当初的欲望已成记忆——关于程永新的小说集《若只初见》

城疫之时，小说创作量最为丰盛的人是谁？竟然是文学编辑程永新。谁也想不到，程永新会选择用写小说的方式来度过这段时光。考虑到程永新的职业生涯完整地献给了小说编辑事业，并且深入地参与塑造了20世纪80年代中期以来汉语文学的形象，那么如今他在幽闭时空中的操觚染翰，就进一步说明了一个基本事实：小说不仅是程永新与世界接触的媒介，更是程永新表情达意的最重要的通道，甚至已经成了他身上的一个器官。

小说集以同题小说命名，确实恰如其分。"人生若只如初见，何事秋风悲画扇。等闲变却故人心，却道故人心易变。"纳兰性德的名句，几乎可以概括所有世情小说的主题，如鲁迅在谈到《红楼梦》时所说的"悲喜之情,聚散之迹"。通常而言,小说所描述的就是"初见"之美在"秋风"中的"易变":古典小说描述"易变"的过程,现代小说探究"易变"的存在之谜。我饶有兴趣地看着程永新如何接近、触碰、编织、创造并呈现这个存在之谜,其间伴随着自己对往事以及对程永新本人的回忆——直到20世纪90年代初,程永新经常唱的一首歌还是这篇小说中时常出现的《你看你看月亮的脸》,现在我总算知道一点缘由了。在《若只初见》中,讲述故事的时间与故事讲述的时间之间,吹拂着三十年的"秋风",但往事却如女主人公的名字"青青"所示,依然在记忆深处保持着一片绿意。

卡尔维诺曾在《看不见的城市》中发出感慨:"当初的欲望已成记忆。"欲望指向未来,记忆却是回到过去。未来与过去,就这样回还往返,交织成了我们现在所看到的小说。昌耀说,一首诗可以在临近于、平行于历史时刻的地方漂流,诗人自然也是如此。但诗歌与小说在叙述上的分野在于,小说一定是个"时空共同体",必须对时间和空间做出弹性的处理:分割、交会、挤压、拉抻、延宕、蔓延。诗人常常身心俱往,但是,绝大多数情况下,小说家却是"分成两半的子爵":一半在河里顺水漂流,一半在岸上逆流打捞。程永新在逆流中重返爱的源头,在漂流中重获爱的意义,两者相反相成。

我惊讶于程永新将不同女性的名字归于统一：芳名皆为青青。在现实生活中，这显然是不可能的。在小说所提供的假定情景中，我们可以肯定第二个"青青"是故意模仿第一个"青青"的名字，其中可能包含着对"我"的嘲讽，以及自己未能成为第一个"青青"的遗憾，或者是想更强烈地表达一种满含着"爱"的醋意。这种复杂而委婉的表达方式，当然非常符合知识女性的身份，但是，要恰当地呈现出这种表达方式，对作家却提出了极高的要求。我在这里更想提到的是，程永新对人物名字的处理方式，给小说带来的另一个更重要的意义：名字的统一，使具有不同职业的女性、真实的个人，顿时变成了符号：青春的符号，爱的符号，时间的符号，存在的符号。这是从特殊到普遍的过程，是从事件到存在的过程。在叙事学的意义上，程永新在此提供了一个方法：通过对两种时间相互作用的描述，通过对人物巧妙命名的方式，人物的性格、命运可以在文本中得以改变和呈现，而且可以展现写实性的小说如何通过不同的方法走向抽象。

我想提到一个词：小说的自反性。坦率地说，我倾向于将"自反性"看成现代小说的一个重要特征，即现代小说可以看成自我指涉的小说。事实上，无论是在绘画、电影还是小说创作领域，现代艺术的重要变革常常都是来自对媒介自身的重新理解，涉及媒介自身的变革。在中国当代小说界，最早将小说的自反性以炫目的效果表达出来的是马原，而程永新正是马原的重要发现者和推动者——我现在想起，我听程永新说的第一句话是："知道马原吗？"时间是1987年7月。如今，我们想起马原，首先想到的就是"元小说"的概念，虽然元小说作为后现代主义小说常用的技巧，早在20世纪60年代就出现于欧美，但在中国语境中它还是个新鲜事物，在20世纪80年代的语境中对某种意识形态具有祛魅效果，并且强化了小说家的主体性，这是马原的意义，不容忽视。但我现在想说的是，小说的自反性不能仅仅用元小说来概括。小说的自反性，也就是小说的自我指涉，最重要的意义并不是要告诉我们小说是虚构的，因为这本来就不证自明，而在于通过这种以讲故事的形式完成的自我指涉，来探究经验的构成方式，来省察小说本身作为存在与我们置身其间的存在之间构成怎样的关系，这当中是否预设了足够的对话和反省空间。我更想说明的是，那种比较外在的元小说形式其实已经没有什么必要了。但是，小说的自反性，却仍然是现代小说存在的重要理由：小说本来就是人类经验的存在方式，是通过自我指涉对经验进行反省的方式。如今，在具体的表现形式上，小说的自反性可能变得更为隐蔽，仿佛羚羊挂角。程永新的近作，都带有明显的自反性特征。我们需要留意，作为真正的行家里手，程永新在不同小说中如何使用不同方法来完成这种自我指涉。

敏感的读者或许会注意到,《若只初见》完成二十四天之后,程永新紧接着完成了《风的形状》。程永新的《后记》和苏童的评论,证实这是根据旧作《风之影》重写的小说。读者能够明显感觉到,《风的形状》要比《若只初见》复杂得多,写作难度也要大得多。根据我的猜测,《若只初见》的成功可能对修改《风的形状》有着激励,使得程永新敢于啃下这个硬骨头。这当然是个硬骨头,试问有谁见过风的形状?它本身就看不见摸不着,只能随物赋形,却又超以象外,得其环中。又有谁能够捕捉到历史的风云?它荡涤一切又在每个人的头顶留下阴影,而天命反侧,何罚何佑?我怀着第一次吃螃蟹的心情读完这篇小说,回头再看依然感到望而生畏。我前面提到,程永新对小说的运思是很让人佩服的,所谓运思造奇,下笔玄妙。如果是生手,这篇小说很容易写得杂乱无章,或者下笔千言拉成一部长篇。程永新在小说中树立的爱神雕像,无疑是小说的核心意象,是一部复杂发动机的核心装置。故事开篇即写到,在建筑系毕业生米林的眼中,女神雕像的位置乍一看就有点不对头,好像被人遗弃了,孤零零的,与花园的整体格局没有关系,这显然有悖常理。这个悬念不仅一直保持到故事的结尾,还将延伸到文本之外。随着故事的讲述,我们得知它的位移正是历史作用的结果。历史风云迫使它从正当的位置偏离了。它的偏离,是悲剧的起始,又是悲剧的延续,也是悲剧的结果。由此，女神雕像成为悲剧的象征。正如小说在结尾部分写到的，接下来它还要继续位移。在从不停息的动荡岁月中，偏离就是它的命运，每次偏离都预示着花园中所有人将再一次走向悲剧。我感兴趣的是，这个核心意象其实隐含着一系列复杂关系：风的轻盈与雕像的沉重，风的无形与雕像的有形，风的呼啸与雕像的沉默，风的无处不在与雕像的茕茕孑立，仿佛形影相吊，既彼此安慰又彼此背离。某种意义上，阅读这篇小说的过程，就是感受并且重组这种对话关系的过程。我们可以看到，不同时代的风一遍遍地从女神雕像上吹过，从几代人的身上吹过，吹过花园，在中国的城乡上空呼啸，甚至漂洋过海，让更多的人感受到风暴，然后风暴再次袭来，再次促使爱神雕像继续移位，直到人物面目全非。事实上，那风吹到谁的身上，谁就是风的形状；而我们每个人的形状，就是我们在某个时刻所感受到的风的形状。

那么，具体到这个神秘的花园，又有谁见证了这么多风的形状，见证了众多形状中的秘密？只有那个沉默的守门人——他是中国历史上不同朝代守墓者的影子，见证并守护着所有秘密。在此，程永新将守门人设置成哑巴着实意味深长。历史不仅是胡适口中任人打扮的小姑娘，还是个哑巴，是一个任人打扮的哑巴姑娘。因为她是个哑巴，所以她只能将说出所有秘密的权利让渡给另一个人，即小说家本人，正如所有守墓者要将言说的权利让渡给考古学家一样。我想,程永新在此强调了小说家工作的要义:小说家正是捕风者,正是历史的见证者和探究者,正是另一种意义上的考古学家。

苏童的记忆力和感觉是超常的。撇开其鲜活的文字不谈,我惊讶于事隔多年之后,苏童竟然还记得这篇小说的初稿曾给他未完成的印象。事实上,我疑心这也是他现在重读后的感觉。换句话说,他其实感受到了这部小说的"未完成性",虽然这篇难度极大的小说在完成度方面已经足以让人惊讶。小说的"未完成性"与"未完成度",可以看作两个略有重叠但又不同的概念。所有小说都具有"未完成性",不管它是否已经完成。《红楼梦》和《城堡》就是东西方最著名的未完成的小说,它们是以未完成来昭示它的"未完成性";金圣叹腰斩《水浒传》,是为了将已完成的小说重新改为未完成,以突出故事和人物的"未完成性"。小说的"未完成性",植根于对人的深刻领悟:人从来就是具有未完成性的生物,人的历史从来就是具有"未完成性"的时空概念。这个问题非常复杂,值得写一篇长文。而具体到这部小说的"未完成性",则是因为小说讲述的故事本来就难以终结,人物之间的复杂关系本来就难以参透,就像"风"的形状最难描绘,历史的烟云最难捕捉,人物的命运就如小说中写到的那个鱼池中的浮草最难打捞干净一样。风如神,而神本无端,栖形感类。只有通过具体事物的描绘,并且让理人形迹,方能接近这个风神。

这实在是一个很大的难题。但是,正如我们所知道的,小说家的使命,就是通过各种方式无限接近于它的完成,并且通过已经写出来的部分来彰显写不出来的部分,通过"完成"来突出它的"未完成性"。我们看到,在《风的形状》中,程永新几乎调动了所有叙事手段,以使它完成于它的"未完成性":他部分采用了探险小说的形式,以突出历史的神秘莫测、波诡云谲;他建造的幽闭空间令人想起曹禺的《雷雨》,欲望在此既发出尖叫又发出呻吟;他对物象的描绘有着法国新小说的风格,但因为历史风云穿行其间,所以那并不是冷漠的物象本身而是精神的化身,他要通过对物象的描写让人物飘忽的命运得以定型;他也部分吸取了非虚构的因素,比如将戴厚英的悲剧移入文本,以增加小说的现实感;在调动了如此之多的叙事资源之后,如果小说依然让人感觉到它的未完成,那就更加突出了小说的"未完成性"。这个问题,不仅是程永新本人遇到的问题,也是所有小说家遇到的问题,但归根结底,这是历史和现实留给小说艺术的最有意味的问题。在此我大胆地猜测一下,程永新以后还将继续忍受这篇小说的纠缠,如同器官的不定期发炎,多年之后他甚至可能还会再次修改这部小说。借用程永新在小说中的话说,就是让米林继续在"爱神雕像的脊背上轻轻擦拭,以擦去蒙在历史镜面上的雾气"。到了那个时候,他会觉得,他的再次讲述仿佛就是第一次讲述,而这也是每个小说家都会遇到的问题。我想顺便补充一句,盘桓在所有小说家头顶的这个问题,其实就是小说艺术的奥妙所在,它是对小说家的折磨和挑战,也是对小说家的安慰和召唤。

从《若只初见》到《风的形状》,小说的主题保持着连续性。我们可以认定,爱是小说回旋不已的主题,或者说探究记忆的法则就是小说的要义;如果我们承认王安忆的《长恨歌》和金宇澄的《繁花》的主题就是上海,那么我们也可以认定这其实也是《风的形状》的主题,它以建筑史册的形式掩藏于图书馆幽暗的深处以及爱神雕像下面的泥土之中,等待着程永新细心地发掘;我们也不妨把人物从女神到女人的转变,看作小说潜在的主题,只是当我们把她们看作人的时候她们是尊贵的神,把她们看成神的时候她们却是失败的人;我觉得逃离或者偏离也可以看成程永新小说的重要主题,"我"从上海到内蒙古是逃离,"青青"从上海到日本是逃离,米林的即将返乡,犹如第一次回到养母的子宫,则不仅是逃离,还是偏离之后的再次偏离;在《我的清迈,我的邓丽君》中,逃离或偏离的主题则同时弹奏。逃离是在秋风中对"人生若只如初见"的情感回归,仿佛是在重回种子的道路,而偏离却是既发生在逃离之前,也发生在逃离之中,甚至发生在逃离之后,它是逃离的缘起、过程和结果。

当我借用马尔克斯的说法,提到"重回种子",脑子里不断浮现出与程永新交往的瞬间,已经逝去的20世纪80年代末90年代初的文学风云突然间盘旋归来,这使得本文的写作仿佛也是"重回种子"的另一种形式,我也仿佛重新感受到了种子发芽的过程。在这里,我要坦率地承认,对于在20世纪80年代末与程永新相识的我本人而言,阅读这些小说常使我产生温柔的感觉。这种感觉时常从小说中的一些细节上升起,使我不由得有些走神。比如现在我就突然回忆起,我第一次看到那个在巨鹿路上的爱神雕像时,心中浮现的古今与东西的穿越之感;我第一次吃大虾就是与程永新在一起,地点是上海巨鹿路附近的某个餐馆——那天我第一次听说"食疗"这个词,程永新当时曾惊讶于我不吐虾皮,不过那大虾不是小说中的女作家都一敏烧的,也不是现实中的女作家戴厚英烧的——这里我要顺祝她们安息;我当然也想起《若只初见》写到的浦东一居室,20世纪90年代初的某一天,我与格非曾经星夜过江,在那里度过一夜。那天是奥斯卡颁奖之日,我们听着音乐,等候着大洋那边传来《大红灯笼高高挂》获奖的佳音,我们的目光不时瞥向榻榻米旁边床头柜上的那部电话,但那天我们并没有见到古筝女王。

　　由于往事的介入,阅读程永新的小说,我常常伴随着伤感,如同聆听伤心咖啡馆之歌。早年的时光难以忘怀,却永不再来，仿佛就是伤感的源泉，却又似乎未必。我想，这首先应归因于程永新的语调，其语调慵懒，慵懒中常带戏谑，戏谑中却又常常柔情万种。即便处理的是《青城山记》这样的武侠题材，他也是情意绵绵，蛱蝶深深见，蜻蜓款款飞。在有限的篇幅中，程永新有能力写出人物命运的千回百转，令人一掬同情之泪。这里要提到，程永新对细节的处理不仅很容易让人身临其境，而且容易让人陷入遐思。他通常不愿意去直接描写人物的动作，而是直接切入人物的心理，但其手法又是婉转的。都一敏给爱女打电话，在等待电话接通的那个空隙，她会暂时回到阁楼。程永新接下来写道："在连绵的想象中，她已经与女儿聊了很久很久。"这里写的是她的孤寂和对女儿的爱，但读者却很容易进入故事，仿佛也在陪同都一敏一起等待，并在等待中已经参与了那场尚未进行的聊天。"青青"之一行将赴日之前，最后与"我"见了一面，只说了一句话，就将人物的处境与心理巧妙地透露出来了："你可以不让我去的。"语气之轻与命运托付之重形成了极大的张力，不仅使小说中的"我"目瞪口呆，也会使读者紧张万分，当然也会有读者立即期待好戏上演。而当"我"立即转移话题，一些读者替"我"放松之时，另一些读者则会唏嘘不已。类似的细节在小说中比比皆是，潜行于慵懒的语调之中，使小说保持着隐蔽的戏剧性冲突。正是这些细节，这些准确的细节，将我们这些读者纳入故事现场，与小说中的人物一起被搅入命运的齿轮，进而陷入绵绵长恨。

阅读《我的清迈，我的邓丽君》，我的心情不由得放松了许多，放下书本依然会发出黑暗中的笑声。小说开篇即写到，研究《易经》的人传授克服恐高症的妙招，就是"不停地默诵阿弥陀佛，一直念到飞机降落为止"。这是古今之变、东西之争在日常化之后常见的景象，而当代写作要处理的就是这个"古今之变、东西之争"所构成的时空共同体。在这个共同体中，命运的支配使我们从属于多种文化，于是混乱在进行，分裂在持续，可怕，但又快活。而在快活得不到满足之时，我们又会发出怎样的感慨呢？小说中的建国已经提前替我们发声了。小说中回旋的邓丽君的歌声，主人公们下榻的邓丽君曾经丧命的那个美萍酒店，提醒我们爱与死亡就是我们出发的新的历史起点。这当然不仅是我们的专属产品。小说中提到的泰国、老挝皆是如此，不同阶层、不同类别的人都不由自主地被卷入其中，构成全球化时代的混账图景。在僧侣也会顺手牵羊，偷走太阳神木雕的那个时刻，我们知道一切早已瓦解。用马克思的话说，一切神圣的东西都被亵渎了，人们终于不得不冷静地直面他们生活的真实状况与他们之间的互相关系。

在小说叙述的过程中，随着主人公观光的步履，不堪的往事正在不断地涌上他们的心头，并在心中发酵。于是，不可承受之轻与不可承受之重，就成了主人公们清迈之行的变奏曲。事实上，程永新的小说常常埋伏着两条线索，我说的不仅是叙事线索，主要指的还是情感线索，即轻与重相互缠绕的两条线索。它们纠缠不休，或拧或散，或紧或松，随着人物的行动共同向前延伸，直至人物的行动出现陡转。本来是一场声色之旅，最后的落脚点却转向了对亲情的寻找。阿格离开三人行团队，独自踏上寻亲的道路，看上去是一次简单的逃离，但这个逃离却是寻找的同义词。程永新似乎是在提醒我们，亲情永远是人类珍贵的情感。但是，且慢，如果我没有看错的话，小说曾经隐晦地写到阿格所要寻找的兄长，其实类似于俄狄浦斯剧中的角色。阿格这样做，是出于对亲情的期盼，还是出于宽恕，还是出于对父兄的思念？我们是否有理由猜测，一场内在的冲突可能正在酝酿之中？我们是否有理由认为，曾经离散的亲情还将再次离散？不知道，因为这真的是一个谜。程永新确实是一个制谜高手，你在他的所有小说中似乎都能看到预设之谜：有些留在文本之中，是悬念的缘起；有些延伸到文本之外，仿佛是另一部小说的开端；有些可以解开，以暂时满足读者的愿望；有些正如存在本身，通过仔细辨析仍然有待索解。莫非程永新是再次提醒我们，他的小说就是要与读者一起探究存在之谜，为此他才会不懈地追究风的来路，描述风的形状，目送风的去向？

　　正如我前面所说，这几部小说是程永新在中断创作多年之后，在疫情期间写出的作品。无论对程永新本人，还是对关注他的读者朋友，这些作品都有着特殊的意义。作为20世纪80年代以来中国文学最重要的亲历者之一，他对四十年来的小说内部的诗学问题有着直接的思考和介入，同时他也在不停地梳理小说生产所面对的外部语境问题，并以写作的方式调整或者探索文本与语境的关联性问题。这批作品可以看作程永新对这些问题进行思考、介入、梳理、调整和探索的结果。这是另一种意义上的"重放的鲜花"，是在时间的长河中缓缓结出的果实，其中的原因非常复杂，值得探讨。要知道，从20世纪80年代中期开始，程永新身边就游荡着无数作家的身影，他们在平台上移动，而程永新和他供职的《收获》，不仅是个平台，还是照亮平台的那个灯盏。应该承认，有才华、有志于小说创作的人太多了，尤其是在20世纪80年代和20世纪90年代。但是，并不是每个人都可以成就自己，因为一个小说家的成功，常常具有相当大的偶然性，有时候就要看他们在黑暗中是否能被灯盏所照耀。随后，那些身影开始发光，在庞杂的群体中独立成为个体。而在这个过程中，程永新作为那个手持灯盏的人，则隐在了暗处。这使得人们几乎忘记了作为杰出的小说编辑，程永新也曾是个写小说的人，我甚至怀疑程永新本人有时候也忘记了这一点。借用布罗茨基的一个比方，对于热爱小说的文学编辑来说，小说就像一门有着后坐力的火炮。你在装弹射击的同时，强大的后坐力却可能迫使你下蹲——你只顾先替别人打炮，却耽误了自己打炮，而当你自己打炮时，你却捂着双耳下蹲了。我的意思是说，小说编辑的创作冲动会随着那个下蹲动作而减弱乃至消失。这样的例子其实在文学史上屡见不鲜，只是少被提及。如今，在小说创作退潮之处，海边传来的常常是非议，作家感受到的常常是冷漠。程永新在这个时候重新开始小说创作，只能够说明他是个真正热爱小说的人。正如我们所知道的，只有在退潮的时候，才能看见谁在裸泳，而程永新就是那个在退潮时分裸泳的人。他和他的小说器官，现在都成了沙滩上的风景。每时每刻，风都在沙滩上吹过，那风是从爱神雕像上吹过来的，还是将要吹向爱神雕像？谁知道呢。有一点是可以明确的，正如你的形状就是风的形状，我们已经感觉到，程永新在沙滩上的形状，就是我们此时可以看到的风的形状。

而对程永新本人来说，这一切连同当初的欲望都已成记忆，记忆已化成文本，任人评说。

《文艺争鸣》2022年第6期

李敬泽话语

2022年8月25日，封闭了两周之后，我搭乘朋友的车从怀柔山谷返京。第八届鲁迅文学奖刚刚评出，于半个小时之前向媒体公布，各种喧闹已应声而至。李敬泽暂时留在山谷，有些棘手的事情还等着他应对，正所谓"怀柔百神，及河乔岳"。而且，评奖这一古老的游戏，除了接受苍老的历史幽灵的追问，还要接受现实的审视。李敬泽是罕见的想得开也放得下的人，尽管如此，那个似乎是与生俱来的责任感仍然会作用于他。算下来，他具体操办国家级文学奖评选已有十二年之久，他总是期望从中选出真正的人才和作品——凿开冰面，等待鱼儿跃出，似乎已经成为他的日常工作。只是这一次，他是高兴还是失望，还是喜忧参半？我不知道。车窗之外，一边是苍翠的群山，一边是起伏的农田。尘土飞扬之际，看得见杂花生树，也看得见砖石和瓦砾。我脑子里突然冒出两句话来：每个清晨，你必须重新掀开废弃的砖石，触碰到生机盎然的种子；文化变成了一堆瓦砾，尔后归为尘土，但精神将萦绕尘土。此时是午后，一个暧昧的时刻，一个依照惯性滑行的时刻，我在手机上找到了这两句话的出处，它们来自维特根斯坦，一个强调过"凡不可言说之物，需保持沉默"的人。恍惚之间，我觉得这两句话与李敬泽的个人修为之间，似乎有着某种隐秘的联系。

李敬泽最早是一位小说编辑，他在最好的年代进入《小说选刊》，在"重放的鲜花"李国文先生手下开始编辑生涯。虽然他很少谈起在《小说选刊》的工作，在我的印象中他对自己的职业生涯也从不做出某种规划，但那段时间的工作对他显然有过很深的影响。一个突出的例子是，他从一开始就习惯于观察文学现场的动态，并且具备一种整体性视野，对不同风格、不同代际、不同地域的作家及其套路有充分的感知。对于80年代中期以后的中国小说史，李敬泽可能是最有写作资格的人。一部小说史，应该作为小说、小说家自身运动的历史性过程，与社会形态、民众心态、读者情感状态的变化构成复杂的关系，最终以一种混杂的修辞形式呈现出来。李敬泽对此的认知程度之深之细，在中国文学界恐怕罕有匹敌。不过，李敬泽似乎从未产生过将这个过程进行某种知识化处理的念头，尽管他少数的回顾性文字常常被当成经典性言论加以引用。坦率地说，我自己就曾劝说他不妨再写些类似的文字，甚至不需要他本人回顾，只需他将手中保留的部分书信拿出来即可。对于前者他是完全提不起兴致，对于后者他则是断然拒绝。除了为尊者讳、为友人讳的美德，我想还有一个重要原因：他似乎更愿将那些嘈杂的、紧张的、私密性的现场经验保留于记忆，使它们依然处于某种对话状态，只是让它们暗中作用于自己隐喻性的写作。

熟知李敬泽的人都会承认，李敬泽从来不屑于建造所谓的"文学帝国"，而是有意维系一个"文学共和国"。在任何一个帝国，都是只有崇拜者，没有朋友；只有发号施令者，没有对话。在李敬泽维系的"文学共和国"，人们性格各异，禀赋各异，文本各异，嘈嘈切切错杂弹。离开《小说选刊》之后，李敬泽曾写过一篇关于李国文《垃圾的故事》的评论文章，联系小说的故事情节，他有过这样的议论："不管你是什么立场，你都应该懂得欣赏真正的性格和生活。"李敬泽进而认为，李国文小说中的人物形象和语调表现了一种耐人寻味的文化姿态："这些老人没有什么末世情怀，或许是因为任何末世神话都已经唬不住他们，这些人世故而超脱，刻薄而宽厚，乐观而悲观。尽管在当下的理论语境中，你不能说他们有人文精神，但是我觉得,他们更接近于十八世纪的老式人文主义者,虽然很难把世界摆平,但仍在这个世界无比纷繁的差异中,维持着微妙的平衡感。"在文章的末尾,李敬泽又借评析人物发出感慨:"垃圾仍在蔓延,我们必须从容面对一个极为复杂的时代,面对一个有可能被众多垃圾挑战的时代。我们必须做出抉择。我想,这个抉择是有关我们和我们共同社群的前途的。"李敬泽经常自嘲只是个"做事的人",这些看法是否预示着他后来做事的基本立场?

在李敬泽早期的文章中单独提到这一篇,只是因为他提到了"垃圾"。李敬泽的众多文章都有"博物"倾向,"博物"而且"物哀",现在,他的"物哀"甚至延伸到了"垃圾",一种真正的剩余。李敬泽喜爱日本文学,尤其是远藤周作,多年前他就曾向我推荐此人。我想,或许是远藤周作小说中隐含的坚贞与背德、隐忍与超脱的主题,包括其中的"物哀"倾向,引起了他的兴趣。不过,与日本文学中的"物哀"有所不同,李敬泽的"物哀"不仅停留在感知的层面,而且躬行践履。城春草木深,他不仅感时花溅泪,而且莳花弄草;不仅恨别鸟惊心,还要提笼架鸟。他看到了"垃圾",看到了拾垃圾者,而且看到了它们和他们的意义。没错,我甚至有一种强烈的冲动,将20世纪90年代以后的李敬泽,看成本雅明意义上众多"拾垃圾者"的守夜人。本雅明从波德莱尔那里提炼出的"拾垃圾者"形象，与"讲故事的人"和"驼背小人"一起，穿行于他所创造的星丛、灵韵、机械复制、历史天使等概念和意象之间，使它就像"拾穗者"成为劳动者的形象一样，成为一个时代文人的形象。对于本雅明的描述，李敬泽一定心有戚戚焉，这当然与他对中国语境的深刻体认有关：90年代以降，经过一系列激烈的变革，我们在相当大的程度上进入了本雅明曾经描述的那个语境，当初那些兴致勃勃游荡于"拱廊街"上的文人，此时迅疾变得失魂落魄，只能捡起历史碎片，在想象中展示自己的整体性视野。而李敬泽，则在众人游荡的时刻，充当了一个守夜者。

第一次阅读李敬泽文章的情景，我至今还清晰记得。1995年暑假的一天，关于拙作《缝隙》的讨论结束后，李敬泽拿出一沓打印好的文字。他慵懒地靠在沙发上，神态有点像鲁迅先生谈到《孔乙己》时说出的那句话："这一篇很拙的小说，还是去年冬天做成的。请读者看看，并没别的深意。"文章题目叫《乔治·钦纳里之逃奔》，这是后来结集为《青鸟故事集》中的一篇。初读此文，我一时分不清是博尔赫斯式的小说，还是毛姆式的随笔。乔治·钦纳里，历史上实有其人，他是伦敦一个东印度商人的儿子，曾师从雷诺兹学画，1802年从英国来到印度，时年二十八岁。他在印度住了二十三年，后又在澳门、香港、广州游历了二十七年。他用数千幅油画和速写，描绘了他眼中东方的民俗风情。乔治的视线经常集中于普通的街市、港口、乡村，集中于那些游走的渔民、小贩、苦力、赌徒、郎中和病人身上。如果说郎世宁居庙堂之高，向北京的宫廷画师传授了西洋画技法，那么乔治则是处江湖之远，影响了珠江通商港埠一带的民间画师。郎世宁死后，葬于阜成门外，即如今北京市委党校院内，也算得享其所，而乔治死后则是寂寂无闻，需要李敬泽们苦寻其蛛丝马迹。乔治来到东方，是要把他乡做故乡吗？不，他跑动，他产生风，他就活在风中，风中的烛台就是他的故乡。李敬泽开篇就提到，乔治死后，澳门医生出示的尸体解剖证书说明，死者的胃"惊人的健康"，也就是说，在饿死人的年代，他不是饿死的。他的奔逃似乎只是受到了那副健康的、狂乱虚荣的毛肚的支配，他只是在奔逃中猝死罢了，是个人命运的戛然而止。死了一个乔治·钦纳里，必定还有无数后来人。

但是，在那无数后来人当中，不会有李敬泽。依我对李敬泽的了解，他在任何时候都不会奔逃。这不仅是因为他的耐心、耐烦远超常人，最主要的是他不需要奔逃，就可以领略到奔逃的乔治看到的风景。在某些时刻，他也并不是没有体会到沉闷与压抑、晦暗与凝重，但他会在日常生活中给予化解。这当然不是阿Q心态，因为该做什么他还会做。多年前，我们有过一次聊天，他说一个人如果不能活得有价值，至少要活得充实，充实本身就是一种价值。这使我想起了孟子的教导："可欲之谓善，有诸己之谓信；充实之谓美，充实而有光辉之谓大。"但是，这不影响李敬泽对奔逃的"理解之同情"。仅就那篇文章而言，当李敬泽从乔治异乎寻常的胃开始讲述，当乔治带着他的胃开始奔逃，关于土豆对中国人的意义，乔治与夫人的关系，乔治在印度和中国南方的游历和画师生涯，就被一点点连缀起来。在文章结尾部分，李敬泽引述了毛姆有关逃离的小说《梅布尔》，而毛姆本人正是另一个永远奔逃的人，至死方休。对于乔治与毛姆来说，人生就是现实与梦想的相互追逐、彼此逃离，似乎只有沉坠其中方能感到瞬间的充实，虽然余下的只能是更大的虚无。这让人想起马尔克斯的《迷宫中的将军》中，玻利瓦尔在最后的旅行中，那逆境与梦想的疯狂追逐终于到达终点，余下的只是黑暗。

　　奔逃的故事可谓多矣，而李敬泽对乔治的奔逃有如此大的兴趣，自然还跟乔治奔逃的东方背景有关。我看到李敬泽借此重返了形形色色的历史现场。当乔治携带着那副毛肚，也携带着那些早已散佚的历史细节，奔逃在西方与东方之际，他随手画下的那些贩夫走卒，那些美国工厂外的中国理发师，那些留着辫子头的商人，以及仿佛长着白人面孔的中国妓女，都笼罩于帝国斜阳，即将进入天朝崩溃的前夜。它们是即兴的素描式的现场记录，也是生动的档案式的历史文献。至少对我而言,这是我理解这篇文章的一个角度。我感兴趣的地方还在于,作者是否探讨了这样一个问题:乔治在奔逃中所面对的那个变动不居的世界,与我们置身其中的这个急剧变化的世界,是否有着某种同一性?

不久之后我就在刊物上看到了更多类似的文字。愚笨如我,也渐渐悟出一点门道。李敬泽果真如同青鸟,更殷勤也更深入地探看到了历史与知识的细节,包括小说家虚构出来的知识细节。它们从未进入当代文学视野,虽然它们有可能曾被小说家所化用。换句话说,它们早已失去了自己,失去了"物"的意义,它们在"词"与"物"的呼应中,并不构成另外一极,仿佛是垃圾之中的垃圾,剩余之外的剩余。这些细节来自《博物志》《太平广记》《太平御览》《中国之欧洲》《中国基督教史》《旧中国杂记》,来自"不列《春秋》于学官"之"断烂朝报",它们曾经湮灭于旧时的长安与东京,沉眠于昔日的渔村珠港澳,或者酣睡于浩大蓝夜中的圆明园。现在,李敬泽将它们搜捡起来,轻轻唤醒了它们,并赋予它们灵性。我们接着就看到,在纷繁的尘世布景上,那些细节重新聚拢,于是高楼重起,明月初升,筵席新开,宾客依旧。在李敬泽的文字中,那些细节越是具象化,就越具有隐喻性,如同本雅明所说的,一片叶子上再纤细的叶脉也能成为植物王国的隐喻,一滴海水也会隐含着大海的所有秘密。李敬泽身临其境,或与众大人举杯邀月，或与众小童逗趣取乐，顺便品评一下菜式，品评一下女客们的玉簪凤钗，并向我们暗示人物的钗钏金命。

曾经常常，或者说几乎是，在每一个隐喻化的细节上，李敬泽都会稍作逗留。这是叙述过程中的一个间歇，是小说家习惯的描摹时刻。他的耐心是惊人的，仿佛巨细靡遗，伤人乎？伤马乎？但与小说家不同，李敬泽还要深入细节的肌理，如同寻找词语的词根，如同剥开植物的块茎。他不仅要让它坦露本色，还要让它流出汁液，并且让其汇成语言的激流，流向作者赋予它的意义的世界。有意味的是，这一切不仅没让他的文字流于滞涩，相反却使它们具有了轻盈的质地。这是因为李敬泽接下来会从这个细节上迅速离开，或顺流而下，或逆流而上，转向另一个细节，另一段引语。显然，在李敬泽这里，有关过去、现在、未来的普通观念其实是陈腐的，时间的每时每刻都包含着过去和未来。现在只是一个瞬间，未来会在其中回溯到过去。在这种观念中，他感受的不是傲慢，而是谦逊；不是怨愤，而是善意。在叙述当中，李敬泽突出了聚光灯下的行动和细节，其余暂时模糊成为背景。伤人乎？不问马。李敬泽将这些文字形容为"飞鸟的踪迹"，或许就是因为他感受到了这种轻盈，或许是因为他本来就把这些文字看成对"飞鸟的谱系"的梳理。

如何将李敬泽的文章进行归类，的确是一件让人犯难的事。这是思想性散文、知识考古、小说，还是文学批评？他本人是散文家、知识考古学家、小说家，还是批评家？在我们所熟知的文化场域之内，李敬泽的确具有多重身份，多到他自己可以在身体内部随时开个party。这倒再次让我想起本雅明的写作：把本雅明看作一个批评家，就像把卡夫卡仅仅看作一个小说家一样言不及义。首先要说明的是，李敬泽的写作可能与他的编辑身份密切相关。持续了三十多年的编辑工作，使他对80年代中期以后的各种写作范式耳熟能详，这些范式的形成甚至有赖于他的参与和塑造。但是，也就在这个过程中，他一定深刻地体会到，那些已经规范化的、知识化的各种范式，那些中规中矩的文章，其现实感是多么稀薄，其问题意识是多么欠缺，其写作的必要性是多么可疑，偏偏他本人又知道太多的现实，有着太多的问题意识。我们完全可以想象到，此种情形下的李敬泽，一定会有一种自我要求，即用一种相对自由的文体来表达自己丰富的感受，至于它究竟属于何种文体，他其实没有必要细加考虑。

我的阅读经验告诉我，在一些时刻，李敬泽的写作类似思想史或者说批评史的写作，那些边缘的历史，那些不完整的、非严格的、未学科化的知识，被他做了连续化的处理，以一种线性的方式向前滚动，其中包含着各式各样的过渡、衔接和转换，充溢着繁复、精妙的暗喻和转喻。某一个或某一组观念，被他灵敏地包扎了起来，就像给螃蟹系上了绳子；而在另一些时刻，他的写作令人想起福柯式的知识考古，那里涌动着异样的历史，闪烁着异质性的残片，呈现着话语之间的断裂与差异，依据的是话语内部的法则和规律，有如放任一群螃蟹挥螯爬行。所以，李敬泽的文本往往具有双重性质，既有注重连续性、整体性的一面，又有尊重非连续性、断裂性的一面；既划定一个意义空间，同时又敞开着一个可以不断扩散的空间。最终，他把一个空洞的时间，塑造成了充满意味的隐喻空间，具有隐蔽的寓言性质。所以，我的强烈感受是，李敬泽的写作既是从"道"到"器"、从"体"到"用"、从"本"到"末"，同时又对"器""用""末"给予充分尊重，让它们开口说话，让它们和"道""体""本"这些固定的话语处于相互投射的、相互对话的状态，令人想起中国古典诗学的"言""象""意"之辩。毫无疑问，这样一种写作在任何时候都是一种高难度动作，是叙事中的微妙平衡。需要强调一句，虽然李敬泽向来对批评家称号有些不以为然，但这样的文本确实是具有研究倾向的批评性的叙事文本，是一种批评性的话语实践。至于他本人是否由此体验到学者、作家和批评家的分裂感，我就不知道了。如果有，我觉得那其实也是一种微妙的带有某种刺激感的分裂，有如平衡木体操中的后空翻、交叉踢腿和劈叉动作。

　　关注不同知识、不同话语体系之间的差异，意识到它们之间的关联性，并且饶有兴趣地描述和分析这些差异和关联，这是本雅明和福柯的工作，李敬泽其实又与他们有所不同。李敬泽更愿意把它们看成一个纵深，就像他更愿意将档案材料看成一个纵深的载体，而不仅仅是一个话语事件。也就是说，除了关注它们为什么在某时某地出现，比如土豆为何在某时出现于东方宫廷，自鸣钟为何撞响于东方的某个深夜，还试图解释它们对我们的意义。只是在这里，"意义"不是一个固化的概念，它有着充分的弹性，非常活泼，或者滑向沉重，或者趋向滑稽；或者是带泪的笑，或者是含笑的泪；或者是一种缅怀，或者是一种畅想。这可能是因为李敬泽其实仍然植根于文以载道的传统，充满快感的书写在文以载道的压力之下方能充分释放。顺便说一句，人们之所以把他的文章看成向先秦、唐宋文章遥致敬意，可能就是这个道理。虽然在我见过的人当中，"事了拂衣去"式的洒脱用到李敬泽身上可能是最合适的，但他的悲悯和仁慈就像高度年份酒一样会出现"挂杯"现象，飞觥献斝之际依然会长挂杯中。正如李敬泽在《〈黍离〉——它的作者，这伟大的正典诗人》中所说："喝下去的酒，仰天的笑，其实都有一个根，都是因为想不开、放不下，因为失去、痛惜、悔恨和悲怆，这文明的、历史的、人世的悲情在汉语中追根溯源，发端于一个词：黍离麦秀。"他继而发出穿越时空的感慨："黍离麦秀，这是华夏文明最低沉的声部，是深渊里的回响，铭记着这古老文明一次次的至暗时刻。悲怆、苍凉、沉郁、隐忍，它执着于失去的一切，令人追怀追悔的一切。"这句话表明，对于《黍离》的作者周大夫，李敬泽显然属于知音之列。此时的李敬泽，仿佛已经化身为周大夫，穿过禾黍与荒野，穿行于高山与流水，表述着自己的文学身份。

在一篇讲述与阿列克谢耶维奇分享《二手时间》的文章中，李敬泽提到了他2008年的俄罗斯之行，当时他曾带着曼德里施塔姆的《时代的喧嚣》。时隔多年，他又翻箱倒柜，终于在《阿拉伯帝国》《伯林传》《明季四洋传入之医学》《做门徒的代价》下面找到了它。他要寻找的是曼德里施塔姆关于俄罗斯语言的一段论述："俄国的语言自身就是历史的，因为它就其总和而言就是一个汹涌的、事件的海洋，是一个理智的、呼吸着的肉体不间断的体现和行动。没有任何一种语言比俄国的语言更有力地抵抗指称、使用的使命。"这段文字出自曼德里施塔姆的《论词的天性》，写于整整一百年前的1922年。李敬泽说，这段文字一直在他脑子的某个海沟里暗自漂荡，直到他看到阿列克谢耶维奇的《二手时间》才突然冒了出来，还魂附体，影响到他此时此刻以特殊的方式用汉语发出声音，完成与阿列克谢耶维奇的对话。而与此同时，李敬泽脑子里又涌动着另一套话语，那是他对《二手时间》更本真的感悟："他们的心多么高贵辽阔，那些俄罗斯人，那些武士、艺术家和诗人，他们的心里绵延着原野、战争、集中营、人类的前途，他们真是太庞大了。但是，他们容不下世俗生活。……眼前的时间是二手的，是伪造的，是贬值的，是荒废的，是谬误，是噩梦。这个民族无法在此时此地安顿自己，无法在世俗生活中安顿自己。在这个意义上，这里所有的伤痛怨愤都是源于一种宿命的、不可救药的委屈：从战场、广场到菜市场的委屈。"

如此精妙的感悟和分析，只是因为出自李敬泽，我才不至于感到过分惊讶。我感到惊讶的只是，当我引述这些文字的时候，普京总统正好基于那"不可救药的委屈"，发布了震惊世界的"部分动员令"，准确地将李敬泽的话语变成了实践。普京总统可能不会想到，李敬泽在文章中会派一位老旦上场，念出我们元杂剧中的《当家诗》：教你当家不当家，及至当家乱如麻；早晨起来七件事，柴米油盐酱醋茶。然后呢，我看到李敬泽移步台前，整理好围巾，走出了剧院，与我们一起走进了明灭可见的人间烟火，回家写下了关于那场对话的文章，题目是《杂剧》。

《当代作家评论》2022年第6期

一滴雨倒立着回到天上——阅读何向阳

　　2018年春天的某个夜晚,我偶然在朋友圈看到有人转发的一首诗,是何向阳的《低语》。我随意点开,看完之后沉默了许久。坦率地说,我被何向阳深深感动了。作为与她认识了三十余年的人,我意识到何向阳的写作或者说何向阳本人出现了重大变化:她在与自我的相处与对峙中,在与世界的对话与颉颃中,建立了自己新的美学。换句话说,她重新出发,找到了另一个自己,并且艰难地完成了自己。她在诗中说,她越来越喜欢微小的事物,湖水上的晨曦,船桨划过的涟漪,蜻蜓点水的微澜;越来越接近幽暗的事物,旧城墙斑驳的皱纹,沉思于暮色中的古寺,手背上香炷的灼伤。她继而坦言,她如此羞怯地想着那些细枝末节,越来越倾心一粒种子破土的冲动。

接下来让我在惊讶中沉默，在沉默中感动的，带有方向性的句子出现了：

  一滴雨倒立着
  回到天上

  只有感觉极为精微的人，才会注意到地面上溅起的水滴；只有接近了幽暗事物但仍然具有理想主义倾向的诗人，才会用语言拉长那溅起的动作。何向阳赋予它往返的能量，让它砸向尘世，让它反射着重新回到天上，让它永生。何向阳并不是没有感受到这种理想主义所带来的消耗，所以接下来那"划破夜空"的"一声啼哭"，既可以认为这是何向阳无法抑制的叹息的放大，也可以认为这是仓颉作书引发的夜哭。与此同时，由微小事物所构成的世界的这一面，与世界的原初形象合二为一，正如天地有大美而不言，万物有成理而不说。所以，何向阳最后写道：群山缄默，排列成行。

  我的这种阅读体会，自然首先源于我对何向阳的认知：我几乎读过她的所有诗文，有的篇章还读得很细；我认识她已有三十余年，对她的学识与风度常常遥致敬意。回想与何向阳的相遇，我至今难以忘记对其书房的最初印象。20世纪90年代初的一个晚上，何向阳的师兄、如今的著名出版人曹元勇带我去见何向阳。她的父亲，著名作家、河南省德高望重的文联主席南丁先生，打开防盗门的那一瞬间，他那温煦而审慎的目光，就使我意识到何向阳是一个受到精心培育、悉心呵护的人，而不同的成长经历使得我与她属于两个不同的世界。单是她那独立的宽大的书房就够让人吃惊了，更让人吃惊的是在她的书房门口，我迎面看到了张承志的巨幅画像，那个犹如凡·高被割了耳朵之后的画像。我现在可以说出我的真实感觉了：那个时候的我，就像如今在何向阳诗歌里出现的"微小的事物"，不，不是她写到的"微小的事物"，而是"卑微的事物"。这就可以理解，当她请我们坐下的时候，我为什么会手足无措。

　　我也曾是《黑骏马》《北方的河》《绿夜》《黄泥小屋》《大坂》的热爱者，至今我也愿意承认那是杰作，并且还会在课堂上讲述这些作品。但是，我确实难以理解一个批评家对一个当代作家竟然热爱到如此程度。就张承志的具体作品而言，我对他在《绿夜》中展示的矛盾和困惑更感兴趣。时隔多年，我还记得那篇小说中的小奥云娜形象是如何毁灭的。这部发表于1982年的小说，其实可以看成寻根派文学之滥觞。小奥云娜这个形象有别于张承志小说中常见的草原女儿的形象，与铁凝的《村路带我回家》中的乔叶叶一起，在相当大的程度上，代表了那个时代思考的深度和向度。当然，如果联系到张承志的整体创作，这可能就是我的误读了。我已不记得当时是否与何向阳对此有过讨论。我后来知道的是，由于热爱《北方的河》，何向阳竟然背起行囊，行走于大野，在黄土高原疾走多日。这当然不是一时的心血来潮，因为几年之后她还将再度出发，沿着黄河骑马向西直抵巴颜喀拉山，然后再折返东进，提灯而行直至黄河入海口：览百川之洪壮兮，莫尚美于黄河；潜昆仑之峻极兮，出积石之嵯峨。这位中原的女儿，当她蹈行于这种"远方的生活"，个中千般辛苦，大概只有她本人知道。现在要问的是，这一切全是因为张承志的那篇小说吗？不，我应该说，这是因为张承志的那篇小说，点燃了她内心的篝火，使这位温柔如银的中原的女儿顿时变得火灼似金。

实际上，我倾向于把她的这种蹈行，这种"一带一路"式的西行与东进，看成她的自我探索和自我塑造的过程；她骑着马，在寻找自己的形象，要让那个形象与"纸上的形象重逢"。对年轻时代的何向阳来说，这个起始就是"朝圣"，就是投入父兄的精神王国，就是跃入镜中，而这只是一段漫长的精神孤旅的起始。我正是在这个意义上，理解她为何将随后的著作命名为《朝圣的故事或在路上》。我想，这本书一定深得孤傲的张承志的满意。张承志在《北方的河》的题记中说，"我相信，会有一个公正而深刻的认识来为我们总结：那时我们这一代独有的奋斗、思索、烙印和选择才会显露其意义。但那时我们也将为自己曾有的幼稚、错误和局限而后悔,更会感慨自己无法重新生活。这是一种深刻的悲观的基础"。张承志一定没有料到,是年轻的何向阳代表着未来对他们那一代"独有的奋斗、思索、烙印和选择"进行了总结,而且是在他们还未曾对自己的"幼稚、错误和局限而后悔"之时。我想就此多说一句,对于何向阳,她在"朝圣"过程中所拓开的那个空间,那个需要用更多的生命体验来充实的空间,可能比张承志当时所意识到的空间还要大,所以需要一直"在路上":

  肩上是风,已是许多年了。沿着大地,到处是蓝色的道路。

"肩上是风"的何向阳,年轻时代的何向阳,养尊处优的何向阳,可以优雅地谈论文学,也可以优雅地谈论远方的何向阳,确实如她所说是个"朝圣"的人。"朝圣"使她纯粹,使她眼里揉不得一星半点的沙子,使她专注于美好或者说圣洁的事物,使她对于人的要求变得极为严格,使得她把"人格"一词变成对人的合理性要求。在何向阳的词典里,"人格"确实是所有关键词中的关键词,包含着她对人生、对立命、对幸福的理解,也包含着她对文学的理解,即如何把创造"理想人格"看成文学的方法和目的。我可以想象到,在阅读绝大多数当代作品的时候，她一定失望极了，以致眉头微蹙，茶饭不思。这也使得作为批评家的何向阳，不时地将它们放下，而去写作自己的诗歌和批评性散文作品。如果当代作家没有提供个案，那么她就把目光投向人类精神史上的那些卓绝的个案，投向大自然。这个时候的何向阳，面对着那些困厄的先贤她是个自由的人，面对着花开花落她是个幸福的人。她在那里寻找她所要寻找的理想人格，她把风景本身也看成理想人格的化身，如行吟泽畔的屈原之于秋兰兮麋芜。她如此细致入微地理解他们与它们，这种理解以润物细无声的方式，悄悄渗入她的语言幽谷，与她的写作完整地联系在一起，成为她的写作与批评最重要的特征。她的语言给人的最突出的印象就是雅正。她的雅正源于思无邪，她的思无邪源于高古，用她自己的话说，就是"澡雪春秋"，就是"所思在远道"。

所以，在我们共同成长的整个20世纪90年代，阅读何向阳的文章，我在感动之余常常会有一种婴儿垂老泪，雏凤发旧声的感觉。可以明显地感觉到，对于80年代兴起的形形色色的形式主义批评，何向阳宁愿保持着适当的间距。作为一个女性批评家，她甚至对于90年代兴起的女性主义批评也有着足够的审慎。随后，一个值得注意的事实出现了，当人们有感于知识分类的局限与困扰，当人们感觉到批评的伦理学转向成为一种必须和事实的时候，何向阳当初的坚持便显示出了她的判断和定力，所谓知止而后有定，定而后能静。伦理批评当然不是简单的道德批评，即便是道德批评，其中所谓的"道德"也是伊格尔顿所说的，是"伟大的小说家所理解的道德"，其间包含着对细微差别的理解与专注，意识到其中有着错综复杂的层次和结构。而对于由人格批评发展而来的何向阳的批评来说，此种批评伦理几乎是原生性的，本来就是她根本的观念和方法。如果打个比方，我可以说，许多年来她果真有如一块礁石，任凭风吹雨打，任凭惊涛拍岸，卷起千堆雪：

> 礁石突立
> 你不在礁石
> 之上
> 你在哪里

现在，我的回忆如同那块承受着惊涛的礁石，要进入一个痛苦的范畴了，但这是无可回避的。我要说，当代生活的一个重要特征，就是我们的命运总是要被改变，甚至被粉碎。形格势禁，如果你活着，你就不得不应物变化，恕而后行。我现在还记得，何向阳第一次向我透露她将调入北京工作时的表情。在一个会议的间隙，她说我想征求一下你的意见。她的平静和温婉一如既往，但她说出的事实却让我沉默良久。我首先是替河南感到惋惜，河南的人才流失，尤其是文化界的人才流失，已经到了触目惊心的地步。何向阳的离去，更是意味着在相当长的时间里，河南的文学批评将出现重大断层，而且无法弥补。在此之前，鲁枢元、王鸿生、耿占春、艾云等人的离去，已经使河南文学突然间千疮百孔，创作与批评的对话几近消失。好在何向阳留下了，看来还将永远留在这里，这无疑是河南之幸。当是时也，何向阳已经拿到了河南能够给她的众多荣誉，只要她能留下来，更多的荣誉、地位对她来说简直如探囊取物，甚至都不需要她去"探囊"，囊中之物就会自动地摆放在她的案头。所以，闻听此言，我不免有些惊讶。我自认为了解何向阳的"青衿之志"，所以我模棱两可说道，不妨考虑，也不妨再考虑考虑。前者似乎已接受了她的远行，后者似乎又劝她留下。为了突出后面一层意思，会议结束之后我又委婉地提醒她，长安米贵，居大不易。话一出口，我就意识到这种提醒是多余的，在她看来甚至是庸常的。对于迷恋孤旅与长风、天籁与马灯，相信神的灵真的在水上运行的何向阳来说，她或许是把北京当作更靠近"远方"的地方了，那个"远方的生活"已在催促她尽快启程。果然，不久便听说她已赴京上任，我只能相信履践致远对她是件好事。

  我几乎可以认定，何向阳是在来到北京之后，才真正深刻地进入日常生活的，"居大不易"不再是一句话，而是一个坚硬的、粗糙的、针脚毕露的现实，或者如她所言是"汹涌的海浪"。不久之后，我竟然也因为家庭原因来到了北京。但至少从表面上看，我与她还是有很大的区别：她是进入日常生活，而我则是被卷入日常生活。但无论你是进入还是被卷入，那种"汹涌的海浪"都会主你沉浮，让你脚不沾地。在某个会议或者朋友小聚之时，我们还会偶尔见面。何向阳的沉静、典雅、知性似乎一如往昔，但我渐渐看出了她的不由自主。我们都已人到中年，正在经历着人世沧桑，岁月、生活、身体正一步步露出它狰狞的面孔。对任何人而言，这都是一个从"青青子衿"到"锦瑟无端"的过程，而对她尤其如此。托尔斯泰说，对男人来说衰老是个意外，其实对容貌秀美、风姿绰约的女人来说，更是个意外。早年于孤旅中相拥的长风，此时已演变为萧瑟的秋风。何向阳在生活中从来不是一个喜欢倾诉的人，她对专业之外的交谈总是保持着慎重。但是，从她的只言片语中，我仍能感受到她勉为其难的抗拒，她的"迟疑"：一张笑脸并不跟从另一张笑脸，一阵风并不追逐另一阵风。但是，树欲静而风不止。她只能提醒自己：

喏
缓行
那个牌子上

写得清楚

沉稳

缓行？哪有那么容易，因为与风俱来的，是生命已经加速，我们已被抛入命运的激流险滩。此刻，一个不能忘却的场景在我眼前闪现。我们曾因为各自母亲的病痛而在医院电梯意外相遇，我们两眼对着看，心中起愁怨。后来，在病房外面的院子里，我们在昏暗中站立，尘灰在缓缓下降，而我们仿佛处在时间的尽头。我是否应该化用昌耀的诗，来描述那个难言的时刻：静极，谁的叹嘘？黄河此刻风雨。在随后的一个时间，何向阳本人也病了，"第一刀四十三岁落于子宫/第二刀四十五岁落于腹部/第三刀四十九岁结印左乳"。哦，所有人的命运，实际上只存在于一个瞬间，那就是彻底觉醒到自己究竟是谁的那一刻。这是虚无主义分子博尔赫斯说的，但他所说的这个"觉醒"，却又是积极的，是一种积极的虚无。这是我的感受，何向阳是否有类似的感受，我不知道。我所知道的是，接下来，她的父亲，为河南文学事业立下了丰功伟绩的南丁先生，遽然去世了。我，作为与何向阳相识多年的同乡、同道，甚至都不知道该如何安慰她了。我想，即便"在被洗去了知识分子身份的形象里，重拾一颗知识分子的心"，也无法抵御这种创痛。此刻，我想起了何向阳的《此刻》：

此刻地铁

灯光转暗车厢沉寂

突然来临的静默

好似时间被谁裁掉

此刻深夜

我对人生的奥秘

并不全然了解

比如血与钙

骨

密度

爱或苦

何向阳的句子越来越短,它们刹那间涌现,有如诗人一边喘气一边写字,有如士兵一边咳嗽一边射击。正如她在一首诗中所描述的:卧病于床,看月亮如何从圆满变成了一半。在中年的时空中,她的病痛叠加着父母去世带来的哀痛并因此倍增。我们如何想象,这是那个优雅的女性所能承受的一切?在我的想象中,此时任何微小的事物都能将她击垮,任何一片泥泞都可以将她放倒在地。现在,我不能不佩服何向阳的坚强;我不能不相信,正是她从年轻时代就习得的知识、情感、价值和宗教般的信仰,才使她能够屹立不倒:

> 我的脚是否穿越泥泞
>
> 决定于这双手能否拨亮神灯

奇迹就是这个时候发生的，我甚至愿意用矛盾修辞的方式称之为"日常生活的神迹"。早年置身于孤旅、沐浴于长风的何向阳，当她以"向死而生"的勇气，把这一切当作无可躲避的修行，她就在天光与阴影中真切看到了神的灵运行在水上，运行于她早年倾心描述过的苹果树、梨树、苦楝树与波斯菊、金盏花、葡萄花之上。只是此时它们不再是单纯的美好的事物，不是处于"远方"，不是梦幻之物，而是一个可以随时触摸并与我相融的实体。我想，在某种意义上，此时的何向阳也可以理解为一个"泛神论"者：她对造物的奇妙怀着内心的感恩，对转瞬即逝的美感怀着深切的体察。如今，我可以在她的诗文中看到，她不仅在微小的事物中品尝着丰盈，而且将当初痛苦的诱因转换为一种催生的力量。命运就像邮差一样总敲两次门，这一次命运给何向阳送来了镜中的恩典。镜子内外，就这样因双向同构而成为整体，又因相互发明而成为自己。它们与缓慢落下的尘灰、旧城墙上斑驳的皱纹，手背上的灼伤、吊瓶等"幽暗的事物"一起，如地老天荒般的爱，在"幽暗"中荡漾：

仿佛暗示了某种机缘

　　仿佛证明了某种结果

　　这机缘与结果无处不在。它们与倒立的水滴一起升腾，直至天宇，然后再度落下，进入何向阳的诗篇。微小与博大就这样亲密无间，在何向阳的吟诵中，"从生到生，从开始到开始"。我记得何向阳曾经多次说过，她更爱一首诗还未写出的部分，犹如深爱人群中一直沉默的诗人。现在我想对何向阳说，你就是那个沉默的诗人，虽然你已经写出了那么多诗篇；你通过写出的部分，已经塑造了你自己的形象。何向阳，现在我分明看到了，那个骑在马上的你，已与纸上的你重逢。

《文艺争鸣》2024年第2期

邱华栋与他的小说

一个作家谈论另一个作家，常常使人难以信服。想想托尔斯泰怎么评价陀思妥耶夫斯基，福克纳如何评价海明威，纳博科夫又是如何评价加缪的吧，那真是毒汁四溅的舌头啊，令人想到眼镜蛇尖削的蛇芯子。而对于那些远不如陀思妥耶夫斯基、海明威和加缪的作家，托尔斯泰们却总是给予过分慷慨的赞美。不少人会从文人相轻的角度对此作出解释，我不能说这种解释完全没有道理，但根本的原因不在于此。

任何一位作家的写作，不仅要依凭个人经验，而且要将这种经验运用到极致，以便在人山人海的喧嚣中，独自踏上朝向语言风景的危险旅程。对自我的怀疑，有可能使自己的写作难以进行。越是伟大的作家，他对另一个伟大作家的怀疑就越是浓烈。完全可以想象,当两位伟大作家是在同时代写作的时候,此种状况只能变本加厉。由此看来,与其说文人相轻是对文人品性的判断,不如说是作家对稀有的、罕见的个人经验的坚守。好在时间是公正的,正如别林斯基所说,时间才是最伟大、最正确、最天才的批评家。在历史的长河中,那些同时代的或不同时代的、观点相近或者相反的、风格类似或者迥异的作家,终将在文学史的链条上各就其位,共同表达出人类精神生活的丰富性,给后人留下不同的启示。

我在这篇谈论当代重要作家邱华栋的文章中引述前面的例子,还为了引出另一种现象。如果我们稍加留意就会发现,与托尔斯泰时代相比,当代作家相互的认可变得习以为常了。正如我们已经看到的,不少论者将这种现象看成是庸俗的社会关系起了作用。我不能完全否认这种现象的存在,但是如果文学批评仅仅止步于此,那就太过于浮皮潦草了。事实上,作家的相互认可,符合一种基本的认定:这是一个承认差异并且寻求对话的时代,对话提供了互鉴和会通的可能;一种本质主义的观念,至少在文学领域只能导致独断的思维方式和知识生产方式,所谓的绝对的主体是极为可疑的。

不妨设想,托尔斯泰如果生活在这个时代,他对自己的艺术判断很可能作出重大修正,比如他很可能会认识到,如果说《复活》写出了革命的必要,那么《群魔》写出的就是革命的必然失败。纳博科夫对《查特莱夫人的情人》的攻击最使人惊诧，他无法忍受查特莱夫人的性行为，好像他与"饲养"的洛丽塔从未有过性行为。纳博科夫，这个后现代主义文学的主力干将，这个以消解为能事的人还是"二元论"的隐蔽信徒。如果他有机会走出冷战铁幕，他也可能会对莫尔索作出另外一种评价。也就是说，就思考深度而言，加缪远远超过纳博科夫。加缪最终成为人类精神史的一个坐标，而纳博科夫只是在人类精神的原点开掘不已。对于杰出的作家而言，在任何时代，对个人经验的守护和表达，依然是他写作的始发站。但这个所谓的个人经验，一定是敞开的。在两山对峙的情况下，必定有大河从谷底流过，山风也会从谷中吹过。也只有在这个时候，写作方能成为一种有效的话语活动，有一种向内生长的无限可能性，而同时代的写作者将有能力与不同的写作形成共情关系。

　　从专业眼光看，我与邱华栋的差异一目了然。虽然我们经常被批评家归到所谓的"新生代"名下，但这几乎是批评界基于作家的出场年代、出场方式而作出的"鸡鸭同笼"式的归纳。邱华栋少年成名，他的早慧甚至使他提前免试进入大学名校读书。写作者得到承认之前的那种挥之不去的自我怀疑，对他来说至少是稀有的。在整个20世纪90年代，邱华栋的写作都有着别人不具备的自信，有着与时代精神相谐的豪情。

　　我现在突然回忆起，我应该是在1995年春天第一次读到邱华栋的小说《手上的星光》。如果我没有记错，那是《上海文学》的头条小说。我立即意识到这是个雄心万丈的作家，在相当大的程度上可能开创了90年代文学的另外一脉。90年代文学至今尚未得到命名，或者说尚未"历史化"，但未来的研究者可能会注意到，它不仅是80年代文学的延续，还有自己的规定性。某种凭吊式的写作，不管是对成名作家还是新冒出来的作家，在90年代中期以前，几乎是一个潮流。我自己就在这个阶段完成了《导师死了》，我至今仍然认为那是我自己的重要小说。邱华栋的与众不同在于，他能够敏锐地、快速地、几乎是及时地深入当下生活的核心地带，将当下生活的喜怒哀乐倾于笔端。他的叙述总是显得生机勃勃，他的人物总是怀着好奇与惊喜，充满激情地要与世界撞个满怀。他的写作与90年代的新写实小说也有极大的不同。即便他同样关注日常生活的一地鸡毛，但他从不消极，从不呻吟，他总是意气风发，有着他自己特殊的呼吸方式，有着邱华栋式的语气，因为鸡毛也是可以上天的。这么说吧，如果说别人的小说写的是"故事"，那么他的小说写的就是"新事"；如果说别人写的是回忆中的失败，那么他写的就是征服中的快感；如果说别人写的是孤岛，那么他写的就是大陆。借用他的小说题目，如果说别人写的是阴暗作坊里劳动者的寥落，那么他写的则是闪耀在城市上空的星光。这是不是意味着，他不仅与绝大多数作家差异甚巨,而且还将在未来相当长时间里独领风骚呢?

不消说,就当代城市书写而言,邱华栋肯定是最有力的开拓者。在他这里,当代生活的全部秘密是从白昼的玻璃幕墙上反射过来的,是从夜晚酒店大堂的某个角落的浪笑和窃语中泄露出来的。随着人物的活动,他相当真实地记录了90年代以后中国都市的繁复变化,他一定感觉到自己对这些人物和场景负有文学责任。我想说,邱华栋的努力意义非凡,使人联想到伟大的狄更斯对伦敦的贡献。但是,要想更准确地分离出邱华栋的意义,还需要特别提到一个事实。在邱华栋之前,即便描述的是中国都市,中国的城市小说也总是带着乡土背景下的城镇小说的味道。有趣的是,中国以前所有描述城市的作品,不管是诗歌还是小说,几乎都显示出对于城市的拒绝和反叛。你看到的是对城市的描述,读到的却是城市街垒加诸个人的重负。在这里,语言就是一次返祖式的夜航,你听到的是汩汩的桨声,想到的却是植根于传统的乡愁;在这里,对现代性的警惕,成为一个基本的主题,无论它有五副面孔还是更多面孔。顺便说一句,或许只有来自上海的部分诗人和作家,在某种程度上是些例外。一百七十年前上海开埠,也就开启了一场繁华梦,开启了另一个谱系:上海作家的写作源于拉康所谓的更多重的镜像,笔触所及之处是镜像深处的女神的腰,发展出了另一套繁复的修辞术。这一点你从孙甘露的小说、宋琳和陈东东的诗歌、金宇澄的长篇中都可以看到。所以，我们需要用别于看上海小说的目光，去审视邱华栋的小说。

不能不让人惊讶，邱华栋竟然会用上千万字的篇幅，勾勒城市的草图，涂抹夺目的色块，建立起一个纸上的城邦。它就像一个永远突起的硬块，谁也不能抹去。在一个以乡土或城镇为背景的城市小说脉络中，邱华栋此类小说的意义顿时凸显，因为它填补了一个巨大的虚空。在邱华栋笔下，城市就是欲望的乌托邦，身体成为最形象的社会比喻，一种在我看来很可能是病理性的反应，邱华栋却会作出正面的、去道德化的描述。所以，即便面临着乌托邦的解体，邱华栋也不会轻易诉诸谴责。这是一种自信地立于当下、欣喜地面向未来的写作，所以他的写作不是苦闷的象征；因为他写的是千年帝都，而文化权力和商业的合谋从来都是帝都的特色，所以邱华栋勇于探索权力和商业对人的影响；邱华栋还提前认同了消费主义，或许是中国最早肯定消费主义的小说家，所以他写的不是劳动美学；他用小说家的目光宽恕了罪，并把它看成是城市活力的某种证词，所以他写的其实也不是罪与罚。某种意义上，邱华栋使我想起波德莱尔的另一面，因为他从污泥中看到了黄金。

大约最近十年，邱华栋的写作突然有一个重要转向。我作为他的读者和老朋友，对此甚至觉得猝不及防。从可疑的题材决定论的角度去看，当他将场景放在遥远的西域，当他的人物从《史记》和《左传》的册页中跃身而出的时候，你不能不猜想，这是早期经验的悄然苏醒，使他欲罢不能；还是出于开拓写作疆域的需要，而有意作出的调整？当然还有另一种可能，鉴于邱华栋是一个博览群书的人，那些隐藏在史册深处的故事原型，在他的经验世界里突然像酵母一样焕发出了新意，激发着他一试身手。而最终呈现的，正是多种因素相互纠缠并且合力的结果。

举例来说，楼兰故事对我们而言可能只是一个充耳不闻的传说，比发生在某个印第安营地的故事还要遥远。但对于在新疆度过了少年时代的邱华栋来说，这个传说却格外地能够激发起他的想象，而且具有某种想象中的亲历性。穿越千年时空，他看着楼兰故事中的人，就像我们看见了那些爬在树上的人，而他和那些爬在树上的人则是一起看见了树权间的月亮。人到中年的邱华栋或许需要借着他对楼兰故事的演绎，在存在的意义上感慨沧桑岁月中人的寂寞和无助。不久之前的那个兴致勃勃的、脚步轻快的邱华栋，此时满脸狐疑地、步履蹒跚地行走于千年废墟。当楼兰湮灭于黑色沙尘暴的时候，我们所听到的楼兰王绝望的牛角号声，就成了经久不息的预言。连那些被他作为写作对象的穿越时空的沙尘，至此也该知道他的良苦用心。

需要多说一句，事实上还有另一种可能使邱华栋在最近几年转向了对千年故事的书写。我猜测，他可能比我们一般人更多地受到非写作因素的限制。这也是可以理解的，因为写作者总是会感受到社会场所对言语活动的侵扰，写作者必须通过对修辞的信任和依赖而停留在文学之中。虽然邱华栋此前的写作，不乏变形、夸张、黑色幽默、戏仿等现代主义因素，但现实主义精神从来就是邱华栋的底色。没有哪个时代比我们现在更需要现实主义文学，但也没有哪个时代能比我们更细致地感受到现实主义文学所面临的困难，即便你已经通过各种修辞变化了妆容。鉴于现代以来很多杰出作家的写作，从根本上来讲都是隐喻性的，所以我想把由这个传统发展而来的现实主义看成是隐喻现实主义，它通过隐蔽的修辞活动获得自由和尊严，它使写作成为缓慢来临的久远的回声。从这个意义上说，邱华栋的写作仍然带有连贯性。他对历史故事的书写，仿佛也就可以看成是在未完成处重新出发，就像《故事新编》是鲁迅在《呐喊》的未完成处重新开始一样。我知道邱华栋还有多部重要长篇小说在持续修改之中，不愿意示人。作为一个谙熟于穿越术的作家，他一定认为那些小说才是可以穿越时空的作品，才是他朝向语言风景独自旅行的最好记录，也才是他从个人的未完成走向完成的证词。在此，我不妨大胆预言，文学史上的邱华栋将完成一次逆袭，比我们现在所认识的邱华栋更加重要。

今年早些时候，我又读到了邱华栋的短篇小说集《十侠》。从春秋到晚清，历史尘埃飞扬之处，英雄拔地而起，百姓呻吟不绝，阑干倾圮，牛羊哀嚎。邱华栋曾经习武多年，至今仍然可以一蹦三尺高，他对刀光剑影的身心阅读，使他可以深入侠客故事的细部，体会到侠客们的缱绻与决绝、仁义与礼智。在缓慢或激进的故事讲述中，在荒凉而奢侈的美学背景下，邱华栋的笔触却经常停留于某个沉默的时刻，就在刀剑刺入心脏的瞬间，落叶纷披，静寂来临。这是灵魂出窍的时刻，也是顿悟的时刻，小说短章式的组合无疑突出了这种顿悟的性质；在叙事学的意义上，这是断裂的时刻，也是延宕的时刻，有一种非连续性的连续性。一个基本的事实是，对于写作者而言，他还必须考虑人物在死后的活法。也就是说，人物的前世、今生和来世，都浓缩于这个时刻。可以认定，豫让们的故事之所以永垂不朽，就是因为不同时代的作者对这个时刻有着不同的理解，而不同的理解说明的就是人物死后的不同活法。在当今越来越功利的现实中，人物常常不是属狗的以犬儒行世，就是属藕的以心机重重著称，邱华栋此时重写豫让故事当然显示出他对功利的反感。不过，我感兴趣的地方还在于，邱华栋在此展示了他如何将个人修为与历史故事进行融合的能力和方法，以及三十年的生活和写作之后仍然葆有的侠骨柔肠。

估计很少有什么事物像当代小说这样难以阐明。当代小说既表达同质性经验，又通过同质性经验来表达异质性经验。当代小说家应该拥有这样一种能力，通过自己的话语活动，让同质性经验与异质性经验彼此投射，相互溶解，相互分离；当代小说家应该拥有这样一种视野，皓月千里，静影沉璧；当代小说家应该创造出这个时代的韵外之致，蓝田日暖，良玉生烟。在这个过程中，读者将能够感受到，自己原有的经验需要部分清空，将某些区域让渡给那种异质性力量。这就如同创建另一套呼吸系统，能够以另一种方式开口说话，达到近而不浮、远而不尽的效果，接受主体由此成为同一本体的构成部分。也只有在这个时刻，我们才可以说，小说艺术既有其自然属性，也是一种历史建构。当这种历史建构以自洽的形式表现出来，近乎第二自然的时候，我们才会说这是完美的艺术。显然，这是一个极为艰辛的实践过程。邱华栋的艺术实践，因为不断地面对新的领域，所以需要得到我们的尊重。事实上，这也是我作为作者和读者，有兴趣阅读、体验并试图阐释邱华栋小说的理由。我自然也相信，不同的人对邱华栋的小说会有不同的理解，而且同样重要。我们还会意识到，当代不同的小说家、不同的读者，其实是在同船共渡：我们是自己的舵手和白帆，我们也是船桨和流水。

我忘记说了，邱华栋在小说家之外，至少还有一个身份，那就是诗人。我想引用他最近的诗句，作为这篇短文的结尾，

因为他的柔情在诗中纤毫毕见:

> 我应该把你比作什么植物呢,我的妹妹
> 比作雪莲花,比作小甘菊,还是花苜蓿
> 你纯然的蓝色,纯然的黑色
> 纯然的白,你比聚花风铃草还要坚韧
> 比刺头菊还要热烈
> 比异子蓬还要明亮
> 比柳兰还要容易成活,容易被我所照看

我从中又看到了他的成名作《手上的星光》的影子,只是星光已经落地,变成了雪莲花、小甘菊、花苜蓿,变成了大地上的植物。事实上,这些大地上的植物并不容易成活,需要细心地培育、修剪和浇灌,才能成为真正的语言风景。邱华栋对此心知肚明,而且因为他的责任和激情一如往昔,所以他自信能照看它们。

《当代作家评论》2021年第6期

梁鸿之鸿

这题目模仿的是梁鸿的最新长篇小说《梁光正的光》。鸿者，大雁也。选择一个名字，就是选择一种命运。如果连续两次选择一个名字，那就是认定了一种命运。梁鸿原名海青。海青，也是一种大鸟。李白诗云：翩翩舞广袖，似鸟海东来。海青就是海东青，袭天鹅，搏鸡兔。因为天鹅以珠蚌为食，食蚌后藏珠于嗉囊，所以人们常常训练海东青捕捉天鹅，以取珍珠。有趣的是，大雁其实也属于天鹅。既是天鹅，又是捕捉天鹅的鸟，这两种身份被她统一到了一起。就写作而言，如今她既是作家，又是批评家。这样一只鸟，其翱翔的身影，岂是我这种在地面上行走的人能够描述的？我只能描述她留在地上的影子，所谓鸿影。

梁鸿，河南南阳人。南阳这个地方，是长江、黄河、淮河的自然分水岭，绵三山而带群湖，枕伏牛而登江汉，南秀北雄集于一身，千年文脉从未断过。张衡、张仲景、姜子牙、诸葛亮，都出在这个地方。现代以来，这地方出过的文人就可以编出几套文学大系。冯氏族出了多少文人？冯友兰、冯沅君、冯宗璞，一门三杰。后来的姚雪垠、痖弦、张一弓、乔典运、二月河、田中禾、周大新、柳建伟、行者，也都出在这个地方。这些人各胜擅场，手中的家伙什都能做到极致。这个地方，出恐龙蛋，出汉画像砖。每出来一个人，就像孵出一只恐龙，海陆空并用；就像从画像砖上走出来一个人，长袖善舞。我每次去南阳，都感叹不已，觉得楚文化的遗韵在南阳保存得最好。惟楚有材，于斯为盛，首先说的应该是南阳。周大新经常说，南阳有个小盆地。这话也只有周大新说出来，才是那个味道。南阳是盆地不假，但周大新的潜台词是丰富的。盆地在文化学意义上，是很值得一说的，它既守成又开放。重要的是，盆地的人都有走出盆地的意识。走出来，再回头看，再带回去，进进出出就有点意思了。这个地方，猪圈上都贴着春联，那春联还都是自己家人写的。

十四五年前，我初识梁鸿时，知道她来自南阳，几句话谈下来，我就知道她以后必成著名作家。虽然她后来首先以批评家成名，但她以后会成为小说家的想法，我从来没有变过。我认识梁鸿时，梁鸿已经博士毕业，在中国青年政治学院教书。

她的本科是自学的，先读了中师，接着到河南著名诗评家单占生门下读研，然后又到北师大读博，导师是著名鲁迅研究专家王富仁先生。她的博士论文做的是20世纪河南文学史研究，据说是听了王富仁先生的意见做了这个选题。博士毕业之后，她顺着原来的方向接着往下做，继续研究阎连科、周大新、刘震云，也包括我。她在阎连科作品上用功甚多，关于阎连科作品，她写了有几十万字的评论了吧？她现在的身份之一就是阎连科研究专家。十四五年前，我与阎连科住得很近。那个时候，"神实主义"作品已经发表，"神实主义理论"还没有诞生，我与阎连科交往甚密，几乎每周都要见面，而且不止一次。经阎连科介绍，我认识了梁鸿。这个机缘，我好像应该提到的。很快，我与梁鸿就以兄妹相称了。我还记得她当时的神情。当时我说什么话，她都要睁着一双大眼睛追问一句：真的吗？后来听说她生了孩子，这"真的吗"就轮到我来问了。我与阎连科在一个大热天曾按河南习俗去郑州看望他们母子，各提了一兜红皮鸡蛋。在我与梁鸿交往的十四五年时间里，我不断认识一些新朋友，也和一些老朋友慢慢失去了联系。其间的人和事，容我日后写回忆录时慢慢讲述。我只能说，那真是好一派江湖景象。脑子如果不清醒，还会以为真的是世间熙熙，天下攘攘。嘻，其实有什么呀，不过是风吹鸡蛋皮，哗啦哗啦响罢了。我需要多说一句的是，在这十四五年时间里，我与梁鸿还一直保持着当初的交往，两家人也时常见面。这当然首先说明梁鸿与她的夫君是念旧的人。我或许也应该因此向如今已是杰出人物的梁鸿表示敬意。

大约在2008年，受《当代作家评论》主编林建法之邀，梁鸿曾与我做过系列对话。建法先生在文坛纵横捭阖几十年，什么人没见过，知人善任是他的强项。他让梁鸿来与我对话，当然是因为他觉得我们能碰撞出火花。当时，建法想出一套作家与批评家的对话丛书来着。那个对话，相当艰难。基本上是她在批判我，是恨铁不成钢的批判，再往前走半步就成了痛打落水狗。只是念在我脸皮薄的分儿上，她每次都咬紧嘴唇，悬崖勒马了，算是饶了我。当时，我们的文学观念差异甚大，当中似乎隔着一个王国，一只海东青似乎都飞不出它的疆域。这个对话，本来要做下去的，但好像只做了四次还是五次，就做不下去了。当然是我打了退堂鼓。后来多家出版社表示想结集出版，我都推掉了。近年看到一些评论家在谈到我的作品时，会引用其中的一些对话，想必他们也能看出我当时欲辩已忘言的窘迫。去年还是前年，梁鸿说她想接着再对话下去，那段时间我吓得电话都不敢接。或许是童年时代的阴影过于浓重，也可能是受王富仁先生影响，她对所谓的"苦难叙事"非常着迷——"着迷"这个词用到这里，应该是准确的。她认为，那里面有大爱，还有辽阔，有俄罗斯白桦树式的中国白杨树，有滂沱的泪水。

那个时候，她要是做诺贝尔奖评委，中国作家会有一大批人获奖，而且全是50年代出生的作家。而先锋文学里面有技巧，有虚无，以技巧包装虚无，里面却没东西，就是一包虚无或快活的空气。你这就知道，在她眼里，我写的那些小说根本就不算个事儿。当时我还在《莽原》兼职，曾约她写过一篇关于朱文小说《磅、盎司和肉》的评论。我还记得她的评论名字叫《愤怒的颓废　强大的虚无》，她对朱文小说中的一个细节，好像是关于包肉的塑料袋的重量应该如何计算，有过精彩的分析，她认为，先锋作家与新生代作家关心的是那个塑料袋，是虚无的形式及其意义。我猜测，她关心的是什么呢？她的背景和立场可能自动地跑到那个卖肉的屠夫身上，她的目光会首先发现那个屠夫的不易。也就是说，她是天然地站在所谓的弱者一边，站在从土地里走出来的那些人一边，在石头和鸡蛋之间选择站在鸡蛋一边。做文学的，当然要站在鸡蛋一边。不过，石头和鸡蛋是会转化的。臭鸡蛋的力量是很大的，臭鸡蛋要是上冻了呢，要是石化了呢？石头要是烧成灰了呢？要是化为齑粉了呢？我曾开玩笑说，就那个场景而言，买肉的"我"其实才是鸡蛋，那个屠夫才是石头。如果我没有记错，她也是从评论那篇小说开始，发现后来的作家的小说，偶尔还是可以翻一翻的。王富仁先生去世后，我看到一些怀念文章提到，王富仁先生总是对弟子们说，要了解不同作家的知识背景，要知道作家写作的不易，要知道大狗叫小狗也要叫,要知道吹拉弹唱各有其妙,不要轻易下断语,接话不要太快。梁鸿是不是因此对我这样的作家,也有了某种怜惜之情呢?可能吧。当然,当然喽,因为梁鸿的批评,我其实也开始反省自己的一些看法。这反省的结果是,我多年写不出一篇小说。不过,因为我与作为批评家的梁鸿之间一直保持着真实对话的习惯,所以我相信,这种对话以后可能促使我写出好作品。再后来,当梁鸿成为著名作家的时候,她也愿意把我想象成一个批评家,鼓励我对她的作品坦率地提出自己的意见。我提意见的时候,她总是说,说得再详细一点呗,你看你,吞吞吐吐的,再这样,不理你了。于是我就说,这个惊叹号,要是变为句号,似乎——,好像——,仿佛——,效果更好,您说呢?这个人物与那个人物的关系,似乎还要说得再明白一点,因为不是所有读者都能理解您的苦心的,您说呢?她每次都表示,好,我再想想。最后的结果往往是,人家并没有改动。虽然人家并没有改动,但我后来也觉得不改动更好。

梁鸿的批评活动至今仍在继续,虽然数量少了,但影响却大了,影响大的主要依据是,很多作家会委婉地提醒别人,梁鸿都评论过我了,你还想怎么着?据说,也只能是据说了,对很多年轻作家而言,梁鸿评论到谁,差不多就相当于被摸顶了。从事梁鸿批评史研究的人可能会发现,梁鸿的批评文章,写得越来越复杂了,里面涉及的知识也越来越多了,一句话要分为正反正三段来说。我最初还以为，我的妹妹梁鸿都已经有了菩萨心肠了，后来才发现不是这样的。最根本的原因是，她现在越来越成为一个综合的写作者，多种文体一起上，不再是批评家梁鸿，而是罗兰·巴特所说的作家梁鸿。知识、经验和表达的冲突，使她越来越认识到了问题的复杂性，所以下笔如有鬼。吃过梨子和没吃过梨子，有时候还真的不一样哎，何况那梨子还都是她自己种的。同时，她可能也越来越认识到，文学批评比较有意思的地方，除了在特殊的作家身上找到特殊的地方，下巴上有瘊子就说瘊子，屁股上有痔疮就说痔疮；还要在不那么特殊的作家身上，甚至在某些平庸的作家身上，去探究一个时代文学的某些基本范式。讨论人人都有啤酒肚，不见得就比讨论下巴上的某个特殊的瘊子意义要小。考虑到不少批评家都是一根筋，都是一条道走到黑，退休时候的文章还让人觉得是三十岁时候写的，好像还是为"三红一创"写下的注释，梁鸿做得足够好，我得点个赞。

我在前面是不是已经提到，梁鸿最早的兴趣其实不是当批评家。最初当上批评家，是因为她读了博士得写论文，后来也就骑驴就磨台写了下去。此身合是诗人未？细雨骑驴入剑门。既然剑门已入，梁鸿还是要写小说。从事21世纪非虚构研究的人或许不知道，目前为众人所知的《中国在梁庄》中的很多故事，最初实际上是要当作小说写的。我就曾多次听她讲过那些故事，活灵活现，纤毫毕见，她只是苦恼于它们如何以小说的形式呈现，苦恼于那些故事如何剪裁，如何形成一个整体成为一部长篇小说。在她那个时候的文学观念里，"整体性"是个正面的词，"碎片化"则是个负面的词。我不知道批评家是否注意到，《中国在梁庄》其实可以看成回忆性散文，差不多是当代酷烈版的《朝花夕拾》。田野考察那是在后面写《出梁庄记》时发展出来的。《中国在梁庄》作为非虚构的代表作，首先得益于李敬泽把它当作非虚构作品刊登出来。李敬泽当时或许是要把它当成药引子，好激活青年作家的神经，让他们去关注大历史中的变化。我想，梁鸿本人可能压根儿就没有想过，它究竟是虚构还是非虚构。梁鸿后来的短篇小说集《神圣家族》，其实也可以作如是观：没有人知道那是虚构还是非虚构。我个人可能倾向于认为，梁鸿所有关于梁庄的作品，都是以非虚构面目出现的虚构作品。不过，有一点是明确的，《中国在梁庄》强烈的写实风格，确实在中国引起了"非虚构"的浪潮，"梁庄"作为一个假托的地名，在后来也几乎与费孝通假托的那个"江村"齐名。至于好端端的"非虚构"后来越"浪"越"潮"，那就是另外一回事了。

这篇文章开头提到的《梁光正的光》，是梁鸿的最新作品。关于这部作品，我要说的话已被梁鸿印到了书的封底，有兴趣的读者买了这部书就知道我是怎么说的。需要多说一句的是，因为《梁光正的光》，我对梁鸿才有了真正的了解，日后撰写文学辞典，写到"梁鸿"这个词条，如果觉得材料不够，不妨直接从里面抄上几段。正是看了这部作品，我觉得梁鸿以前所有的作品，似乎都是在打扫外围，清理场地，为的是给《梁光正的光》腾出地方，好让梁光正利利索索出场。梁光正为什么有这么高的待遇？我曾对梁鸿说过，梁庄与江村一样，已是人类学意义上的村庄了，某种意义上梁庄就是这个时代的江村。费孝通在写江村时，天才地提炼出一个概念：差序格局。在《梁光正的光》一书中，梁鸿以作家的方式，讲叙这个时代差序格局的变化。为此，她要从"父亲"入手，从近到远，看看这些人在这片土地上是如何生活的：他们生不如死，他们在爱中死，他们虽死犹生。这些人，这些熟悉的陌生人，就是我们的父兄。梁鸿以贫写困，以肉写灵，以农民来写国民，以芜杂抵达纯净。所以，我在这部书的新闻发布会上说，凡此种种，可能都会在当代小说史上留下长久的回声。

　　梁鸿，最后我再引一句苏轼的诗送给你：谁见幽人独往来，缥缈孤鸿影。这种感受，你现在算是充分体验到了吧？还有，写完了这部长篇，鸿影将缥缈到何处，你想好了吗？

《扬子江评论》2018年第1期

读李宏伟的《北京化石》

我曾经撰文讨论过李宏伟的《月球隐士》,认为他的小说试图在末世论的阴影中探究人物命运的另一种可能性,有如回到交叉小径的花园,重新寻找另一条路径。为了实现这个叙事目标,他会将现实与科幻进行块状组接,然后借用科幻因素,让人物从遥远的未来穿过现实回溯到过去,将个体性的向死而生置换成对人类命运的整体性思考。

这一次我读到的是李宏伟的近作《北京化石》,一篇描述和分析当代人所进入的某种石化状态的小说。"石化"这个词引起了我强烈的兴趣,激活了我的一些想法。出于对现实的体认,我立即意识到,我们可能尚未经过一次喷发,一次熔化,就已经进入了某种石化状态,并在以后相当长的时间内滞留于此。而我曾经或正在眼睁睁地看见，那么多人其实已经在这种状态中沉溺良久，有如本来是要摸着石头过河，现在却只摸石头不过河了。为什么？因为已经摸出了感觉，摸出了嗜痂成癖的惯性。坦率地说，这是我阅读李宏伟《北京化石》之后盘旋不去的念头。不过，这些念头将在随后的阅读中得到补充与修正。

小说单刀直入写到了"石兄"。据我记忆所及，文学史上与"石兄"有关的小说已有两部，分别是《红楼梦》和《西游记》。《红楼梦》中通灵宝玉即由女娲遗弃的补天石变成，人称"石兄"，自撰《石头记》。在小说的第一回，空空道人说道："石兄，你这一段故事，据你自己说有些趣味，故编写在此，意欲问世传奇。"这位空空道人将《石头记》细读一遍，就读出感觉来了，并因空见色，由色生情，传情入色，自色悟空，遂易名为情僧，并改《石头记》为《情僧录》。其所"记"者何人？所"录"者何事？石兄的红楼一梦是也。《西游记》中，孙悟空本也是仙石所化，所谓从石头缝里蹦出来的，其所"记"者其实也是一场"西游梦"。有趣的是，《红楼梦》与《西游记》中的那两块石头，尺寸竟然完全相同，都是三丈六尺五寸高，合一年的三百六十五日；都是两丈四尺圆围，合二十四节气。这数字，显然不是曹雪芹和吴承恩随意编排，而是来自对中国文化的深刻认知。粗略地说，《红楼梦》因是石兄所撰，所以可以看成石头自己开口说话，说的是佛道真妄；而《西游记》则是别人替石头开口说话，说的是尊佛抑道。李宏伟的这篇《北京化石》，则是我看到的第三篇与"石兄"有关的小说。小说中的这位"石兄"，生活在21世纪的北京，名叫王进。有一天，王进觉得作为一个人活够了，但也没有什么厌世成分，只是有个好奇心，想着换一种存在形态。他既不想变成飞过天空的鸟，也不想变成游进水中的鱼，也不想变成奔跑如风的兽，因为这些和人没有本质的差别。那么变成一滴水，一捧土？不，那样会失去独立。那就变成一块石头吧，一块独自存在的石头。这篇小说写的就是王进石化的过程，直至变成石头，变成一块可以留存在北京时空中的化石。

如果说，《红楼梦》与《西游记》写的是"由石到人"，那么这篇小说的大部分篇幅写的则是"由人到石"。这是一个意味深长的反写过程，有如逆水行舟，直抵河流的源头，再弃舟登岸爬上无稽崖顶，由此进入了我们的前史。我当然有理由把这个过程理解为一场梦，理解为原始思维在21世纪的北京重新投胎转世：一块再次转世的石头。作者的笔触紧紧落实于身体语言，极为详尽，简直是纤毫毕见，这使得我提到的原始思维形式进一步得到证实。在小说中，梦中的身体语言处于不同媒介的作用之下，而各种信息话语与电子媒介当然表征着社会经验的在场。我由此倾向于认为，小说中的梦即是原始思维与社会经验相互挤压、搓捻、糅合的结果。在这个过程中，那被挤压、搓捻、糅合的身体语言突出了我们所使用的语言的另一个潜在特性，即不停地分岔或转向、断裂或悬空、颠三或倒四、隐匿或暴露、升腾或坠落。这当然不是与原始思维相应的语言，因为其失去了简洁与透明，失去了词与物直接的对应关系，但这正是原始思维与当下社会经验遭遇的后果，是从梦的最深处来到了与现实的交界地带。

那么，现在需要问清楚的是，这是谁做的梦？是小说的主人公王进先生吗？是王进先生的妻子吴欣女士吗？是作为王进朋友的那个叙述人"我"吗？好像都是，又好像都不是。考虑到作为叙述人的"我"，虽然是王进的朋友却无名无姓也无性，比空空道人还要"空空"，所以不妨认为："我"不是别人，就是石头，或者说就是石化过程本身。它无须邀约北京某区某街道的王进先生进入石化程序，王进先生就自动进入了那个程序，如同甲壳虫并未对格里高尔发出邀约，格里高尔就在不安的睡梦中变成了甲壳虫，变成了非我，变成了异己，变成了囿于自身内部的一个异形。这是另一种文化或者文学系统中的石化现象，甲壳虫硬如铁甲的甲壳与王进石化之后可以敲核桃的脚掌，无疑有着异曲同工之妙。我的这种解读属于过度阐释吗？不，我不这么认为，因为一个文本的意义不在于它本身，而在于它与整个视域的关联方式，在于我们如何发现并阐释那个关联方式,并在文学的时空共同体中给予其恰当的定位。

我们可以感受到,小说的叙述有如一个微精神分析学的案例徐徐展开。微精神分析学强调超越人的潜意识,把对人的研究推向能量组织和构成人的虚空之中。在这个过程中,被分析者与分析者将在一段日常生活中耳鬓厮磨,携手进入一个未名的黑暗隧道,留下一段共同尝试的轨迹。根据微精神分析学的理论,"我"的细胞甚至血液都不源于"我",甚至"我"所做的梦都不源于"我"。在小说中,王进先生的一切尝试,包括他在石化过程中的诸多细微感受,似乎也都不源于他,而是他与吴欣、与墙洞里的燕子、与儿子进入那个隧道后共同生发的感受。只是,现在这个感受又作用于他和他(它)们,并且开口说话,即石头或者石化进程本身开口说话,而且随时叫停。在这个意义上,我们可以说,小说中的"我"就是附丽于王进肉身的那个石化过程本身,也就是说小说可以看成"我"对石化过程的回忆或记录。我由此想到科幻小说或电影中经常出现的那个场景:人的潜意识暂时脱离本体成为一个异形,一个既是本体又是客体的异形。现在,李宏伟的方式就是让那个异形开口说话。区别在于,在小说中这个异形并没有脱离人的肉身,并没有成为一个客体,它依然附丽于肉身,就像格里高尔依然囿于体内,一个具有某种自主性的异形并没有从体内逸出。说句实在的,王进先生现在的状态甚至还比不上格里高尔，因为格里高尔毕竟还享有作为甲壳虫的另一种生活，而王进却只能有一种生活。瞧啊，他甚至无法成为异己，只能待于自己的石化状态中感受着那唯一的变化：石化，再石化，从脚底到生殖器，直至变成石头，就像一条鱼感受着自己如何从头臭起。顺便多说一句，如果你要顺着这个话题追问，《红楼梦》中的石头是不是一个异形，是怎样一种异形？那么，我的回答是，您说呢？

或许值得追问的一个真正问题是，如何看待李宏伟所描述的这种石化现象？要知道，石化在很多时刻竟然是人们的一种隐秘愿望，它代表着不朽，因为雕像就是石化的最高形式，简直崇高极了。捷克荒诞派剧作家哈维尔反对石化，不仅在观念而且在日常生活中付诸实施，就是要反对在某种语境中已经约定俗成被看成最高形式的石化现象。他在通常认为最严肃的场合也会溜出去喝杯啤酒，顺便与酒吧里的小姑娘逗趣。他的理由是，哥们儿反对石化不就是为了能自在地与姑娘们喝上一杯吗？那么，麻木、僵硬和沉堕，是否可以看作石化的另一种表现形式呢？当然可以，因为那么一种失去了活力、自如、游动的状态，一种僵而不死的状态，本身就是一种自我意识匮乏的象征，就是石化的另一种极端表现形式。李宏伟如果想写《北京化石》的姊妹篇，我建议他写一篇《北京鼻涕虫》，因为那种过于柔软的腰肢，也不妨看作石化的极端形态。我在这里感受到的一个更加让人深思的问题是，自然界的石化需要经过一个喷发过程，一个熔化过程，然后再冷却为灰岩。而对于生活在当下的属于人类的我们而言，似乎尚未经过这个喷发和熔化就开始石化了，而我们却浑然不觉，甚至自得其乐。你就可以想象，听到王进先生的大胖儿子落地的消息，我有多么紧张，甚至比当爹的还要紧张。能不紧张吗？我真的很担心王进先生的妻子吴欣女士生出来的是个石头棒槌。

这篇小说提出的可供讨论的话题有很多，因为李宏伟本身就是个阐释空间堪称辽阔的作家。虽然我倾向于认为，李宏伟的写作有可能代表当下文学的一个新的生长点，非常值得更多关注，但是我又确实意识到，要想对李宏伟的小说做出准确的评价却格外困难。我唯一可以认定的是，李宏伟写的不是我们通常所理解的小说，无论是纯文学还是通俗小说；也不是我们所理解的科幻小说，无论是硬科幻还是软科幻。看到了吧，我只能用否定句的形式来肯定这样一种呈现出异样形态的小说，一种接近于梦态的小说形态。这样一种小说，看似简单其实内部机关却繁复无比，因为李宏伟的"虚构"是真正的"虚构"，是由各种看似"虚"的意念"构"建起来的"虚构"。现在，当这种"虚构"以文本实体的面目出现，它就不是一面简单的镜子，而是一个尚未除尽杂质的晶体在向各个方向闪光。对于不同的读者而言，如何理解这样的小说，有赖于你看到的光是从哪个方向射过来的，也有赖于它是否会与你的梦来上一次奇妙的相遇。至于此类作品如何在文学史上进行定位，我们显然还需要做更多分析和阐释。

《青年文学》2023年第1期

辑三

它来到我们中间寻找骑手

1985年的暑假,我带着一本《百年孤独》从上海返回中原老家。它奇异的叙述方式一方面引起我强烈的兴趣,另一方面又使我昏昏欲睡。在返乡的硬座车厢里,我再一次将它打开,再一次从头读起。马孔多村边的那条清澈的河流,河心的那些有如史前动物留下的巨蛋似的卵石,给人一种天地初开的清新之感。用埃利蒂斯的话来说,仿佛有一只鸟,站在时间的零点,用它的红喙散发着它的香甜。

但加西亚·马尔克斯叙述的速度是如此之快,有如飓风将尘土吹成天上的云团:他很快就把吉卜赛人带进了村子,各种现代化设施迅疾布满了大街小巷,民族国家的神话与后殖民理论转眼间就展开了一场拉锯战。《裸者与死者》的作者梅勒曾经感叹，他费了几十页的笔墨才让尼罗河拐了一个弯，而马尔克斯只用一段文字就可以写出一个家族的兴衰，并且让它的子嗣长上了尾巴。这样一种写法，与《金瓶梅》《红楼梦》所构筑的中国式的家族小说迥然不同。在中国小说中，我们要经过多少回廊才能抵达潘金莲的卧室，要有多少儿女情长的铺垫才能看见林黛玉葬花的一幕。当时我并不知道，一场文学上的"寻根革命"因为这本书的启发正在酝酿，并在当年稍晚一些时候蔚成大观。

捧读着《百年孤独》，窗外是细雨霏霏的南方水乡，我再次感到了昏昏欲睡。我被马尔克斯的速度拖垮了，被那些需要换上第二口气才能读完的长句子累倒了。多天以后，当我读到韩少功的《爸爸爸》的时候，我甚至觉得它比《百年孤独》还要好看，那是因为韩少功的句子很短，速度很慢，掺杂了东方的智慧。可能正是由于这个，当时有些最激进的批评家甚至认为，《爸爸爸》可以与《百年孤独》比肩，如果稍矮了一头，那也只是因为《爸爸爸》是个中篇小说。我还记得，芝加哥大学的李欧梵先生来华东师大演讲的时候，有些批评家就是这么提问的。李欧梵先生的回答非常干脆，他说，不，它们还不能相提并论。如果《百年孤独》是受《爸爸爸》的影响写出来的，那就可以说《爸爸爸》足以和《百年孤独》比肩。这个回答非常吊诡，我记得台下一片叹息。

我的老家济源，常使我想起《百年孤独》开头时提到的场景。在我家祖居的村边有一条名叫沁水的河流，"沁园春"这个词牌名就来自这条河流，河心的那些巨石当然也如同史前动物的蛋。每年夏天涨水的时候，河面上就会有成群的牲畜和人的尸体。那些牲畜被排空的浊浪抛起，仿佛又恢复了它们的灵性，奔腾于波峰浪谷。而那些死人也常常突然站起，仿佛正在水田里劳作。这与"沁园春"这个词牌所包含的意境自然南辕北辙。我在中国的小说中并没有看到过关于此类情景的描述，也就是说，我从《百年孤独》中找到了类似的经验。我还必须提到"济源"这个地名。济水，曾经是与黄河、长江、淮河并列的四条大河之一，史称"四渎"，即从发源到入海，潋滟万里，自成一体。济源就是济水的发源地，但它现在已经干涸，在它的源头只剩下一条窄窄的臭水沟，一丛蒲公英就可以从河的这一岸蔓延到另一岸。站在一条已经消失了的河流的源头，当年百舸争流、渔歌唱晚的景象真是比梦幻还要虚幻，一个初学写作者紧蹙的眉头仿佛在表示他有话要说。

事实上，在漫长的假期里，我真的雄心勃勃地以《百年孤独》为摹本，写下了几万字的小说。我虚构了一支船队顺河漂流，它穿越时空，从宋朝一直来到80年代，有如我后来在卡尔维诺的一篇小说《恐龙》里看到的，一只恐龙穿越时空，穿越那么多的平原和山谷，径直来到20世纪的一个小火车站。

但这样一篇小说，却因为我祖父的话而有始无终了。

　　假期的一个午后，我的祖父来找我谈心，他手中拿着一本书。他把那本书轻轻地放到床头，然后问我这本书是从哪里搞到的。就是那本《百年孤独》。我说是从图书馆借来的。我还告诉他，我正要模仿它写一部小说。我的祖父立即大惊失色。这位延安时期的马列学员，到了老年仍然记得很多英文和俄文单词的老人，此刻脸涨得通红，在房间里不停地踱着步子。他告诉我，他已经看完了这本书，而且看了两遍。我问他写得好不好，他说，写得太好了，这个人好像来过中国，这本书简直就是为中国人写的。但是随后他又告诉我，这个作家幸好是个外国人，他若是生为中国人，肯定是个大右派，因为他天生长有反骨，站在组织的对立面；如果他生活在延安，他就要比"托派"还要"托派"。"延安""托派""马尔克斯""诺贝尔文学奖""反骨""组织"，当你把这些词串到一起的时候，一种魔幻现实主义的味道就像芥末一样直呛鼻子了。

　　"把你爸爸叫来。"他对我说。我的父亲来到的时候，我的祖父把他刚才说过的话重新讲了一遍。我父亲将信将疑地拿起那本书翻了起来，但他拿起来就没有放下，很快就津津有味地看了进去。我父亲与知青作家同龄，早年也写过几篇小说，丰富的生活一定使他从中看到了更多的经验，也就是说，在他读那本书的时候，他是身心俱往的，并且像祖父一样目夺神移。不像我，因为经验的欠缺，注意的只是文学技巧和叙述方式。我的祖父对我父亲的不置一词显然非常恼火。祖父几乎吼了起来，他对我父亲说："他竟然还要模仿人家写小说，太吓人了。他要敢写这样一部小说，咱们全家都不得安宁，都要跟着他倒大霉了。"

祖父将那本书没收了，并顺手带走了我刚写下的几页小说。第二天，祖父对我说："你写的小说我看了，跟人家没法比。不过，这也好，它不会惹是生非。"我的爷爷呀，你可知道，这是我迄今为止听到的对我的小说最为恶劣的评价？祖父又说："尽管这样，你还是换个东西写吧。比如，你可以写写发大水的时候，人们是怎样顶着太阳维修河堤的。"我当然不可能写那样的小说，因为就我所知，在洪水漫过堤坝的那一刻，人们纷纷抱头鼠窜。

当然，有些事情我倒是很想写一写的，那就是洪水过去之后，天上乱云飞渡，地上烂泥腥臭，河滩上的尸体在烈日下会发出沉闷的爆炸声，不是"轰"的一声响，而是带着很长的尾音，"噗——"。奥登在一首诗里说，这是世界毁灭的真实方式：它不是"砰"的一声，而是"噗——"。两年以后，我的祖父去世了。我记得合上棺盖之前，我父亲把一个黄河牌收音机放在了祖父的耳边。从家里到山间墓地，收音机里一直在播放党的十三大即将召开的消息，农民们挥汗如雨要用秋天的果实向十三大献礼，工人们夜以继日战斗在井架旁边为祖国建设提供新鲜血液。广播员激昂的声音伴随着乐曲穿过棺材在崎岖的山路上播散，与林中乌鸦呱呱乱叫的声音相起伏——这一切，多么像是小说里的情景，它甚至使我可耻地忘记了哭泣。但是二十年过去了，关于这些场景，我至今没写过一个字。当各种真实的变革在谎言的掩饰下悄悄进行的时候，我的注意力慢慢集中到另外的方面。但我想，或许有那么一天，我会写下这一切，将它献给沉睡中的祖父。而墓穴中的祖父，会像马尔克斯曾经描述过的那样，头发和指甲还在生长吗？

　　据说马尔克斯不管走到哪里都要带上博尔赫斯的小说。马尔克斯是用文学介入现实的代表，而博尔赫斯是用文学逃避现实的象征。但无论是介入还是逃避，他们和现实的紧张关系都是显而易见的。在这一点上，中国读书界或许存在着普遍的误读。马尔克斯和博尔赫斯，对20世纪80年代中期以后的中国文学，产生了巨大的影响。对知青文学和稍后的先锋文学来说，他们是两尊现代和后现代之神。但这种影响主要是叙述技巧上的。就像用麦芽糖吹糖人似的，对他们的模仿使"85新潮"以后的中国小说迅速成形，为后来的小说提供了较为稳固的"物质基础"。但令人遗憾的是，马尔克斯和博尔赫斯与现实的紧张关系，即他们作品中的那种反抗性，并没有在模仿者的作品中得到充分的表现。

当博尔赫斯说，玫瑰就存在于玫瑰的字母之内，而尼罗河就在这个词语里滚滚流淌的时候，"玫瑰"就在舟楫上开放，沉舟侧畔病树枯死。而说博尔赫斯的小说具有反抗性，这似乎让人难以理解，但是，那一尘不染的文字未尝不是出于对现实的拒绝和反抗，那精心构筑的迷宫未尝不是出于对现实的绝望，它是否定的启示，是从迷宫的窗户中伸向黑夜的一只手，是薄暮中从一炷香的顶端袅袅升起的烟雾。也就是说，在博尔赫斯笔下，"玫瑰"这个词语如同里尔克的墓志铭里所提到的那样，是"纯粹的矛盾"，是用介入的形式逃避，用逃避的形式介入。

这也就可以理解，博尔赫斯为什么向往边界生活；经常在博尔赫斯的玫瑰街角出现的，为什么会是捉对厮杀的硬汉；硬汉手中舞动的为什么会是带着血槽的匕首。我非常喜欢的诗人帕斯也曾说过，"博尔赫斯以炉火纯青的技巧、清晰明白的结构对拉丁美洲的分散、暴力和动乱提出了强烈的谴责"。如果博尔赫斯的小说是当代文学史上的第一只陶罐，那么它本来也是用来装粮食的，但后来者往往把这只陶罐当成了纯粹的手工艺品。还是帕斯说得最好，他说一个伟大的诗人必须让我们记住，我们是弓手，是箭，同时也是靶子，而博尔赫斯就是这样一个伟大的诗人。

我曾经是博尔赫斯的忠实信徒，并模仿博尔赫斯写过一些小说。除了一篇小说，别的都没能发表出来，它们大概早已被编辑们扔进了废纸篓。虽然后来的写作与博尔赫斯几乎没有更多的关系，但我还是乐于承认自己从博尔赫斯的小说里学到了一些基本的小说技巧。对初学写作者来说，博尔赫斯有可能为你铺就一条光明大道，他朴实而奇崛的写作风格，他那极强的属于小说的逻辑思维能力，都可以增加你对小说的认识，并使你的语言尽可能地简洁有力，故事尽可能地有条不紊。

但是，对于没有博尔赫斯那样的智力的人来说，他的成功也可能为你设下一个万劫不复的陷阱，使你在误读他的同时放弃跟当代复杂的精神生活的联系，在行动和玄想之间不由自主地选择不着边际的玄想，从而使你成为一个不伦不类的人。我有时候想，博尔赫斯其实是不可模仿的，博尔赫斯只有一个。你读了他的书，然后离开，只是偶尔回头再看他一眼，就是对他最大的尊重。我还时常想起，在1986年秋天发生的一件小事。中国的先锋派作家的代表人物马原先生来上海讲课。当时，我还是一个在校学生，我小心翼翼地向马原先生提了一个问题，问博尔赫斯在何种程度上影响了他的写作，他对博尔赫斯的小说有着怎样的看法。我记得马原先生说，他从来没有听说过博尔赫斯这个人。当时小说家格非先生已经留校任教，他在几天之后对我说，马原在课下承认自己说了谎。或许在那个时候，博览群书的马原先生已经意识到，博尔赫斯有可能是一个巨大的陷阱？

韩少功先生翻译的《生命中不能承受之轻》在相当长的时间里曾经是文学青年的必读书。但时过境迁，我已经不再喜欢米兰·昆德拉的饶舌和扬扬自得，因为我从他的饶舌与扬扬自得之中读出了那么一些——我干脆直说了吧，读出了一些轻佻。在消极自由的名义下，与其说"轻"是不可承受的，不如说是乐于承受的。而在"重"的那一面，你从他的小说中甚至可以读出某种"感恩"，那是欢乐的空前释放，有如穿短裙的姑娘吃了摇头丸之后在街边摇头摆尾——与其相关，我甚至在昆德拉的小说中读出了某种"女里女气"的味道。更重要的是，所谓的"道德延期审判"甚至有可能给类似语境中的写作者提供了某种巧妙的说辞，一种美妙的陈词滥调。

但我仍然对昆德拉保留着某种敬意。经由韩少功先生，昆德拉在中国的及时出现，确实提醒中国作家关注自身的语境问题。如果考虑那个时候的中国作家正丢卒保车般地学习罗伯-格里耶和博尔赫斯的形式迷宫，即如何把罗伯-格里耶对物象的描写转变为单纯的不及物动词，把隐藏在博尔赫斯的"玫瑰"那个词当中的尼罗河那滚滚波涛转变为寸草不生的水泥迷宫，我们就有必要对昆德拉的出现表示感激。而且据我所知，关于"个人真实性"的问题，即便在此之前有过哲学上的讨论，那也仅仅是在哲学领域悄悄进行，与文学和社会学没有更多的关联。因为昆德拉的出现，个人真实性及其必要的限度问题，才在中国有了公共空间之内的讨论、交流和文学表达的可能。

昆德拉还是一个重要的跳板，一个重要的跷跷板。他的同胞哈维尔经由崔卫平女士的翻译在稍晚一些时候进入中国读者的视域。当然，哈维尔在1989年的"天鹅绒革命"中的粉墨登场——如同约瑟夫·K.进入了城堡，戈多突然出现在了流浪汉面前——也加速了他在中国的传播。虽然伊凡·克里玛说过"政治"一直是哈维尔激情的重心，但我并不认为哈维尔在此之前的写作、演讲和被审讯，是围绕着那个重心翩翩而起的天鹅舞。我读过能找到的哈维尔的所有作品，他的随笔和戏剧。与贝克特等人的戏剧相比，他的戏剧的原创性自然要大打折扣，但我感兴趣的是他对特殊的语境的辨析能力，以及辨析之后思想的行动能力。在失去发展的原动力而只是以僵硬的惯性向前滑动的后极权制度下，恐怕很少有人能像哈维尔那样如此集中地体会到生活的荒诞性。

吃盐不成，不吃盐也不成；走快了要出汗，走慢了要着凉；招供是一种背叛，不招供却意味着更多的牺牲——这是自加缪的《正义者》问世以来，文学经验的一个隐蔽传统。哈维尔自然深知其味。人性的脆弱、体制的谎言性质以及反抗的无能,共同酿就了那杯窖藏多年的慢性毒酒——更多的时候,人们有如身处埃舍尔绘画中的楼梯而不能自拔。哈维尔品尝到了这杯慢性毒酒的滋味。他并没有因为上帝发笑就停止思索,也没有因为自己发笑就再次宣布上帝死了。他致力像刺穿脓包似的穿透其中的荒诞感,并坚持使用正常和严肃的方式来对待这个世界。然而,令人感到奇怪的是,昆德拉的小说可以在中国大行其道,并塞满出版商的腰包,但一个以正常和严肃的行为方式对待世界的哈维尔却只能以"地下"的方式传播。我知道许多人会说这是因为哈维尔后来在世俗意义上的"成功"使然,但我们不妨换个方式来思考这个问题:对一个越来越不严肃的时代来说,严肃的思维和行为方式仿佛就是不赦之罪。

卡夫卡与荒诞派戏剧所造就的文学经验,在哈维尔的随笔和戏剧中得到了传承。对后来的写作者来说,哈维尔其实开辟了另外一条道路,即对复杂语境中的日常生活事实的精妙分析。路边的标语牌,水果店老板门前的条幅,啤酒店老板的絮语,这些日常生活中常见的景象,都成了哈维尔表达和分析的对象。当恐惧成为悬在人们头上的达摩克利斯之剑,公众的注意力就会集中在水果、蔬菜等消费品上面,公众的道德水准就会降低到"生物学的蔬菜的水平"。哈维尔提请我们注意店前的那幅标语牌,上面写的往往是不着边际的主流话语,是一种指向乌托邦的不切实际的宏大叙事，而水果店的老板和前来购买美国苹果的人，谁都不会朝这条标语多看一眼。当一种约定俗成的虚假社会规范或者说"潜规则"大行其道的时候，个人生活的真实性就被吸尘器抽空了。

哈维尔的文字只要能看到的，我几乎都喜欢。这并不是因为哈维尔不光解释了世界而且部分地改变了世界，而是我从他的文字中能够看到一种贴己的经验，包括与个人经验保持距离的经验。随着中国式市场经济的发展，我们会越来越清楚地感受到哈维尔身上所存在的某种预言性质。至少在目前这个如此含混、暧昧和复杂的历史性时刻，在反抗者要么走向妥协，要么与他所反抗的对象变得如孪生兄弟般相像的时刻，哈维尔的意义只会更加凸现。

虽然在中国的语境中，历史尚未终结，历史的活力依然存在，但是故事的消失却似乎已经成了必然。完整地讲述一个故事所必须依赖的人物的主体性以及主体性支配下的行动，在当代社会中已经不再具备典型意义，故事只能显得虚假和做作，充其量只配当作肥皂剧的脚本。即便是哈维尔这样传奇的人，他戏剧中的故事也不再像莎士比亚的故事那样跌宕起伏——我们都像布罗茨基所说的那样，生活在一个二流的时代，要么是二流时代的忠实臣子，要么是它的逆臣。

当代小说，与其说是在讲述故事的发生过程，不如说是在探究故事的消失过程。传统小说对人性的善与恶的表现，在当代小说中被置换成对人性的脆弱和无能的展示，而在这个过程中，叙述人与他试图描述的经验之间，往往构成一种复杂的内省式的批判关系。无论是昆德拉还是哈维尔，无论是索尔·贝娄还是库切，几乎概莫能外。

当然，这并不是说马尔克斯式的讲述传奇式故事的小说已经失效，拉什迪的横空出世其实已经证明，这种讲述故事的方式在当代社会中仍然有它的价值。但只要稍加辨别，就可以发现马尔克斯和拉什迪这些滔滔不绝的讲述故事的大师，笔下的故事也发生了悄悄的转换。在他们的故事当中，有着更多的更复杂的文化元素。以拉什迪为例，在其精妙绝伦的短篇小说《金口玉言》中，虽然讲述故事的方式似乎并无太多新意，但故事讲述的却是多元文化相交融的那一刻带给主人公的复杂感受。在马尔克斯的小说中，美国种植园主与吉卜赛人以及西班牙的后裔之间也有着复杂的关联，急剧的社会动乱、多元文化之间的巨大落差、在全球化时代的宗教纠纷，使他们笔下的主人公天然地具备了某种行动的能力，个人的主体性并没有完全塌陷。他们所处的文化现实既是历时性的，又是共时性的，既是民族国家的神话崩溃的那一刻，又是受钟摆的牵引试图重建民族国家神话的那一刻。而这几乎本能地构成了马尔克斯和拉什迪传奇式的日常经验。

我个人倾向于认为，可能存在着两种基本的文学潮流，一种是马尔克斯、拉什迪式的对日常经验进行传奇式表达的文学，一种是哈维尔、索尔·贝娄式的对日常经验进行分析式表达的文学。近几年，我的阅读兴趣主要集中在后一类作家身上。我所喜欢的俄国作家马卡宁显然也属于此类作家——奇怪的是，这位作家并没有在中国获得应有的回应。在这些作家身上，人类的一切经验都将再次得到评判，甚至连公认的自明的真理也将面临着重新的审视。他们虽然写的是没有故事的生活，但没有故事何尝不是另一种故事？或许，在马尔克斯看来，这种没有故事的生活正是一种传奇性的生活。谁知道呢？我最关心的问题是，是否存在着一种两种文学潮流相交汇的写作，即一种综合性的写作？我或许已经在索尔·贝娄和库切的小说中看到了这样一种写作趋向。而对中国的写作者来说，由于历史的活力尚未消失殆尽，各种层出不穷的新鲜的经验也正在寻求着一种有力的表达，如布罗茨基所说，"它来到我们中间寻找骑手"，我们是否可以说有一种新的写作很可能正在酝酿之中？关于这个话题，我可能会有更多的话想说，因为它在相当长一段时间内成了我思维交织的中心，最近对库切小说的阅读也加深了我的这种感受。但这已经是另外一个话题了，是另一篇文章的开头。我只是在想，这样一种写作无疑是非常艰苦的，对写作者一定提出了更高的要求。面对着这样一种艰苦的写作，从世界文学那里所获得的诸多启示，或许会给我们带来必要的勇气和智慧。

我再一次想起了从祖父的棺材里传出来的声音，听到了山林中的鸟叫。我仿佛也再次站到了一条河流的源头，那河流行将消失，但它的波涛却已在另外的山谷回响。它是一种讲述，也是一种探究；是在时间的缝隙中回忆，也是在空间的一隅流连。

《青年文学》2004年第12期

为什么写，写什么，怎么写

很荣幸来苏州大学参加这个论坛，感谢主持人林建法先生和王尧先生给我这个机会。大学里的气氛让人很迷恋，我甚至有点激动。主持人王尧先生刚才的介绍，又给我带来一些压力。激动，再加上压力，我就不知道能不能讲好了。

我看过很多作家在这个小说家讲坛上的演讲，虽然谈的都是小说问题，但每个人看问题的角度、方法各有不同。这很重要，因为它们构成了对话关系。这是一个对话的时代，写作是一种对话，阅读是一种对话，演讲也是一种对话，演讲与演讲之间也是对话。它可能是真理与真理的对话，也可能是谬误与谬误的对话。不过，真理的对立面不一定是谬误，谬误的对立面也可能不是真理。它是一种全面的对话关系。实际上，人类的语言活动都是对话，文学活动自然也在此列。

我想从我刚写的一篇书评谈起。我刚刚应朋友之邀，给张大春先生的《小说稗类》写过一个书评。我不认识张大春先生，迄今也没有任何联系。我只知道他是中国台湾辅仁大学的教授，也写小说，以前在杂志上看过他的《四喜忧国》和《将军碑》。他好像是台湾的先锋作家，与白先勇、陈映真他们不同，主要是叙述方式不同。《小说稗类》大概是他关于小说的讲稿，涉及小说创作的方方面面。在写那篇书评的时候，我能够感受到我们对小说本身的理解有很多相同的地方。当然他看得比我多，比我细，也比我有学问。我觉得他跟在场的中国大陆最有学问的作家格非先生有一拼。但我也非常明显地感受到，我与张大春先生有很多不同。同是用汉语写作，同是在20世纪末21世纪初写作，为什么会有这么多不同呢？我想，主要是因为语境的差异。说得具体一点，就是他在台湾写作，而我们在大陆写作。对他来说，历史已经终结，马拉松长跑已经撞线，而我们的历史尚未终结。我们还可以感受到历史的活力，当然也可以感受到它的压力。我给那篇书评起的题目就叫《小说家的道德承诺》。写完以后，我感到问题没有那么简单。也就是说，不仅仅是写作者的语境问题。比如，同是在大陆写作，语境相同，感受着历史同样的活力和它的压力，很多人的写作不是同样有很大差异吗？我这种说法，很容易引起误解。

我知道有人会说，你这句话毫无道理，写作当然应该有差异。不怕有差异，就怕没差异。要是所有人的写作都一样，那我们只看一个人的作品就行了，还要那么多作家干什么？所以，我得赶紧解释一下，我指的不是作品的风格、主题、情节和人物。我说的是真正的作家他为什么会持续写作，他在成名以后仍然要写作，哪怕再也达不到他曾经达到的高度他仍然要写作；小说家与他所身处的现实应该构成怎样的关系，小说家在这个时代的历史语境中，对写作应该有怎样的基本的承诺。

每个作家首先要遇到的问题就是"为什么写作"。追名逐利的动机可能每个人都会有，这一点似乎毋庸讳言。本雅明的《经验与贫乏》中讲到过卡夫卡的例子。这是文学史上著名的公案。他谈道，卡夫卡的遗嘱问题是最能揭示卡夫卡生存的关键问题。我们都知道，卡夫卡死前将遗作交给了朋友布洛德，让布洛德将之销毁。布洛德违背了这一遗嘱，而是将卡夫卡的作品整理出版了。按照一般的理解，我们会说布洛德这样做，是要让别人知道他与圣人的关系很不一般，我是圣人卡夫卡最好的朋友。本雅明说，与圣人产生密友关系，在宗教史上有特殊的含义，即虔信主义。布洛德采用的炫耀亲密关系的虔信立场，也就是"最不虔信的立场"。接下来，本雅明的分析才是更要命的。本雅明说，卡夫卡之所以把遗嘱托付给布洛德，是因为他知道布洛德肯定不会履行他的遗愿。接下来，本雅明又写道，卡夫卡会认为，这对他本人以及布洛德都不会有坏处。这是一次非常精彩的行为艺术。我想，这个例子就很能说明问题，我们无法逃脱这样的世俗的动机，这也是一种"个人的真实性"。布洛德在他关于卡夫卡的传记里，极力把卡夫卡写成一个圣人，其实是不得要领的。用本雅明的说法，是"外行的浅陋之见"。当然问题还有另外一面，另外一种可能，就是卡夫卡要求销毁作品，其动机也是真实的，就是他担心自己的作品会对后世产生不良影响，他不愿意为这种不良影响承担责任，现在通过这个遗嘱，他把这个责任推给了布洛德。鸟之将死其鸣也哀，人之将死其言也善。这应该是卡夫卡心理状况的真实写照。我们以此可以看到，一个作家在面对自己作品时的复杂心理。卡夫卡的这种精神状况，可能使我们想起另外一个人，那就是耶稣：当我们把他看成尊贵的神的时候，他其实是一个失败的人；当我们把他看成失败的人的时候，他其实是一个尊贵的神。生命中不可承受之俗啊。

撇开名利因素，我想，谈到"我为什么写作"，好多人的回答都是"除了写作我什么都不会"。此类回答，我们听到的最多。俏皮倒是俏皮，但其实是敷衍之词。我不相信，你会写作，却不会干别的。前段时间重读捷克作家伊凡·克里玛与美国作家菲利普·罗斯的对话，伊凡·克里玛对这个问题的问答真是深得我心。他说，在这个时代写作是一个人能够成为一个人的最重要的途径，正是因为这个原因，许多有才华的人将写作当成自己的终身职业。伊凡·克里玛其实道出了在集权专制以及随后到来的个人性普遍丧失的商业社会里，写作得以存在的理由。通过写作，通过这种语言活动，个人的价值得到体现，个人得以穿透社会和精神的封闭，成为一个真正的个人。伊凡·克里玛的这种说法，使我想起中国文学史上的一个名人。现在随着一系列肥皂剧的播映，他的名气越来越大。这个人就是铁齿铜牙纪晓岚。中国古代，小说家被说成是"稗官"，与"史官"相对。按鲁迅在《中国小说史略》中转述的《汉书·艺文志》的说法，"小说家者流，盖出于稗官，街谈巷语，道听途说者之所造也"。那么何为"稗官"呢？"然稗官者，职惟采集，而非创作，街谈巷语，自生于民间。"所以，"稗官"可能相对于"史官"而成立，如果是"官"也不是什么正儿八经的官。实际上，它不可能是一个具体的官职，更应该被看作一种文化身份。纪晓岚可能是中国最有名的一个具有"史官"与"稗官"双重身份的人。我们都知道，纪晓岚为一代重臣，大学士，加太子少保衔，兼理国子监事，官居一品，统筹《四库全书》的编撰事宜。这都让后人看重。但后人看重纪晓岚，比如，中文系的师生看重纪晓岚，还有另一个原因，即他是《阅微草堂笔记》的作者。当他写作《阅微草堂笔记》的时候，他的身份就由"史官"变成了"稗官"。在《〈阅微草堂笔记〉原序》里,纪晓岚的门人写道:"文之大者为《六经》,固道所寄矣。降而为列朝之史,降而诸子之书,降而为百氏之集,是又文中之一端,其言皆足以明道。再降而稗官小说,似无与于道矣。"然后,这个门人又写道:"河间先生以学问文章负天下重望,而天性孤直,不喜以心性空谈,标榜门户;亦不喜才人放诞,诗坛酒社,夸名士风流。……乃采掇异闻,时作笔记,以寄所欲言。"这段话说明,纪晓岚真正的心性,想说的真话,只能通过《阅微草堂笔记》说出来。否则,他就不是纪晓岚。所以,我以为,成为一个真正的人,真实的人,是写作者最大的动机,否则高贵如纪晓岚者,为什么也会屈尊为一介"稗官"呢?说出真实的自己,表达自己真实的想法,使自己成为一个人,我以为这是写作的动机,是小说家对自己的道德要求。

为什么写是个问题,写什么也是个问题。张大春先生在《小说稗类》里说,小说是一股"冒犯的力量",小说"在冒犯了正确知识、正统知识、真实知识的同时以及之后,还可能冒犯道德、人伦、风俗、礼教、正义、政治、法律",正因为这种冒犯,小说一直在探索尚未被人类意识到的"人类自己的界限"。也就是说,他认为小说的一个重要职能,就是探索人类自己的界限,为此它要冒犯正确知识、正统知识和真实的知识。我想,他所说的冒犯,大概类似于我们经常说的质疑、怀疑，并付诸写作。

确实，到了20世纪以后，无论是哲学还是文学，还是别的人文学科，对人类的已有经验进行重新审视和反省，都是一项重要工作。分析哲学、解构主义思潮、新历史主义等人文学派得以成立，也是因为这个原因。我们甚至可以说，任何一种新的人文学派的产生，都是怀疑之后的冒犯。我最近看了库切的一部小说《彼得堡的大师》。这部小说写得好坏是另外一回事，可以加以讨论。我比较感兴趣的是库切对少女马特廖莎的塑造。这样一个人物形象，令人想起陀思妥耶夫斯基笔下的阿廖沙、托尔斯泰笔下的娜塔莎、帕斯捷尔纳克笔下的拉里沙，以及福克纳笔下的黑人女佣。她们是大地上生长出来的未经污染的植物，有如泉边的花朵，在黑暗的王国熠熠闪光，照亮了幽暗的河流，她们无须再经审查。但是，且慢，就是这样一个少女，库切也没有将她放过。可以说，书中很重要的一章就是"毒药"这一章：这个少女的"被污辱"和"被损害"，不是因为别人，而是因为那些为"穷人"和"崇高的事业"而奔走的人，为人类美好的乌托邦而献身的人，她进而成为整个事件中的关键人物，在小说的情节链条上具有非常重要的意义，她本人即"毒药"。

从这里，我想或许可以看出文学的巨大变化。陀思妥耶夫斯基和托尔斯泰看到这一描述，是否会感到挨了一刀，是否会从梦中惊醒？我想，它表明了库切的基本立场：一切经验都要经受审视和辨析，包括陀思妥耶夫斯基和托尔斯泰的经验，包括一个未成年的娇若天仙的少女的经验——除非你认为他们不是人类的一部分。所以，我认为，小说家的一个重要工作，就是对已有的经验进行重新审视。对小说家来说，这不是不道德，而是一种道德，是要从黑暗中寻找新的可能性。我想起了波兰作家米沃什的一句话，他说对于20世纪的历史，我们几乎还没有动过。怎么能说没有动过呢？有关的历史记述早已卷帙浩繁，汗牛充栋。但他说的其实是另外一个意思，我们需要不断地重新讲述这段历史，不断地重回历史现场，不断地重新审视已有的经验。

顺便说一句，我至今仍然经常看到，有许多批评家，将当今的写作与陀思妥耶夫斯基和托尔斯泰的作品相比，以此来批判当今的写作缺乏理想，缺乏博爱，缺乏宗教。当今的写作无疑有很多问题，很多不足，陀思妥耶夫斯基和托尔斯泰的写作无疑会给我们很多启示，但是，期望当今的文学出现类似的大师，期待人们向他们看齐，我想这是一种荒唐的想法，甚至是一种无知的想法。隔着两个世纪的漫漫长夜，千山万水，怎么可能出现那样的人物呢？我甚至想说，最不像托尔斯泰的那个人，可能就是这个时代的托尔斯泰。如果说，托尔斯泰用自己的文字为他的时代命名，那么，这个时代的作家，有一个重要的工作，就是为自己的时代命名。所以，我感到与重新审视已有的经验同样重要的工作，就是审视并表达那些未经命名的经验，尤其是不同语言、不同文化背景相互作用下的现代性问题。

前些年，我看到过一篇小说，我也与格非在电话中讨论过这篇小说，就是拉什迪的《金口玉言》。他写的是一个巴基斯坦少女到签证处签证，要到英国和未婚夫结婚的故事。这个少女是幼儿园的阿姨，有自己的事业，但媒妁之言、父母之命以及乡村的贫困，使她不得不嫁到英国去，但她又从未见过自己的未婚夫。有意思的是，主人公其实并不是那个美丽的少女，而是签证处对面的一个老人。故事是从一个饱经沧桑又行骗了一辈子的老人的视角来讲述的。在这个时刻，老人告诉少女，签证处的那些人都是些坏人，他们会问你很多问题，会百般刁难，比如，你的未婚夫的家世，他的生理特征，甚至做爱的习惯，等等。如果你答得不对，他们就会拒签。所以你应该相信我的话，让我替你签到证。我们都知道，中国各个城市验车的地方都有"车虫"，就是和验车的工作人员勾结，赚取司机钱的人。如果你不通过"车虫"验车，你的车就会通不过。这个老头大概就相当于这种角色。但是这个老头，此时被这个少女的美镇住了，他平生第一次说了真话。问题是，这个少女不相信他，而宁愿相信政府的工作人员。后来，这个少女果然被拒签了。小说的结尾写这个老人面对着女孩的背影，为自己第一次说真话而不被相信感慨万端。这个故事初看上去好像很简单，其实它很复杂，可以有多种理解。比如，我们也可能把它理解为，那个女孩子其实是等着被拒签，因为她其实不愿意去英国，她更愿意和家乡的孩子待在一起，这样一种写法还能让人联想到马拉默德的《魔桶》的写法。但我更感兴趣的是，这样一个故事包含着这个时代的文化上的第三世界和第一世界之间的关系，包含着边缘与主流的关系，包含着一个信息化时代个人的真实性问题，很多问题对我们来讲都是困兽犹斗式的。我以为，我们的小说，需要对这样一种经验进行有意识的呈现，这种呈现的过程就是命名的过程。

我本人前不久遇到一件有趣的事，或许哪一天我会把它写成小说。现在都市里的有钱人，喜欢买明清家具。客厅里摆上古旧的从农村收上来的明清家具，成为一种新的时髦。北京有个地方叫高碑店，从河北去北京，离北京最近的那个车站就是高碑店。那里有一条街，卖的都是这样的家具，我在那里看到很多老外。我在那里看到一个东西，是农村喂马的马槽。店主告诉老外，这些马槽都是用来放鲜花的。老外买走自然就会用它来放花。我还看到电影《大红灯笼高高挂》里四姨太太颂莲用来敲脚的一套工具，好像有人指出过这是伪民俗。但现在店里的人告诉我，这是从什么时候的大户人家的后人那里收上来的，老外们很喜欢，中国人也很喜欢。店主说，很多明星，比如，经常在电视剧里演皇帝的那个演员，演和珅的那个演员，都来这里买东西。我觉得，在那些临着农田，临着高速公路，临着北京这样一个大都市的店铺里，每时每刻都在讲述着这个时候才有的故事，里面包含着非常复杂的文化寓意。比如，东西方的交往，传统与现代的关联，西方对于中国的想象，这样一种想象如何对中国构成了影响，并迫使我们自己改写自己的历史，以及大众传媒对生活的影响，等等。我不知道别人是怎么看的，我自己觉得这样一种复杂经验，在文学中并没有得到充分表现。类似的故事还有很多很多，不胜枚举。这是一个迅速变化的时代，一切都在发生改变。用迪伦马特的话来说，现在是祖国变成了国家，民族变成了群众，对祖国之爱变成了对公司的忠诚。用索尔·贝娄的话来说，以前的人死在亲人的怀里，现在的人死在高速公路上。这都是一些有待命名的新经验，当然我说的是用文学的方式命名，是用一定的叙述形式来适应不同的现实。叙述这一现实大大超过文学的范畴，是我们认识现实的基本依据之一。

关于小说，我们的庄子曾创造过两个词，一个是"小说"这个词。庄子是中国第一个小说家，也是第一个说出"小说"这个词的人。在《庄子·外物》里，庄子说："饰小说以干县（悬）令，其于大达亦远矣。"它的意思是说，粉饰一些浅薄琐屑的知识以求取高名，那么距离通达的境遇还差得很远。显然这里的"小说"，与我们后来提到的小说，有很大不同。它也不是专用名词，它指的是浅薄的知识，没有虚构、讲故事的意思。但是后世关于小说的一些看法，却多少沿用了庄子的说法，并使得它最终成为一个专用名词，成为一种叙述文体的称谓。另外一个词是"卮言"，"卮"是古代盛水的器皿。庄子的意思是，语言就是"酒杯中的水"。水因为酒杯的形状不同，也会有不同的形式，所谓随物赋形。我想，在这样一个文化背景下，小说作为一种酒杯里的水，应该能用自己的方式对这种复杂的文化现实做出命名，即做出文学的表达。

当然，这样一种表达，有时候会让人感到不习惯，不舒服。我自己感觉，我刚刚出版的长篇小说《石榴树上结樱桃》，在这方面做了一些努力。当然它也让一些朋友觉得不舒服，不习惯。我写的是90年代以后中国的乡村，这个乡村与《边城》《白鹿原》《山乡巨变》里的乡村已经大不相同，它成为现代化进程在乡土中国的一个投影，有各种各样的疑难问题，其中很多问题，都超出了我们的想象。我觉得我们很长时间以来并没有进入乡土，谈论的很多问题，都是水过鸭背，连毛都不湿的。这篇小说，我写得好坏是一回事，但一定要触及，我觉得我触及了。如果我写得不好，我当然应该羞愧，但我没有必要十分羞愧。在80年代，有一段时间文学界讨论，说小说的写作已经由"写什么"转向"怎么写"了。现在看来,这个说法太简单了,甚至有点荒唐了。"写什么"和"怎么写"的重要性,应该说从来都是等量齐观的,而且它们密不可分。几千年前,庄子用一个词"卮言"就把问题表达清楚了。但为了谈论的方便,我想把这个问题拎出来再说一遍。又因为具体的写法可以是各种各样的,所以我只能从方法论上来谈。

有一本书,我觉得很重要,就是耿占春先生的《叙事美学》。耿占春先生在我的心目中,是一个非常重要的批评家,有很多洞见,而且他的洞见都带有自己的体温。他在这本书中谈到一种新的小说形式,就是"百科全书式的小说"。我注意到张大春的《小说稗类》里也谈到这个问题。我想,这涉及我们这个时代对怎么写的一些思考。耿占春和张大春,他们都引用了卡尔维诺在《未来千年文学备忘录》里的一段话:"现代小说是一种百科全书,一种求知方法,尤其是世界上各种事体、人物和事物之间的一种关系网。"张大春说,这种小说"毕集雄辩、低吟、谵语、谎言于一炉而冶之,如一部'开放式的百科全书'"。说这样一种小说形式是"新的",可能有人不同意,比如有人会说《圣经》就是百科全书式的,司马迁的《史记》和纪晓岚的《阅微草堂笔记》也是百科全书式的,你怎么能说百科全书式的小说是新的呢?对这样一种质疑,我只能张口结舌。我唯一可以辩驳的是,这说的是小说,而不是历史和经文，不然我们就不会说小说的一个非常高的境界就是"伪经"。对中国的读者和写作者来说，应该承认，我们文学传统植根于一个说书传统。传统的说书、鼓词，在皎洁的月光下，在清扫一空的打麦场上，一阵击鼓打板之后，好戏开演了。它虽然讲的都是帝王将相的故事、英雄美人的故事，但它的一个基本的思路，是通过讲述一种"个人经验"，成功或者失败的个人经验，善与恶、忠与奸斗争的经验，来概括对历史的认识，来实现对人的教化。现在，这样一种百科全书式的小说，部分地偏离这个传统。我想它的目的，是激活并重建小说与现实和历史的联系。它出现的背景，当然首先是因为小说家对已有的历史范畴和观念产生了怀疑，对"说书传统"在当代复杂的语境中的作用产生了怀疑。

我想，最重要的因素还可能是，它要表明小说家对单一话语的世界的不满和拒绝。小说家在寻求对话，寻求这个世界赖以存在的各个要素之间的对话。以前我们可能认为，真理就在我的手中，真理是唯一的，真理的对立面就是谬误。这种一元化的表述方式，显然是有问题的。现在的这种小说，应该是站在一切话语的交会点上，与各种知识展开对话。我自己感觉，我在长篇小说《花腔》里做了这样的努力。类似的例子其实还有，比如，韩少功先生的《马桥词典》和《暗示》也是很好的例子。大概也正因为这个原因，我对韩少功的《马桥词典》有很高的评价。据我所知,我的同代作家绝大多数是不认同韩氏的努力的。但是,这并不表明我对说书传统的拒绝。我的想法是,应该有一种小说,能够重建小说与现实的联系,在小说的内部,应该充满各种对话关系,它是对个人经验的质疑,也是对个人经验的颂赞。它能够在个人的内在经验与复杂现实之间,建立起有效的联系。至于这样一种小说,是不是属于百科全书式的小说,其实并不重要,重要的是小说内部要有这样一种机制,对话和质疑的机制,哪怕它讲的是关于恐龙的故事。

以上说的问题,有些我自己也没有想清楚,很可能永远想不清楚。更何况自以为想清楚的一些话,反倒可能是一些糊涂话。我说出的与其说是感想,是读书心得,不如说是在表达困惑,是在寻求对话,是一种求解。

在来苏州的火车上,格非先生一直在给我讲《红楼梦》,给我出了很多题,关于黛玉走路的姿势的,关于坐垫的新与旧的,非常有意思。他思考的问题,有很多切中这个时代文学写作的肯綮,涉及小说叙述资源的问题。我还是把时间省出来,让格非来谈。

再次感谢苏州大学,感谢林建法先生和王尧先生。

本文系作者在苏州大学"小说家讲坛"上的讲演稿
《当代作家评论》2005年第3期

贾宝玉长大之后怎么办

感谢主持人邵老师的介绍。很高兴与朋友们做个对话。确实是对话。不是客套。熟悉我的小说的朋友都知道，我喜欢在小说中设置多种对话关系。在我看来，现代小说与古典小说的一个很大的差异，就是现代小说是一个"对话主义"的"场域"，就像布尔迪厄所说，各种要素之间相互对话，相互生成。现代小说的一个重要标志就是，它是作者与作品中人物的对话，是作品中各种人物之间的对话，当然它也是作品与读者的对话，是作品中各种人物与读者的对话。现代小说是民主的，不是独裁的。这是小说在中国语境中存在的一个特殊意义。晚清以来，小说对中国人来说，比对西方人要重要得多。这是另外的话题，这里隔过不讲。我想说的是，现代小说，如果仅仅是作者在絮絮叨叨地说自己的话，小说的意义丧失了大半。所以，我期待接下来的对话。

缘起

刘剑梅老师在电话里问我要谈什么，我当时随口说了一句，就聊贾宝玉长大之后怎么办吧。它确实是我关心的一个问题。当然也不是现在才关心的。比如，我的长篇小说《花腔》就触及了这个主题。《花腔》的主人公葛任，不妨看成是生活在20世纪革命年代的贾宝玉。事实上，为了提醒读者注意到这一点，我苦心孤诣，设置葛任生于青埂峰，死于大荒山。可惜啊，现在关于《花腔》的评论有一二百篇，但只有极少数的批评家注意到了这一点。如果作者和读者的对话关系没有能够充分建立起来，不仅作品的意义要大打折扣，严格说来作品都没有完成。因为作者、作品和读者彼此之间是一种交叉的、双向建构的关系。所以，我的遗憾是难免的。不过，最近有一篇关于《花腔》的论文，是上海的青年批评家黄平写的。他是80后批评家，让人刮目相看。他最近有一篇论文叫《先锋文学的终结与最后的人——重读〈花腔〉》，发表在内地的《南方文坛》。他认为葛任身上叠加着贾宝玉的原型。黄平提到，这个问题其实是中国先锋文学的元问题之一，即个人与世界的遭遇。先锋文学真实地讨论这个问题了吗？我不知道。如果把这个问题放在20世纪的革命年代，那么问题就变得非常棘手：对于一代中国最先进的知识分子来说，他们陷入了一个空前的两难：要成就革命和解放，革命者必须否定个人的自由，将自己异化为历史和群众运动的工具，然而革命者参与革命的最终目的，却是实现自由。为此，主人公陷入了永久的煎熬。其实我很想提醒黄平一句，真正的自我就诞生于这种两难之中。如果没有这种煎熬，自我如何确立？我的朋友耿占春在一首诗里面说，有一个人照镜子，到了老年，在越来越浓重的白内障的雾里，他会发现自己只是一个赝品，他的自我尚未诞生。

虽然由我来分析自己小说的主人公不大合适，但我今天是在香港，是在和朋友们进行一场真诚的对话，所以不妨多说两句。说得干脆一点：贾宝玉长大之后，如果他活在20世纪，进入了革命的年代，那么他很可能就是葛任。换句话说，葛任就是革命者贾宝玉。看过《花腔》的人都知道，葛任的故事部分地化用了瞿秋白的经历。不过瞿秋白是1935年死的，而《花腔》的主干故事是从1934年讲起的。或许可以说，这部小说是个假设：如果瞿秋白没死，经过长征到达了延安，那么会发生什么故事？我的意思是说，葛任与瞿秋白，也都可以看成宝玉长大之后的可能的形象。事实上，我正在写作的一部长篇小说也跟这个主题有某种关系，只是它更为复杂，以致我常常怀疑我是不是有能力完成它。

　　还得声明一点。我不是红学家，也不是曹学家，红学和曹学已经成了专门的学问。在内地，曹学和红学，据说，也只能是据说，差不多都已经是某种带有原教旨主义气息的学问了，外人是不能随便谈的。其实，这差不多是对《红楼梦》精神的背叛。《红楼梦》是中国古典小说中最讲究对话关系的小说。《红楼梦》召唤着人们参与对话。唐代诗人杨炯说：江山若有灵，千载伸知己。我觉得，曹公若有灵，千载寻知己。他会欢迎人们来对话的。如果我说得不对，我想曹公会谅解。你们也会谅解，对不对？我不会谈到关于《红楼梦》的很多知识。那些知识还是交给红学家和曹学家来谈。他们对《红楼梦》的细枝末节，真的是如数家珍。书中哪一顿饭吃了什么，他们都知道。我两辈子也赶不上他们。好在鲁迅说过，重要的是"史识"。鲁迅是强调"史识"的。鲁迅说话是比较重的，谈到郑振铎的《中国文学史》，那已经是不得了的著作了，可鲁迅还是说那是资料汇编，缺少"史识"。好在我今天不是专门要谈《红楼梦》和贾宝玉的，所以我可以自由一点。如果出现了知识错误，请你们理解。如果没有什么"史识"，那也很正常。我只是要借贾宝玉，借这位宝二哥、宝二爷，说出我对小说的一些理解。

宝玉的年龄问题

奇怪得很，关于贾宝玉的年龄至今都没有一个标准答案。这是关于《红楼梦》的众多谜团之一。我上大学的时候，教我们《红楼梦》的是个老太太，她拍着自己的脸，说，贾宝玉啊，粉嘟嘟的。好像说的是自己的亲外孙。那个爱啊，真是浓得化不开。可她也没有告诉我们宝玉多大。小说家当然可以不明确地去写主人公的年龄。当代小说中，甚至人物的面貌我们也常常弄不清楚。待会儿我可能会谈到卡夫卡的《城堡》。在《城堡》当中，在卡夫卡的几乎所有作品当中，我们能看到主人公的一系列动作，能了解主人公的气质，但我们往往既不知道主人公的年龄，也不知道他的具体相貌，不知道他的出身，他就像个幽灵。

关于宝玉的年龄问题，大致分两派：十三岁派，十六岁派。说他是十三岁的人说，在第二十五回，贾宝玉中了魔法，有个和尚这时候来了一句，大意是说：青埂峰一别，转眼已经十三载矣。书中还有几处提到十三岁这个数字，比如，有人夸他的诗好，说十二三岁的公子就写得这么好。这是恭维话。宝玉的诗写得并不好，那帮孩子当中，他写得最差，他自己也认为是最差的，不过他不生气，只要女朋友们写得好就行。说他是十六岁的人认为，书中提到林黛玉是十五岁。黛玉在第四十五回有一句话，说我长到十五岁了，怎么怎么样。而宝二哥比林妹妹大一岁，所以宝玉是十六岁。大致上有这两种说法。

更有趣的是，对别人的年龄，包括生日，曹雪芹都交代得非常清楚。比如，元春是正月初一。所以叫元春嘛。宝钗是正月二十一，黛玉是二月十二，探春是三月初三，巧姐是七月初七，老太太贾母是八月初三，凤姐是九月初二。但曹雪芹偏偏没有明确地交代第一主人公宝玉的年龄。曹雪芹是不是忘记写了？好像不大可能。想象一下，阿猫阿狗的年龄都写了，生日都写了，偏偏自己最心爱的儿子多大了，哪天生的，忘了。可能吗？

其实，宝玉具体几岁零几个月了，不是非常重要。小说在一开头，也就是第五回和第六回就告诉我们，他与秦可卿以及丫头袭人有了男女之事，而且是在二十四小时以内完成了两次男女之事。这说明，他已经进入了青春期。正是因为与秦可卿有了男女之情，所以秦可卿死的时候，最为悲伤的人就是宝玉。在小说的第十三回，曹雪芹写到，宝玉当时正因黛玉回家了，自己孤恓，也不和人玩耍了，一到晚上就早早睡去，这天从梦中听说秦可卿死了，忙着翻身起来，只觉得心中似戳了一刀！随后曹雪芹写道：哇的一声，直喷出一口血来。我记得有一次，我的朋友毕飞宇先生在北大讲课，我晚到了一会儿，一进门正听到他讲这个情景。吓了我一跳：谁啊，谁喷了一口血啊？听下去才知道他说的是宝玉。他认为曹雪芹用的这个笔法是反逻辑的，哪能喷出一口血来呢？我觉得他讲得很有道理。他也是从小说家的眼光看这个问题的，抓得很准。是啊，可以写他伤心流泪，可以写他捶胸顿足，还可以写他拉着身边的丫头执手相看泪眼无语凝噎，也可以让他无语独上高楼，唯独不能写他"喷出一口血来"。但这就是伟大的曹雪芹。曹雪芹在具体的细节描写上，看似非常逼真，非常写实，其实有很多不合常理的细节描写，不合逻辑的事。年龄是一例，此处"喷血"又是一例。《红楼梦》甲戌本关于此事有一个侧批，说，宝玉早已看定，可继家务事者，可卿也。今闻可卿死了，大失所望，急火攻心，焉得不有此血？这个批语真是俗不可耐。人们常说，有所谓的"三俗"。哪"三俗"我不清楚，但我知道肯定有第四大俗。这就是第四大俗。这就相当于北京人说的"茉莉花喂驴"，河南人说的"猪尾巴敬佛"。拿猪尾巴敬佛，猪不高兴，佛也不高兴。这种侧批，宝玉知道了也会不高兴，曹雪芹更不高兴。那些家务事是宝玉考虑的问题吗？宝玉这个准哲学家，还要考虑这些家务事？我想说的是，"吐血"一景，真是悲伤之至。此种描写非大手笔不可为也。王国维在《人间词话》里说：红杏枝头春意闹，著一"闹"字，而境界全出。这里的一口鲜血，也是境界全出。

217

这是宝玉第一次直面死亡。对宝玉来说,性和死亡几乎是同时到来的。这个问题意味着什么?意味着宝玉虽然养于深宅之中,长于妇人之手,但他的人生阅历并不少。对于他这样年纪的孩子来说,该有的,他都有了。不该有的,他也有了。那么接下来,他还将经历更多的死亡,其中最重要的死亡,自然就是黛玉之死。就人生阅历而言,宝玉的心理年龄比实际年龄要稍大一点。宝玉既是个孩子,又是个成年人。他的年龄处于一个模糊地带。宝玉的视角既是个少年的视角,又是个成年人的视角。这给曹雪芹的讲述提供了方便,给曹雪芹讲述生活、思考生活提供了极大的便利。

因为今天是创意写作课的一部分,所以我不妨就多说一点。世界上有许多名著,写的都是少年的故事。这个年龄的人,他的故事最微妙,最生动,最有趣。他有那么多的烦恼,所以歌德写了《少年维特的烦恼》。他愁肠百结,屁大一点事就能让他要死要活,一块小点心的味道,在睡觉前妈妈是不是吻了一下他的额头,他都要浮想联翩,所以普鲁斯特写了《追忆逝水年华》。我们当然也不要忘了海明威的《尼克·亚当斯故事集》,那是海明威成为伟大作家的一个重要起点。乔伊斯的《都柏林人》中有一篇杰出的小说《阿拉比》,写的是一个少年在跨入成人世界的那一刻,发现了成人世界的秘密。当然,我们也不要忘了,前天给你们上课的苏童老师的香椿树街的故事。苏童的香椿树街上，流淌的全是少年血。香椿树街的很多故事，都可以看成是中国的《阿拉比》。

所以，千万不要认为，写童年故事、少年故事，写不出好小说。契诃夫曾经有一篇不朽的经典《草原》。他的主人公还要稍小一点，好像只有九岁、十岁的样子。具体多大我记不清了。小主人公离开母亲要去求学，他随着舅舅的商队来到草原。这个经历，成为他人生中最重要的经历。小主人公对周遭发生的一切都那么在意，草原的早晨，在露水的滋润下草尖如何挺立，各种昆虫如何鸣叫。他不仅关注大地，他还关注天空呢。其中有一个细节，说的是小主人公看到天空中飞来三只鹬，鹬蚌相争的那个鹬，水鸟。过了一会儿，那三只鹬都飞走了，越飞越远，看不见了。于是孩子感到非常孤独。又过了一会儿，那先前的三只鹬又飞了回来。孩子为什么认为，天空中又飞来的三只鹬就是刚才的那三只呢？有两种解释，一种是孩子眼尖，看得非常清楚，虽然它飞得非常高，但孩子看清了，没错，它们就是刚才的那三只。这说明孩子非常敏感。另外一种解释，是孩子觉得它应该就是刚才的那三只。我倾向于后一种说法。孩子很孤单，在短暂的时间内，他已经与那三只鹬建立起了友谊。他可以在瞬间与大地、人间的一切美好的事物，缔结同盟关系。当然，他也最容易受到伤害。

有多少伟大的小说，都是用孩子的视角来完成的。契诃夫通过一部小说写出了他对辽阔的俄罗斯大地无尽的热爱。海明威用尼克·亚当斯的故事写出一个少年在成长过程中必须经过所有磨难，然后他从单纯走向成熟，他在死亡的阴影下理解活着的意义，他从对父辈的依附走向独立，他从自我微小的感受走向对社会的关注，在这个过程中他长大成人，他成为一个真正的人。

我觉得，曹雪芹选用既是少年又是成年的视角写宝玉，写得更为复杂。因为他没有明确地写出宝玉的年龄，所以当我们看到宝玉皱着眉头考虑那些人生问题的时候，我们就不觉得滑稽，我们觉得很真实。我们既觉得那是一个少年的思考，又觉得那是一个差不多算是成人的思考。重复一下，我觉得这给曹雪芹表达他的思考，提供了一个相对便捷的通道。小说中人物的年龄问题如此重要，能不慎乎？

怎么不写贾宝玉长大了

我曾经跟几个国家的《红楼梦》译者有过交流。有趣的是，他们大都不喜欢《红楼梦》。虽然他们知道《红楼梦》是中国最有名的小说，上至国家领导人，下至平民百姓，都喜欢谈《红楼梦》，但这些热爱中国文学的人，对《红楼梦》喜欢不起来。这很有趣。你和一个女人结了婚，却不喜欢她。结婚是因为女方有钱,可以吃软饭。翻译《红楼梦》,是因为拿到了我们这边的翻译资助。如果没有这些资助,相信我,他们都不愿意摸它。

他们首先就无法接受《红楼梦》的叙事方式。《红楼梦》的故事几乎是不往前走的。这跟西方小说的叙事方式差别很大。西方译者翻着书,跺着脚说:你走啊,你倒是走啊,怎么能不走呢?我又是查字典,又是找资料,连猜带蒙,好不容易翻译了其中的一回,但怎么觉得跟没翻似的。他们觉得,曹雪芹写的都是些鸡毛蒜皮。

在另外几部古典名著中,故事发展的线索非常明晰。《水浒传》的故事无非是讲一个反叛和招安的故事。《三国演义》讲的是"分久必合,合久必分"。古典小说,描述的是一个行动的世界,人们通过行动完成一个事件,小说是对这个事件的描述。有头有尾。我们会发现,《红楼梦》中的大部分人物都失去了行动性。《红楼梦》真的不是一部标准的古典小说。既不是标准的中国古典小说,也不同于西方的古典小说,你不妨拿《红楼梦》与《傲慢与偏见》比较一下。《红楼梦》的故事,你根本无法用简单的几句话说出它写的是什么。当我拎着一个线头,说它讲了贾宝玉成长故事的时候,我自己都感觉这种说法非常粗陋。我拎着这么一个线头,不过是为了讲起来方便,不然我也无法原谅自己这么讲。

鲁迅说，一部《红楼梦》，道学家看到了淫，经学家看到了《易》，才子佳人看到了缠绵，革命家看到了排满，流言家看到了宫闱秘事。他说的就是《红楼梦》的丰富性。它实在是太丰富了，横看成岭侧成峰，从不同的角度看，都可以自成一体，都别有洞天。鲁迅还有一句话，你们是知道的，说《红楼梦》写的，虽然不外悲喜之情，聚散之迹，而人物故事则摆脱了旧套，与人情小说大不相同。

这种看似写人情，又不仅仅是写人情的小说，真的能把翻译家给愁死。翻译家觉得它无法卒读，永远也读不完。今天的故事，仿佛是昨天故事的重复。它的叙事没有明显的时间刻度。贾宝玉开始的时候是十六岁，到小说的结尾似乎仍然是十六岁。虽然我们知道，这里面曾发生过很多故事，比如大观园的建立，比如元妃省亲，比如黛玉之死，但小说的叙事却奇怪地好像没有往前走过。好像有一艘大船，一艘巨大的画舫，它虽然在慢慢地往前走，但给人的感觉却没有走。既然载不动许多愁，咱就干脆不走了，咱就干脆抛锚了。

黛玉还没死的时候，只是因为听到黛玉的《葬花词》，宝玉什么反应啊？他不觉恸倒在山坡上，怀里兜的落花撒了一地。后来的黛玉之死，对了，那已经是高鹗的续本了，说到黛玉快死的时候，宝玉对袭人说，林妹妹活不了几天了，我也活不了几天了，干脆弄两副棺材，把我们一起埋了算了。袭人立即说,二爷啊,可不能这么说啊,老太太还等你长大成人呢。太太也就你这么一个儿子。看到了吧,小说都要结尾了,都已经娶媳妇了,宝玉还没有长大成人呢。

不过,虽然他还没有长大成人,但在此之前,他已经看透了人世。李清照在《武陵春》里说:风住尘香花已尽,日晚倦梳头。物是人非事事休,欲语泪先流。闻说双溪春尚好,也拟泛轻舟。只恐双溪舴艋舟,载不动许多愁。舴艋舟,是一种小船,像蚂蚱一样的小船,所以是轻舟。贾宝玉的痛苦可比李清照大多了。哪里是一只小船啊,那是一艘大船,大如《圣经》里的方舟。船上载的岂止是一腔愁绪,那是一堆痛苦的石头,最沉的石头。那哪里是"春尚好",那是好大一场雪,是白茫茫大地一片真干净。我觉得,历史上的另一个宝玉,李煜,词人李煜,做过皇帝的;以及清代的纳兰性德,中国最后一个伟大的词人,那也是个宝玉。他们的词,某种程度上也可看成是宝玉的自传。不过他们的词,都没能表达出这一个宝玉复杂的内心世界。他们的词,差不多还是类型写作。

我有时候会想,照曹雪芹这种讲述故事的方法,他真的难以讲述贾宝玉的一生,难以告诉我们贾宝玉长大之后的情形。他只能够通过讲述别人的故事,告诉我们贾宝玉长大之后可能会过上什么样的生活。也就是说,贾宝玉的人生在他十六七岁的时候,其实已经完成了,以后的日子不过是山重水复。所以，我总感到，或者说我感到曹雪芹感到，似乎已经没有必要把《红楼梦》写完了。我的另一个感受是，曹雪芹本人其实也没有能力把故事写完。你们猜一下，如果我碰到曹雪芹，我会问他什么？我会问他：你到底是觉得没必要写完呢，还是你没有能力把它写完？这个话题，我们待会儿再说。我们现在先假设一下，如果贾宝玉长大成人了，那么他会过上什么样的生活？如果他有漫长的人生，那么在漫长的篇幅中，曹雪芹会以什么方式来写宝玉呢？

贾宝玉长大后的可能性

我们都知道《红楼梦》与《金瓶梅》有血缘关系。没有《金瓶梅》就没有《红楼梦》。伟大如《红楼梦》者，也不是从石头缝里蹦出来的。它受到了《金瓶梅》的影响。它们当然有很多区别，最大的区别是，《金瓶梅》属于集体写作，《红楼梦》属于个人写作。《红楼梦》是中国小说史上第一部由个人单独完成的长篇小说。但《红楼梦》受到《金瓶梅》的影响，应该是有定论的。写作需要天才，但天才也要读书，现代小说家尤其如此，以后的小说家更是如此。我这里想说的是，曹雪芹肯定研究过西门庆。

事实上，如果你以前没有读过《红楼梦》，但你读过《金瓶梅》，那么当你刚拿起《红楼梦》，读到第五回和第六回的时候，你会觉得西门庆的故事要开始了。一个小西门庆诞生了，而且比西门庆还会玩儿，年纪轻轻的就已经这么会玩女人了。确实，贾宝玉很容易就被写成另一个西门庆。宝玉有这个条件啊。饱暖思淫欲，他每天可都是吃饱了撑的，而且是各种补品撑的，撑得做梦都是春梦。而且，他身边又是美女如云，玉腿如林。他要过上西门庆的生活，那简直比西门庆还容易，是不是？西门庆还需要动用各种手段，绞尽脑汁去勾女人的。宝玉根本不需要。那些女孩子几乎是排着队要奉献贞操的。宝玉跟她们发生关系，那是什么？那是宠幸。当然我们的宝玉是个有平等观念的人，他不会觉得那是宠幸，他会觉得那是爱。但那些女孩子，尤其是下人，却会觉得那是天大的恩宠，恨不得奔走相告：知道吗，知道吗，二爷把我睡了。但我想说的是，即便写成另一部《金瓶梅》，写出另一个西门庆，依曹雪芹之能力，也会写成杰作。但是，那就不会是现在的《红楼梦》了。顺便多说一句，对婚外性关系的描述，是很多文学作品的主题。你去查看一下那些世界名著，除了儿童文学，不写通奸的还真是难找。不通奸，不成文。在世界文学史上，最著名的通奸作品当然是《包法利夫人》和托尔斯泰的《安娜·卡列尼娜》。渥伦斯基就是跑到俄国去的贾宝玉，安娜差不多就是跑到俄国去的林黛玉。连日瓦戈都通奸啊。日瓦戈也是个贾宝玉。如果将贾宝玉写成一个西门庆式的人物，或者写成与安娜通奸的渥伦斯基式的人物，也未尝不可。笔头一滑，就顺理成章地写出来了。但曹雪芹没有这样写。朋友们，你得为曹雪芹点个赞。

　　再简单回顾一下，书中写到的第一个与宝玉有过性关系的是秦可卿，然后就是袭人。我说了，这两起"艳照门"是在二十四小时之内发生的。可是，书中关于贾宝玉性生活的描写，竟然也就到此为止了，后面竟然没了。道学家要想从宝玉身上看到"淫"，还真得长一双火眼金睛。因为看不到，所以他们就说看到了"意淫"。宝玉和黛玉虽然爱得如此缠绵，但他们没有性关系。当然关于宝玉的性生活问题，书中确实有很多暗示，那是借别人之口提到贾宝玉可能与丫头们发生这种事情，比如宝玉想跟晴雯一起洗澡，晴雯说，哈，当初你和丫头碧痕洗澡，一洗就是两三个时辰，等你们洗完了，进去一看，地下的水都淹了床腿了，席子上也是水汪汪的，鬼知道你们干什么了？这是正常的。有了初试云雨情，那就有二试云雨情，就有n试云雨情。但曹雪芹竟然再不写了。换成另外一个人，那肯定是大写特写的。你们知道贾平凹吗？跟贾宝玉一家的，都姓贾嘛。贾平凹先生的《废都》就很有耐心地写了一试、二试、n试。《废都》对了解中国的90年代是有某种启示的。据批评家们说，那是一部现实主义作品。

但是对《红楼梦》来说，有意思的地方就在这里，曹雪芹伟大的地方也在这里，他竟然再也没有在这方面浪费笔墨。他在极力避免将宝玉写成西门庆式的人物，他甚至不给你一点机会，让你往那方面去想。而与此同时，曹雪芹则一不做二不休，写了一大群淫棍，比如贾珍、贾琏、薛蟠、贾蓉、贾蔷、贾瑞。那帮人全是西门庆。他们与西门庆的区别只是不会舞枪弄棒罢了。也就是说，曹雪芹非常明确地把贾宝玉与那帮淫棍，与那帮臭男人，区分开来了。曹雪芹杜绝了让贾宝玉成为西门庆的可能。

他把贾宝玉写成了一个情种。于是，贾宝玉温柔的目光抚摸着每个女孩子的脸庞。贾宝玉过上了一种无欲的生活，他对女孩子只是欣赏。性的内容，色的内容，在宝玉这里似乎被抽空了。他与他最喜欢的女孩子林妹妹的爱，完全没有肉欲的意味。我们知道，宝玉的前世，与黛玉的前世，分别是神瑛侍者和绛珠仙草，神瑛侍者用甘露之水浇灌仙草，所以宝玉和黛玉的关系，隐含着一个报恩的故事。你用甘露浇灌我，我用一世的眼泪来报答你。这当中只有情，没有性，这是一个感情净化的故事，比矿泉水还干净，就像蒸馏水。所以，我们可以理解，好多女孩子喜欢宝玉，喜欢宝玉和黛玉的爱情故事，并为此洒下热泪，就像有些人动不动就喜欢打点滴。蒸馏水确实可以打点滴。

宝玉的最高理想就是与女孩子厮混。在色鬼们眼里，那肯定是白混，是不及物动词。他竟然觉得世界上最好吃的东西，就是女孩子嘴唇上的胭脂。在他眼中，女孩子不分贵贱，只要是女的就是好的。他的名言是，能够跟姐妹们过一日，是一日，死了就完了，什么后事不后事的。当他被他父亲揍了一顿之后，女孩子们哭哭啼啼来看他的时候，他是怎么说的？姐妹们啊，我不过挨了几下打，你们就这么怜惜我。我就是死了，一生事业纵然尽付东流，也无足叹惜了。情种啊。他被曹雪芹写成了无欲的情种。宝玉嘴里竟然提到了"事业"？不过这个"事业"，不是"革命事业"的"事业"。《易经》中说，举而措之天下之民，谓之事业。做了自己喜欢的事，又帮了他人，叫"事业"。宝玉的"革命事业"，就是舔女孩子们嘴唇上的胭脂。这是我们现在所知道的世界上最愉快的"事业"。在这个特殊的国家事业单位里，只有一个人，就是贾宝玉。

好了，我们要问的是，曹雪芹为什么要这么写？当然可以有各种解释。比如，你可以认为这里面有一个大的绝望：就是对中国传统文化中强调的多子多福、传宗接代的拒绝。贾宝玉成了一个反传统文化的英雄人物。他拒绝物质生产，所以他不事劳作。他拒绝知识生产，所以他不爱读书。他拒绝人口生产，所以他不做爱。他拒绝成为文化传承中的一个链条。他有爱而无欲。他遗世独立。

贾宝玉的另一种可能

曹雪芹在写贾宝玉的时候，还有一种可以选择：让他子承父业，过上父亲的生活，也就是所谓的"入仕"。这是儒教中国的一个传统。在这个传统中，我们有自己的价值系统。这个价值系统是孔孟帮我们建立起来的。中国儒学，自孔子以降，儒分八派。但不管它分成多少派，它的核心观念是不变的。说得简单一点，就是"仁义礼智信"，就是"修齐治平"。这是中国历代士大夫、历代知识分子所崇尚的一个价值观。孔夫子当年周游列国，坐着一个大轱辘车，在中原，也就是在我的老家河南一带，不停地兜圈子。不过，说是周游列国，其实向北，他没过黄河。向南，只到了楚国。向西，只去过洛阳。向东，没下过大洋。但还是很辛苦。不像现在的儒学家，坐的是喷气式飞机，有空姐侍候，一会儿北美，一会儿西欧。孔子周游列国就是为了向天下传播他的这套价值观，同时告诉天下读书人，学而优则仕。《论语》里说，仕而优则学，学而优则仕。

在贾府，上上下下的人，包括侍候他、为他提供全方位服务的丫鬟们，都劝他读书，都反复地给他讲"学而优则仕"。如果你能考到哈佛，到牛津，到香港科大，那当然更好。如果不能，那么你读北大也行啊。你要成才啊，成名啊，你要光宗耀祖啊。事实上，中国历代知识分子都是这么做的。这也没什么不对。我现在谈的是贾宝玉这个人物形象，对怀着成名成家的（愿望的）人没有贬义。《论语》里有一句话，子曰：君子疾，没世，而名不称焉。你到死了，你的名声还不被人家提起，你要引以为恨的。所以国人讲，一定要留名青史啊。你是小说家，你一定要进入文学史，不然你就白忙了。你当官，你就得从科级到处级到厅级到部级，一级一级往上爬。皇上是天子，不是靠本事、靠努力就能当上去的，跟个人努力不努力没有关系。但天子之下，一人之下，万人之上，你就努力地往那儿爬吧。这也没什么不好。这是积极入世。司马迁在《报任少卿书》里说，立名者，行之极也。连陆游都说，自许封侯在万里，有谁知，鬓虽残，心未死。杜甫称颂"初唐四杰"的时候，说的也是名的问题：尔曹身与名俱灭，不废江河万古流。"初唐四杰"自己也是比来比去的，比的也是名。杨炯不是有句名言吗，我呢，愧在卢前，耻居王后。好玩得很。"名利"二字，是知识分子的一向追求。很多时候，知识分子可以不要"利"，但一定要"名"。宝玉是例外。对于利，贾宝玉不要，这可以理解，但宝玉连"名"也不要啊。也就是说，儒家那一套价值观，对贾宝玉有诱惑吗？没有。

这里顺便说一点，多年前我曾经在《读书》杂志上看到过剑梅老师的父亲刘再复先生有一组文章，分别从儒道释文化的角度论述贾宝玉，当时就很受启发。这次我又找来看了一下。对《红楼梦》理解得最透彻的人，肯定不是红学家。因为你必须能够跳出来，你必须能够入乎其内、出乎其外。我这次再看，这种感觉更强烈了。刘再复先生就入乎其内，出乎其外。入乎其内，故能写之；出乎其外，故能观之。入乎其内，故有生气；出乎其外，故有高致。我本人不做学问，但我知道，做学问必须如此。研究晚清，必须跳出晚清。研究晚明，你必须跳出晚明。跳不出来，"晚"字何来。研究红楼一梦，你必须红楼梦醒。我必须承认，他谈得比我深刻得多。关于贾宝玉和儒家的关系，刘先生认为，宝玉是拒绝"表层儒"（君臣秩序），而服膺"深层儒"（亲情）。刘先生是借用李泽厚先生的观点来谈的，李泽厚先生的书，我也能看的都看了，包括他这些年的一些对话录。你一个写小说的，看这些书干什么？我觉得没坏处。李泽厚论敌的书我也看。若有私敌，你可以了解一个人的性情。若没有私敌，你可以了解一个人的高致。刘先生认为，宝玉是"反儒"和"拥儒"的"二合一"。他对"文死谏""武死战"那一套看不惯。他对亲情看得很重。他反对等级秩序，他对所有人一视同仁。在他眼里，是一个个人，不分阶级，不分贵贱。在我看来，这超越了儒家的价值观。明摆着的，唯女子与小人为难养也，这句话宝玉就不会同意。

不管怎么说，走入仕途这一套，对宝玉行不通。

对于士大夫来说，对于中国贵族子弟来讲，你不当官，又能干什么呢？宝玉长大之后要是不当官，那他能干什么呢？我不知道。归隐吗？归隐是什么意思？你得先当官，才能隐。大隐隐于朝，小隐隐于野。还有中隐，现在的中隐隐在哪啊？我听内地很多学院中人的自述，好像他们就属于中隐。原来，中隐就是隐于高等学府。这怎么叫隐？你要跟他们开玩笑，说学问做得好像也不怎么样啊。他们会说，哥儿们，这你就不懂了，急着花钱，怎么有时间做学问？急着花钱的人，不叫隐。归隐这条路，是不受重用之后的选择。宝玉压根儿就没有要受重用的想法，他怎么隐？先入世，后出世，才叫隐。不过，所谓的归隐也大都不可靠。你去看看陶渊明，翻翻他的集子，看看他是怎么隐的。不要光看到什么"采菊东篱下，悠然见南山"。他的心情从来不是平静的，弄一个无弦琴，拨拉来拨拉去的，差不多相当于摇滚中年了。他看的是南山，其实是北山，是北山之北。他一天都没有平静过。当然这也很好，不平静才能写诗嘛。南山之下，他每天差不多都是醉醺醺的，牢骚满腹，肠子都要断了。他是很想当官的，很想弄块骨头啃啃的。

除了当官，宝玉其实还有一条路，那就是当和尚啊。时间关系，我简单讲一下。关于当和尚，后来高鹗的续本里就是这样处理的。在小说的最后一回，第一百二十回，高鹗写道，贾政一日坐船到了个渡口，那天乍寒下雪，船停在一个清静去处。船中有小厮伺候，他在船中写家书。写到宝玉，便停下了笔。抬头忽见船头上微微的雪影里面有一个人，光着头，赤着脚，身上披着一件大红的斗篷，这个人向贾政倒身下拜。贾政没有看清楚，急忙出船，扶住了那个人，问他是谁。那人已拜了四拜。贾政正要还揖礼，迎面一看，不是别人，正是宝玉。贾政大吃一惊，问道：可是宝玉吗？那人不言语，脸上似喜似悲。贾政又问道：你若是宝玉，如何这样打扮，跑到这里？宝玉未及回话，只见又来了两个人，一僧一道，夹住宝玉说道：俗缘已毕，还不快走。说着，三个人飘然登岸而去。贾政不顾地滑，急忙来赶。那三人在前，消失在茫茫大雪中，哪里还能赶得上？

我也是做了父亲的人。看到这里，将心比心，都忍不住要流泪。可这是曹雪芹的原意吗？我也有点怀疑啊。我们不要忘了，在小说的第三十六回，宝玉曾在梦中喊道：和尚道士的话如何能信？什么金玉姻缘，我偏说是木石姻缘。我们也不要忘了，在小说的开头，作者多次提到一僧一道，对他们的描述是：见从那边来了一僧一道。那僧则癞头跣脚，那道则跛足蓬头，疯疯癫癫，挥霍谈笑而至。这一僧一道，一直是那两个人吗？应该是。我们应该像契诃夫笔下的小主人公，认为天空中飞来的还是原来的那三只鹩，还是那一僧一道。这一僧一道，其实贯穿全文。在叙事上，亦实亦虚。他们出场多次，第一次和甄士隐及英莲的故事有关，后来给贾瑞送来了风月宝鉴，再后来就是一僧一道夹着宝玉消失在白茫茫大雪之中。世界上最尊贵的宝玉，最干净的人，被两个最脏的人夹着走了。这其中有多少万千情愁啊，岂是一个"恨"字了得？贾政哭了吗？高鹗哭了吗？我承认，这是非常伟大的一笔。但是，这是曹雪芹的原意吗？

还是在刘再复先生的文章中，他多次提到，贾宝玉其实已经超越了一般的僧与道。刘先生认为，宝玉不求道而得道。宝玉对儒道释三家，都不是全盘接受，都有质疑，某种程度上他超越了儒道释三家。我建议你们去看一下那组文章。那组文章其实有很沉痛的一面，开头就很沉痛，因为是从聂绀弩写起的，说聂先生想写《贾宝玉论》，壮志未酬，所以不愿去住院，一定要写完。估计很多人都不知道聂绀弩是谁了。这个人不得了的。他出生在一个大家族，父辈兄弟四人，只有他一个男孩。没错，他也是个贾宝玉，这个宝玉后来上了黄埔二期。他后来因"胡风案"而受了很多苦。他的苦真是受不够啊，晚年丧女。我多说一句，聂绀弩不是要写《贾宝玉论》，他是要论自己。这本书太重要的，可惜我们看不到了。有一年，我在内地充当一个图书奖的评委，有一本书是关于聂绀弩的，叫《聂绀弩刑事档案》。我眼中一热，想，这还用评吗？当然是这本书获奖！虽然聂绀弩死了，奖不奖对他本人都无所谓了，但对读者有所谓，读者应该知道聂绀弩。关于《红楼梦》，聂绀弩先生有一句话，说《红楼梦》表现的是小乘佛教的境界。我不懂小乘佛教，不敢胡说，不过我大略知道小乘佛教强调自我完善。如果聂先生的这个说法可以成立，那么贾宝玉跟我们的主流文化的种种紧张关系，确实可以看成是宝玉对自我的确认方式。这是很重要的话题，一个伟大的主题。我想，拙著《花腔》其实也触及了这个问题。

说到这里，我还是要问，假设宝玉长大了，曹雪芹会给他选择一条什么道路？我想说的是，曹雪芹本人，很可能也不知道。在中国所有的文化系统中，贾宝玉生于斯，长于斯，但又背叛于世。在中国的所有文学作品当中，他是第一个从中国传统文化中走出来的人。但走向哪里，当他成人之后，他会怎么样？曹雪芹可能真的不知道。他只知道他不会怎么做，但他不知道他会怎么做。这个问题无关曹雪芹的能力。曹雪芹不可能解决这个问题。但是，这却是我们这些后来者应该思考的问题。

后来的贾宝玉们

大家都知道张爱玲有句名言，有三大遗憾，所谓"三恨"：一恨鲥鱼多刺，二恨海棠无香，三恨红楼未完。顺便说一句，我看很多人把张爱玲夸得不得了，说她多么伟大。我必须说出我的看法，她其实真的是个二流作家。这个二流作家贡献出来的这句名言，倒是一流的。当然，也有很多人提供很多证据，认为书已经写完了。但我倾向于认为，它没有写完。

关于它的没有写完，有一个比较普遍的说法：曹雪芹还没有来得及写完呢，就在贫病交加中死去了。上帝啊，事情哪有这么简单？没有这么简单。我不是红学家，也不是比较文学专家，但我愿意凭一个小说家的直觉，把《红楼梦》和卡夫卡的《城堡》做一个简单的比较，然后在这种比较中试着说出一点看法。

卡夫卡在西方文学史上的地位，差不多可以跟曹雪芹在中国文学史上的地位相比。这种说法准确不准确，我们暂且不管它。我们关心的是《城堡》为什么没能写完。《城堡》写的是土地测量员K，应邀前往城堡工作，他需要到城堡里面与当局见面。土地测量员的身份与《城堡》的主题，有很大关系，值得写一篇论文。但是，自从这个土地测量员在下雪的夜晚到了城堡旁边的一个村子，他就陷入了种种麻烦。一直到最后，他都没有能够进入城堡。有一种说法，说K就这样在村子里打转，一直到快死的时候才接到了通知，说你可以进去了。不管怎么说，这部以"城堡"命名的小说，主人公到最后也没能进去城堡。小说对城堡本身的描写也屈指可数。他只写到，它的外观是个形状寒碜的市镇，它深深地卧在雪地里，笼罩在雾霭和夜色当中。因为进不了城堡，K只能与进过城堡的人接触，从他们那里了解一点关于城堡的事情，但是了解得越多他反而越糊涂。每个人对城堡的描述都不一样。作为一个土地测量员，他必须掌握第一手资料，但他进不去。他无可奈何，无能为力。

《城堡》的编辑者布洛德，我们都知道，他是卡夫卡遗嘱的执行人，据他说，卡夫卡从未写出结尾的章节，但有一次他问卡夫卡，哥儿们，这部小说如何结尾呢？卡夫卡对他说，那个名义上的土地测量员将得到部分满足。他说，卡夫卡对我说了，K将不懈地进行斗争，直至精疲力竭而死。然后，村民们将围绕在他的身边。这时候，城堡当局传来了指令，说，虽然K居住在村子里的要求缺乏合法依据，但是考虑到某些情况，准许他在村子里生活和工作。布洛德的话，更增加了人们的疑问：就这么几句话，就这么一小段文字，卡夫卡为什么不把它写下来呢？不把这个尾巴给安上去呢？这也太不可思议了，简直不可理解嘛。如果卡夫卡只写了这么一部小说，那我们或许还可以说，这是因卡夫卡英年早逝，死前拿不起笔来了，所以没有把这个结尾安上去。问题是，在《城堡》之后卡夫卡又写了很多小说。所以，这个该死的布洛德，竟然把很多读者，很多批评家，给骗了。我大胆猜测，卡夫卡也不知道怎么把

《城堡》写完。因为他不知道，要不要让K进入城堡，他不知道K进了城堡之后怎么办。

依我之愚见，《红楼梦》和《城堡》的未完成，意义非凡。刚才有朋友问到，怎么从学理上来分析它的未完成性？我只提一点。巴赫金的复调小说理论中，专门提到了小说的未完成性。当然他用的概念跟这里的"未完成性"还有点差异，但你不妨借用一下他的说法，来看看这两部真正未完成的小说的"未完成性"的意义。顺便说一下，在中国古典小说中，真正可以用复调小说的理论来分析的小说，首选《红楼梦》。

它的未完成性，是一个重要的隐喻。它敞开着，它召唤后人，起码在召唤后世作家思考一个问题：那就是你如何写出后世的贾宝玉？你如何安排K进入城堡，以及K进了城堡之后怎么办？我觉得，这是曹雪芹和卡夫卡留给后世作家的任务。

《红楼梦》对中国现当代文学的影响是非常深远的。在中国现当代文学的很多名著中，你都可以看到《红楼梦》的影子。当然，到目前为止，这种影响主要体现为对家族叙事手法的继承。巴金的《家》、老舍的《四世同堂》、林语堂的《京华烟云》，都可以看到这种影响。在当代，陈忠实的《白鹿原》、铁凝的《笨花》、苏童的《河岸》、格非的《人面桃花》、毕飞宇的《玉米》，也都可以隐隐约约地看到《红楼梦》的影子。其中运用得非常成熟的，是借用父子冲突，借用家族故事，来讲述百年中国的故事。在这些故事中，我们当然也经常能够看到贾宝玉的身影。虽然很多作家在处理相关问题的时候可能不够自觉，但鉴于《红楼梦》的影响已经深入到作家的无意识，那么，我们仍然可以认定，他们的写作与贾宝玉有关。

一方面是《红楼梦》的影响，另一方面也是因为在革命年代里，在后来的日子里，确实有很多贾宝玉式的人物给作家们提供了丰富的素材。当年投奔延安的那些学生，其实大都是贾宝玉。我爷爷和他的两个哥哥，当初就投奔了延安。他们都是读书人，他们是河南一所师范院校的学生，背着家人跑去了延安。到了延安之后，他们有的读了延安自然科学院，有的进了抗大。到了延安还得读书？他们也觉得没意思。事实上，我们知道，国共双方的高级将领，除了个别拎着菜刀闹革命的人，有很多都是贾宝玉，有些贾宝玉是先读私塾，后又出国，后又回国，然后在战场上兵戎相见，捉对厮杀。前面提到的聂绀弩，就是黄埔军校毕业的。黄埔军校里的那些人，大都是贾宝玉。

如果把贾宝玉放到现在，换句话说，如何在当代复杂的语境中，看待贾宝玉的形象？当代的贾宝玉都会遇到什么问题？又如何去表达这些问题？我想，这其实是一个比较严峻的问题。它涉及一系列主题，比如如何在个人与社会之间建立起一个有效的建设性的对话关系？如果我们把贾宝玉看成是个性解放的象征，那么个性解放的限度在哪里？个人性的边界在哪里？贾宝玉往前走一步，是不是会堕入虚无主义？虚无主义的正面价值和负面价值该如何分析？什么是真正的个人性？这个问题，是小问题吗？

事到如今，我不妨再抛出与上面那些问题相关的一个看法：我们或许会看到，贾宝玉的所有行动，严格说来并不是来自个人的选择。事实上，他的行动，带有相当大的被动性。他的行动与当代所说的人的主体性的建立，还有相当的距离。但这不是曹雪芹的错。这不是曹雪芹能够解决的问题。这或许也不是我们这代人，以后的几代人，能够说清楚的问题。但这是我们应该面对的问题。

那就让我们和贾宝玉一起成长。谁说写作的各种可能性已经穷尽？至少，这个时代的真正意义上的成长小说，至今可能还没有几个人想着要动笔呢。

话题有点严肃了。现在说个段子。几个月前，音乐剧《红楼梦》在北京第二次上演之前，编导找到我，望我能为《红楼梦》写一首片尾曲。我套用《红楼梦》中的句子，改写了部分字词，诌了一支曲子。在我的想象中，要借用姜白石的古谱来谱曲。但后来，正式上演的时候，人家只用了其中几句。现在我把它献给大家，献给那些不倦地探索自我意义的朋友。我把他们当中很多杰出人物，看成是最美好意义上的贾宝玉：

开辟鸿蒙，谁为情种，岂只为风月情浓。

纵然是，齐眉举案，到底意难平。

想眼中能有多少泪珠，

怎经得，春流到夏，秋流到冬？

望家乡，一帆风雨路三千，离合皆有前定？

有谁辜负了，红楼春色，到头来只是古殿青灯。

连天衰草，天上夭桃，好一派霁月光风。

一场欢喜勿悲欣，正是乘除加减，上有苍穹。

画梁春尽，镜里恩情，更哪堪梦里功名？

别轻言食尽鸟投林，别轻言落了个大地白茫茫真干净。

石头记，记金陵十二钗；风月宝鉴，鉴照红楼一梦。

字字看来皆是血，增删五次，西山下宝玉大梦初醒。

十年辛苦不寻常，都云雪芹痴心，谁解雪芹深情？

我知道我说的有很多错误。奇谈怪论，姑妄听之。感谢你们耐心听完。谢谢了。

本文系作者在香港科技大学的演讲稿

《扬子江评论》2016年第6期

何为小说家的经验

1. 只发生一次的事,尚未发生;每天发生的事,未曾发生。这不是你说的,是《获救之舌》的作者卡内蒂说的。很多年之后,昆德拉接着讨论这个问题:曾经一次性消失了的生活,像影子一样没有分量,也就永远消失不复回归了。无论它是否恐怖,是否美丽,是否崇高,它的恐怖、崇高以及美丽,都已预先死去,没有任何意义。然而,如果14世纪的两个非洲部落的战争,一次又一次重演,战争本身会有所改变吗?昆德拉的回答是:会的,它将变成一个永远隆起的硬块,再也不复回归原有的虚空。卡内蒂和昆德拉都是在讨论人类经验的构成方式。从写作发生学角度看,他们的差异造就了他们的不同。卡内蒂是说,只发生一次的事,构不成经验,还进入不了文本；每天发生的事，因为已熟视无睹，已难以进入文本，就像里尔克在《马尔特手记》中表明的那样，只有那些已经发生过，但却被人忘记，后来又栩栩如生地回到记忆中的事物，才构成文学所需要的经验。卡内蒂期待遗忘，将遗忘作为记忆的过滤器，正如休谟所说，经验就是活泼的印象。昆德拉则反抗遗忘，并把它上升到政治范畴：人类与权力的斗争，就是记忆与遗忘的斗争。可以认定，昆德拉的反抗遗忘，其实带着无尽的乡愁。卡内蒂虽然也有过流亡生涯，但他却没有这种乡愁。他说：战争已经扩大至全宇宙了，地球终于松了一口气；旧的废墟被我们保留，为了能将它们与刚炸毁的新废墟做比较。再回到《获奖之舌》著名的开头，你想，卡内蒂的话也透露了这样一个事实：幼年时期的卡内蒂，因为发现了不可告人的秘密，曾不止一次受到割舌的威胁。作家就是不止一次感受到威胁的痛苦，但却有幸保留住舌头的人。然后呢？因为他写作，因为痛苦被写出而得以释放，所以他获救。他在写作中让昨日重现，从而在语言中获得了纠正的可能。而那些被写下来的文字，虽然是第一次发生的，但因为它成了印刷品，所以它又在每一天出现。当它们被我们读到，它就构成了我们经验的来源。

2. 活字印刷术的出现，使得个人经验可以相对便捷地进入公共空间。在毕昇发明活字印刷术四百年后，德国谷登堡印刷机的诞生，从根本上改变了文明的传播方式，并塑造了新的文明。从印刷机诞生的那一刻起，信息就开始批量复制，知识、宗教和道德观念也被批量生产。谷登堡印制了《圣经》，也印制了报纸。随后，对报纸的阅读又替代了晨祷。正如黑格尔所说：晨间读报就是现实主义的晨祷；人们以上帝或者以世界原貌为准，来确定其对世界的态度。报纸改变了口耳相传的经验传授方式，促进了阅读社会的形成。考虑到谷登堡作为铸造金币的工人，是从铸造金币的工作中得到启发，才萌生了铸造金属活字的念头，所以书籍和报纸的出版发行，就像货币的铸造和流通，人类的写作和阅读成为一种潜在的经济行为。因此，写作不再仅仅是个人情感的抒发，它需要与阅读世界建立起对话渠道。而谷登堡研制出的由亚麻油、灯烟、清漆等原料构成的用来印刷的黑色油墨，又成为另一种隐喻。

3. 哦，灯烟，这古老的人造颜料。宋应星在《天工开物》中说：凡墨，烧烟，疑质而为之。由灯烟制成的油墨和墨汁，当它被用于书写和印刷，就如同蜡炬成灰泪始干后又被再次点亮，如同灯火阑珊处的千百度蓦然回首，如同流水目送落花重新回到枝头。轻柔的灯烟，它的颗粒宛如语言的原子，秘藏着人类的还魂术。由灯烟绘成的早期画作，如同马血绘成的壁画一样耐久，存入人类经验的深处。此时你想起了幼年时的灯盏,当你掌灯步入黑暗,你的另一只手护在灯前,因为你能感受到微弱的穿堂风带来的威胁。你急于在灯下打开你买来的第一本书《悲惨世界》。你闻到了灯烟的味道,因为灯烟已经飘入你的鼻孔。你并不知道那是伟大的人道主义作品,你只是在睡梦中为珂赛特与冉阿让的相逢而喜悦无限。哦,有多少艺术的秘密,潜形于轻柔的灯烟。油灯在黑暗中闪烁,它突出了黑暗和光明,强调着时间的有限与永恒。你多么怀念油灯下的阅读,它将你一次次拽入前所未有的紧张和满足。还是掐掉回忆,回到另一个启示性的说法吧,它来自阿甘本。在评论麦尔维尔的小说《抄写员巴特比》的时候,阿甘本提到了巴特比抄写时的工具:墨汁。阿甘本说:墨汁,这用来书写的黑暗的水滴,就是思想本身。

4. 阿甘本对"同时代人"的定义,在任何时代都是一个文学常识。仅仅在一年前,抄写员巴特比还是一个反抗性的文学形象。他拒绝抄写,拒绝工作,拒绝被纳入体制化轨道,你就是把他捆起来都不行。他的口头禅是:我倾向于说不。他是世界文学画廊中最早的"躺平"大师。但随着"躺平"成为一种习性,你在充分感受到他身上所具有的预言性质的同时,又会不安地对他重新作出评估,就像需要重审阿甘本所阐述的"黑暗的水滴",究竟是黑暗本身,还是充满黑暗的启示。这是时代语境对经典的"改写",当然改写的不是经典本身,而是我们对经典的阅读方式。因为语境的变化,这位不合时宜的抄写员巴特比,他的反抗性突然荡然无存。他不仅没有与时代脱节,反而与时代严丝合缝,已经不再是阿甘本所说的"同时代人"。但奇妙的是,也正是从这一刻起,《抄写员巴特比》在中国语境中成为经典:再愚钝的人,也能在身边找到现实依据。小说所唤出的经验贬值之日,正是那个经验普泛化之时;经验普泛化之时,就是经典诞生之日。当一个人物成为经典人物,他其实已经泯然众人。这实在过于吊诡了。不过,借用卡尔维诺的说法,正是这个人,这部经典,帮助你在与它的关系中甚至在反对它的过程中确立你自己。

5. 在讨论经验贬值问题的重要论文《讲故事的人》一文中,本雅明提到了希罗多德在《历史》第三卷第十四章中讲述的一则故事:波斯国王冈比西斯,俘虏了埃及法老萨姆提克三世。冈比西斯决心羞辱法老一番,遂下令把萨姆提克放在波斯大军凯旋的路边,并让萨姆提克的女儿用水罐汲水,好让做父亲的亲眼看到。所有埃及人都因受此羞辱而恸哭,只有萨姆提克独立寒秋,一声不吭。甚至,当他又看到了正要受刑的儿子,他依然无动于衷。可是后来,当他在俘虏队伍中看到自己的贫病交加的仆人,他终于哭了起来,双拳捶地,表现出最深切的哀伤。本雅明引用了蒙田的解释：法老早已满腹悲苦，再加上一分就会决堤而出。而本雅明提供的第一个解释是：法老不为皇室成员的命运所动，因为这也是他自己的命运。第二个解释是：看到这个仆人，法老的情绪放松了，因为放松而爆发。本雅明的第三种解释是：贫病交加的仆人，此时就是戏剧中的一个角色，在生活的尘世布景中，那些在实际生活中从来不为我们所动之事，一旦被搬上舞台，我们便会受到深深的震动。这确实是一个有力的解释。不过，同样是入戏过深，埃及法老却没有他的中国同事阿斗精明。在布莱希特之前，阿斗已熟谙间离效果之妙，并且让自己成为乐不思蜀这出历史名剧中的主角。法老的另一个中国同事宋徽宗，则是边奏乐边与妃子们弄璋弄瓦。儒道互补之说对此似乎无法解释，本雅明则为我们理解中国历史名剧提供了思路。其实，按本雅明的思路，这个故事还应该有另外的解释，那就是隐藏在法老内心深处的经验被激活了。他曾经看到过此类情景，只是当初的施虐者是他本人，受虐者是邻邦的国王；现在施虐者是邻邦的国王，受虐者成了他自己。他曾经是这出戏剧最初的作者、最初的导演，现在成了这出戏最好的读者、最好的演员。就这出戏剧而言，世上再没有第二个人如法老这般拥有如此充盈的创作经验和阅读经验。

6. 阿斗携带未死的家眷为我们出演了乐不思蜀的名剧，萨姆提克三世的某任祖宗则为我们提供了语言学研究最早的实验报告。老萨姆提克试图证明埃及民族是世界上最古老的民族。他认为，最古老的民族一定拥有最古老的语言，这是一种人类天生就会说的语言。如果婴儿一出生，就把他们隔离开来，没有机会鹦鹉学舌，那么他们会本能地说出什么样的语言呢？他认为，他们说出的第一个词，第一句话，一定是人类最原始的语言。法老大胆假设，小心求证。两个婴儿有一天突然叫道：贝克斯，贝克斯。语言学家经过详细研究，终于弄明白贝克斯的意思就是面包。设想一下，如果继续把他们隔离下去，在进入青春期之后，他们会说什么呢？这使人想起告子的名言：食色，性也。食色，就是人类最原始的语言。但是，这种原始的语言，虽然携带着生命的气息，但并不是真正的语言。语言在时间中生成，在时间中被再造出来，与历史构成紧张的互动关系，是一种历史修辞。就这个例子而言，只有记录下这个实验过程，记录下这个从人性出发，却灭绝了人性，最后又说明了人性的实验过程的语言，才是语言。

7. 但是，语言，更具体地说文学语言，不应该仅仅停留在对人性的描述上。人性就在那里，你写与不写，它就在那里，或悲或喜。讲述善与恶斗争，自有文字以来就从未停止过。一个基本事实是，所有关于善与恶斗争的讲述，都是借上帝之口讲述的，都是替天行道。无论对使徒还是对病人，耶稣的话从来都简单明了，因为他把他们看成了心智不全的儿童，而记录那些讲话的人，也诚恳地把自己当成了儿童。孔子总是用最简单的比喻说话，就像老人在教育一帮孙子，而记录那些言行的人，也亲切地把自己当成了孙子。人类百转千回的历史，在耶稣和孔子看来简直一目了然。你得承认，呈现善与恶的斗争是文学的基本母题，与此相关的还有仇与恕。或者说，它们本来就是同一个主题：因为有了善与恶，所以有了仇与恕；仇与恕的演绎，则证明了善与恶的存在。但是有一个疑问：既然有了那么多伟大的作品，在不同时代、不同国度，已经反复地演绎了这个主题，你为什么还要这么写？你是在给古希腊悲剧、古罗马神话或者《论语》《孟子》增添世俗注脚吗？果真如此，历史早就终结了，而事实上历史并没有终结，即便我们今天所处的社会已经被某些人着急地称为后人类社会，历史也并未终结。否则，所谓的三千年未有之大变局，又该从何说起呢？你的兴趣仅仅是喜欢重复萨姆提克实验吗？或许应该记住希尼的嘱托：作诗是一回事，铸造一个种族的尚未诞生的良心，又是另一回事；它把骇人的压力与责任放到任何敢于冒险充当诗人者的头上。

8. 人们一次次引用阿多诺的那句格言：奥斯威辛之后写诗是野蛮的。人们记住了他的格言，这是他自己选择格言体写作的结果。但是格言也有它的语境，他的原话又是怎么说的？社会越是成为总体，心灵越是物化，而心灵摆脱这种物化的努力就越是悖谬，有关厄运的极端意识也有蜕变为空谈的危险。文化批判正面临文明与野蛮的辩证法的最后阶段：奥斯威辛之后写诗是野蛮的。这也是对这样一种认识的侵蚀：今日写诗何以是不可能的。绝对的物化曾经把思想进步作为它的一个要素，而现在却正准备把心灵完全吸收掉。只要批判精神停留在自己满足的静观状态，它就不能赢得这一挑战。这段话出自《文化批判与社会》一文，写于1949年。但是，早在1966年，阿多诺在《否定辩证法》一书中已经对此做了修正：日复一日的痛苦有权利表达出来，就像一个遭受酷刑的人有权利尖叫一样。因此，说奥斯威辛之后你不能再写诗了，这也许是错误的。阿多诺更愿意选择格言体写作，正如哈马斯在一篇讨论卡尔维诺的文章中所说，阿多诺认为令人信服的格言，是最恰当的表现形式，因为格言作为形式能够把阿多诺内心的知识理想表达出来，这是柏拉图式的思想，它在论证语言的媒介中无法表达出来，起码不能清楚地表达出来：知识事实上一定会冲破话语思想的牢笼，在纯粹的直观中确定下来。也就在那篇讨论卡尔维诺的文章中，哈贝马斯提到了哲学、科学、文学的作者放弃独立地位的问题：卡尔维诺所讨论的主题，就是文学作者对语言的启蒙力量的依附性，而对于语言，文学作者并不能任意支配，他必须通过与超常事物的联系使自己沉浸在语言当中；科学作者也不能彻底摆脱这种依附性，哲学作者当然更不能了。

9. 莎士比亚把《哈姆雷特》的故事安排在8世纪的丹麦，而这个故事的原型其实直到12世纪才被丹麦史学家以文字形式记录下来，但我们都知道莎士比亚真正要写的是16世纪末和17世纪初的资本主义的英国。从故事讲述的时代到讲述故事的时代，哈姆雷特在八百年的时间中慢慢成形，他的身上积聚着八百年的灰尘和光芒。一千个读者就有一千个哈姆雷特，首先说的就是这个人物身上积聚了空前的复杂，同时他又是如此透明，就像琥珀，就像经书中的人物。在他的所有复杂性当中，善与恶的斗争依然存在，他对奥菲莉亚的爱依然光芒万丈，但又绝不仅限于此。甚至在莎士比亚的文体中，你都可以体会到资本主义横扫一切的力量，它类似于马克思对资本主义的批判总是带着无限的柔情。伟大的诗人，让我们认识到他们是辩证法大师。事实上，他们创造了自己的辩证法，同时又穿越了自己的辩证法。

10. 无法否认，我们心中确实时常回荡着善与恶斗争的旋律。它仿佛把我们带到了自己的童年和人类的童年，那确实是我们需要不断重临的起点。这个时候，我们视野所及一定有孩子的身影。每当我们给孩子讲故事的时候，我们都在极力抑制怀疑主义的情绪，极力证明故事中的世界是一个真实的世界。然而，当孩子进入青春期、即将踏入成人世界的时候，我们又会格外谨慎地把怀疑主义情绪当作珍贵的经验传递给他们，免得他们上当受骗。华兹华斯在诗里写道：婴幼时，天堂展开在我们身边！在成长的少年眼前，这监房的阴影，开始在他周围闭环。那么，你是要告诉他们，人类的未来就是没有未来的未来吗？显然不是。你带着难言的愧疚，诉说着你的企盼，企盼这个正在听故事的孩子，拥有这样的未来：当他穿越怀疑主义迷雾的时候，心中有善意，那善意不是脆弱的，而是坚韧的，足以抵抗恶的侵蚀。但同时，你又知道，这还不够，你对他还有更高的企盼。虽然，经验告诉我们，苦心托付常常是徒劳的。

11. 索尔·贝娄的一个疑问仿佛是对阿多诺的回应：假设作家对现代科学有了兴趣，他们会拿科学做些什么呢？在19世纪，从爱伦·坡到瓦莱里，科学给了作家们一些或兴奋或邪恶的想法。戴上精确、演绎、测量、实验的面具，这假面舞会让他们高兴极了。在那时候,掌握科学这件事情还是可以设想的。但到了20世纪,作家就不能这么指望了。他们多少有些敬畏。他们害怕了。他们提出某些观点,拥有某种印象。他们已经失去了信心,不愿宣称自己掌握了知识。现在的知识是什么?甚至去年的专家如今也不是真正的专家。只有今天的专家才可以说知道一些事情,而如果他不想被无知压倒,就必须迅速跟进。事实上,一些作家认为,信息是今天唯一的缪斯女神。然而,面对着周日早上的《纽约时报》,我们都开始明白,完全知情也可能是一种错觉。我们必须等待艺术生产出信息的象征等价物,也就是知识的客体或符号,以及超越单纯事实的观念。

12. 然而,人们对作家的要求难道不就是唤出"信息的象征等价物",创造出"知识的客体或符号"吗?所以,从通常的意义上说,我们对当代作家的要求,可能已经超出了对科学家智力以及对人类想象力的要求。或许,正如哈姆雷特是在慢慢成形一样,那个"信息的象征等价物",也只有在时间中才能水落石出。作家要做的,就是把可能蕴藏着"知识的客体或符号"的信息,尽量用自己的方式呈现出来,然后等着人发现,让它成为知识系统中的一个链环。那是经验的结晶,得以像晶体一样照亮它自己以及人类的经验世界。那么,在此之

253

前,你的工作仿佛就是把精子和卵子暂时冷藏,等待着它有朝一日能够幸运进入一个陌生的、温暖的子宫。为了保留信息,使那些有可能蕴藏着"知识的客体或符号"的信息不至于流失,有人倾向于多写,如韩信点兵,多多益善。麦克卢汉的那个著名比喻或可借来一用:我的研究就是盲人的探路手杖,凭借回声来探索周围的环境;盲人的手杖必须来回敲打,如果把手杖固定在某个物体上,手杖就没用了,失去了方向和定位。所以,当有人攻击作家写得太多,只是为了赚稿费的时候,其实忽视了作家寻找那个"知识的客体或符号"的艰辛。策兰在诗里说:清晨的黑牛奶我们薄暮时喝它/我们中午喝它早上喝它我们夜里喝它/我们喝呀喝。这种情况,不仅发生在作家身上,所有从事人文学科的人,都可能遇到此种情绪。索尔·贝娄的情况,也与此相似。在你看来,他的主题总是在不断地重复。每次重复,他都会增加新的案例,他会把那个案例写得栩栩如生,让所有观念和细节同时发言,形成语言的洪流,似乎想以此把那"知识的客体或符号"送入波峰浪谷。还是策兰说得最好:住在屋子里的男人他玩蛇他写信/他写到薄暮降临到德国你的金色头发呀/玛格丽特/他写着步出门外而群星照耀着他。人类学的重要创始人马林诺夫斯基的写作原则就是,快点把所有东西都写下来,因为你永远不知道写下来的东西以后有没有用,说不定那些琐碎记录蕴藏着珍宝。当然了,另一种完全相反的情况，也完全可以成立，比如中国传统叙事美学所谓的"尚简用晦"，比如贝克特的越写越少。贝克特不仅越写越少，还要反复删除，仿佛自我蒸馏，仿佛什么都没有留下，从而形成一个巨大的空无，回荡着空洞的声音。这是不是因为，知识的客体或符号，对他来说就是空无，就是空洞的声音？

13. 想起来了，马林诺夫斯基的经验有可能是对索尔·贝娄的纠正：文学不仅从别的学科那里得到教益，别的学科也从文学那里得到滋养。马林诺夫斯基是个小说迷，但他却把小说看成麻醉剂，终生不能自拔。他说：我发誓再也不读小说了，但这誓言只能保持几天，我就又开始堕落了。马林诺夫斯基的所有研究，在某种意义上都是为了发现贝娄所说的"信息的象征等价物""知识的客体或符号"。而马林诺夫斯基所发现的"信息的象征等价物""知识的客体或符号"就是"库拉"，那是一种广泛、复杂的贸易体系，其基本形式是红贝壳项链和白贝壳臂镯的交换：红项链按顺时针流动，白臂镯按逆时针流动，两种物品在库拉圈中不断相遇、循环互换；一次交换并不意味着你与库拉再无关系，因为库拉的规则是，一次库拉，终生库拉。"库拉"作为马林诺夫斯基理论的关键词，在他的日记中是伴随着对小说的渴念而首次出现的。1917年11月17

日，他在日记中写到特别想看小说，然后才提到了他一生中最重要的发现：库拉。在小说阅读和人类学发现之间，一定有着某种隐秘的联系：是康拉德笔下的航海冒险和吉卜林笔下的丛林风光，激起了马林诺夫斯基对异域生活的强烈兴趣，而萨克雷笔下的伦敦名利场与库拉一定有着惊人的同一性。

14. "大声地念着他自己"的中秋诗会结束了，晚宴开始了，一切都放松了。你听到了俏皮的指责：文学与社会的关系，就像医生与病人的关系。你不能说病人的病生错了，只能说自己的知识不够。你听到了爱国主义宣言：圆明园的几根柱子，至今支撑着我的精神世界。你听到了一个从海德堡回来的人引用着荷尔德林的诗：人类的语言我一窍不通，在神的臂弯里我长大成人。一个跨界艺术家来了，别人介绍这是中央美术学院的教授，教授立即说道：有人说，那是中央丑术学院，别说，还真对！另一个跨界艺术家紧跟着进来了，别人介绍这是中央音乐学院的教授，教授向众人作揖，坐下，说：来晚了，先自罚三杯。旁边有人悄悄问，他是弄什么乐器的？有人代为回答：是个局级，上面让吹什么，他就吹什么，不过除了口哨，什么都不会。有人谈起，在自家院子里挖了一口井，井水甘冽。莫非打穿了地下岩层？你想起了希尼的诗：所以我写诗，为了凝视自己，为了让黑暗发出回声。一个女人抱着狗来向诗人问好，诗人夸狗长得好，女人说：狗下午出门散步，回来嘴里还叼着一根胡萝卜，您看这狗东西多聪明，还知道自己补充维生素。一个德高望重的老人迟到了，所有人都站了起来，服务员小心地把他的屁股放下，你听他说道：周一过后是周二，周二过后是周三，要是周一喝醉了，醒来就是周三了，老朽以为是周二，下午赶去参加政治学习，闹了个笑话，今天是周四，我可没敢忘，服务员，先来碗酸汤面。接着，你听到了扶老携幼的表扬：文学就是隔代继承，作家就是隔辈儿亲。一位诗人亲自把酸汤面端上来了。你想起了杜月笙的名言：人的一生就是三碗面，体面，场面，情面。几乎同时，你想起了毕晓普的墓志铭：一切乱象都在持续，可怕，但快活。仿佛为了印证毕晓普的诗句，另外一桌的诗人及时地吵了起来，就像垃圾箱着了火。不过，挑事的那个诗人很快认怂了，面对举过头顶的茶几，狠狠地跺着脚说：难道您看不到我在发抖吗？您放下板凳，用手打我，不行吗？你连喝了三杯菊花凉茶才压住火。饭店保安闻声赶来，德高望重的老人看着保安缓缓说道：亲爱的年轻人，这个月明星稀的时刻，你应该到院子里去，看看我为你们写过的月亮多么富有诗意。保安不解风情，问：你谁呀？老人说：我在阳光下的眼泪，为你浇灌了月光中的幸福，你说我是谁？

15. 一个人的眼泪为另一个人浇灌了幸福，当然有诗意。宝玉的前世就曾用甘露浇灌过黛玉的前世，所以黛玉用一世的眼泪来报答。这是真正的诗意。诗意主要是指打开事物缝隙的能力，是以新的感受力刺破观念的能力，它意味着发现和创造，它意味着多重时间、多种感情在你笔下首次交织，然后渗入语言的幽谷。当杜甫说"朱门酒肉臭，路有冻死骨"的时候，"臭"和"骨"就是诗意的源泉，因为在此之前酒都是香的，冻死的只能是人，而不是骨头。骨头就是死了之后再死一次，并因此在诗中永生。当加缪因为外遇而对妻子解释说，"你就像我的姐妹，你很像我，但一个人不应该娶自己的姐妹"，他的话是有诗意的，因为他准确而勇敢地表达了自己的无耻、自己的柔情、自己的认知。特朗普曾在节目里赞美第一夫人梅拉妮娅从来不放屁，主持人问：她是不是也从来不拉粑粑？特朗普说：我想说是的，梅拉妮娅确实如此。主持人问：如果梅拉妮娅因为车祸毁容了，你还会爱她吗？特朗普问：胸怎么样了？主持人说：胸还好。特朗普说：这很重要。你觉得，这就是一个诗意盎然的节目。因为这公然的谎言、无端的诚实、惊人的私密、恐怖的庸俗，都是在电视节目上公然进行的。你想起了希尼描写青蛙的诗句：松弛的脖子鼓动着，用它的大嘴放屁。浪漫主义诗人，很难想象庸俗也可以具有诗意。米尔斯基说：果戈理在现实中所关注的层面是一个很难被翻译的俄语概念,即庸俗。这个词的最佳英译或许可以译为道德和精神的"自足的自卑",他是一位伟大的禁忌破除者,他使庸俗占据了从前仅为崇高和美所占据的宝座。你得承认,果戈理的写作就是诗意的写作。认识不到这一点,你就无法理解鲁迅小说的诗意。毫无疑问,鲁迅的小说至今仍是中国文学史上最珍贵的诗章。

16. 你的思考多么不成体统,它们是从不同的镜子上滑落的碎片,好在与其相信没有真理,不如相信真理已经被摔成了碎片。当然,你也记得阿多诺嘲讽本雅明的那句名言:真理和以下虚假信念不可分——从这些非真实的形象中,迟早有一天,总会出现真正的救赎。当你因为思考而说话,试图说出你的某个观念,那相反的观念其实已经凌空欲飞。你同时接纳两种或两种以上相反的观念,之所以没有被撕裂,是因为你相信文学的本质就是反对本质主义。你想记录你的话,虽然保持着必要的提防,但并不过于谨慎,因为文学或者谈论文学总是意味着冒犯。你不喜欢谈论自己,试图维持老派的体面,但你喜欢通过品评别人的作品来臧否自己。你意识到,那些思考和絮语一旦落笔,就可能意味着它已离开或将要离开,它将使你的文字宛如刻舟求剑,但是刻舟求剑不正是每个写作者在逝川之上的肖像?

《粤港澳大湾区文学评论》2022年第1期
原题为"文学碎语"

从李辰冬的《红楼梦》研究说起

一

感谢陈众议教授的邀请,很高兴能参加"比较文学与跨文化研究系列专题论坛"。[①]题目中提到的李辰冬这个人,有些朋友可能还比较陌生,但他在红学界已经越来越引起重视,其《诗经》研究也正在引起学界关注。我大胆预测一下,他也必

[①] 2020年8月16日,"比较文学与跨文化研究系列专题论坛"举行。应中国社会科学院外国文学研究所所长、中国外国文学学会会长陈众议教授的邀请,笔者做了一次专题演讲。随后,笔者与陈众议教授、中国外国文学学会比较文学与跨文化研究会会长彭青龙教授、山东师范大学外国语学院院长王卓教授、广东外语外贸大学高级翻译学院院长李瑞林教授,围绕着相关论题进行了深入探讨。本文即为当时的演讲录音整理。

将引起比较文学研究界的关注，甚至有可能成为一个研究热点。为什么这么说呢？关注中国文学批评史和中国比较文学研究发展史，你实在无法忽略这个人。他是最早运用欧洲一流批评家研究欧洲一流作品的方法，来研究中国文学，来对《红楼梦》做比较研究，以论定《红楼梦》在中国文学史和世界文学史上经典地位的人。

我先简单介绍一下李辰冬其人。李辰冬是河南济源轵城人，1907年生。轵城这个地方，历史非常悠久。春秋时为轵国，归周王朝直接管辖，相当于直辖市。战国时曾为韩国的都城，聂政刺韩王的故事就发生在这里。秦代设立轵县，再次受朝廷直接管辖。汉代是侯国。一直到清代，它才成为乡镇。轵城这个名字，与春秋五霸之首晋文公有关。轵，说的是车轴的顶端。怎么跟车轴联系到一起呢？这跟晋文公有关。因为晋文公拥立周襄王，他曾经把晋楚交战之后俘获的楚军都交给周襄王处置，周襄王就宣布晋文公为霸主。晋文公假模假式地推让了多次，才收下这个称号。周襄王当时还写了《晋文侯命》来表扬晋文公。这事情发生在公元前635年。周襄王当时把夏王朝的都城，一个叫"原"的地方，还有阳樊、温、攒茅四个城邑，都给了晋文公。阳樊这个地方，《诗经·大雅·烝民》中曾经提到过。当晋文公率领军队来阳樊接收城池时，遇到了麻烦。阳樊紧闭城门，誓死抵抗，因为他们觉得这是周王朝的地方，怎么能给晋国呢？说起来，这个晋文公也是一个了不得的人，能混成五霸之首，那是有真本事的。瞧，他决定以德服人，也就是只围不打，劝阳樊老百姓归附。但是，阳樊人却不吃这一套，于是局势就僵住了。后来，阳樊大夫苍葛出面了，对晋文公说，周襄王对你，只是赐地，而非赐百姓。我呢，愿意交出城池，但是我要把城里的百姓带走。不愿意失信于天下的晋文公，只好答应了。苍葛就带着百姓退出二十里之外，在今天轵城这个地方停了下来。这个地方，北依太行山，南连王屋山和黄河，地势险要。苍葛担心晋文公变卦，就想出了一个办法，即用战车防卫，车与车相依，轵与轵相连，组成一个防护屏障。我们都知道，三国时期的赤壁大战，有个火烧战船的故事。如果晋文公用火攻，一把火问题就解决了。但这是春秋，比较讲究信义。那么，这个地方后来就叫轵城了，在东周时期已经有九门九关。到了秦代，这个地方由朝廷直接管辖，称为轵县。这个地方，历来名人辈出。现在我们提到轵城，很多人会想到聂政。我前面提到了聂政刺韩王的故事，它记载于《史记·刺客列传》，我们知道郭沫若曾据此写过一部历史剧，就是《棠棣之花》，以赞颂聂政的侠义精神。聂政墓如今还在济源，我曾多次路过聂政墓，翠柏丛生，属于河南省文物保护单位。《红楼梦》里也提到过聂政。在小说的第五十七回，史湘云要替邢岫烟打抱不平，黛玉笑史湘云："你又充什么荆轲、聂政?"我在小说《应物兄》中也提到过聂政,在小说中,一批儒学家在德国开会,晚上到中餐馆吃饭,酒至半酣,应物兄回忆起他和程济世先生的一次交谈,谈的就是《史记》中的《刺客列传》。他告诉程先生,对于历史上的那些儒家,他是尊重;而对于侠客,他则是崇敬。他认为,《史记》中写得最好的就是《刺客列传》。风萧萧兮易水寒,生死聚散兮弹指间。士为知己者死,女为悦己者容。心是尧舜的心,血是聂政的血,吟到恩仇心事涌,江湖侠骨何处觅。应物兄说,对于那些侠客,自己虽身不能至,但心向往之。写这一段的时候,我确实想到了聂政墓。野有蔓草,岁岁枯荣;墓有松柏,万古长青。

我说这些,似乎与李辰冬后来的研究无关,其实是有关系的。这些故事对于当地的平民百姓来说,可能意思不大,但对李辰冬来说却是有意义的。这是因为李辰冬的家庭有些不一般。我看到有些资料上说,他出身于农民家庭,这个说法也对也不对。他的家族有世代办学的传统,家里办的小学现在还有,只是改名叫育才中学了。这种家族文化,这种小气候,使他能够感受到别人感受不到、接收不到的历史信息。这个家族出了几个重要人物。一个是李保和,此人1917年赴美国留学,是个发明家,他发明了用木炭做燃料的煤气机,可以代替汽油发动机,后来在汉口开办了一个煤气机制造厂。抗战时期,汽油短缺,他的煤气机可就派上大用场了。中华人民共和国成立后，李保和曾任河南省水利厅副厅长，工程师，1962年病逝于上海。另一个就是李保蕙，也就是李辰冬的父亲，做过小学校长，毕业于上海理科学校，这个学校到底是什么学校的前身，我不是很清楚。民国十七年，也就是1928年，李保蕙任河南林县知县，后来又任职于河南省国民政府。这个人对《红楼梦》非常熟悉。不仅他很熟悉，他的夫人，也就是李辰冬的母亲，对《红楼梦》也非常熟悉。李辰冬曾在《红楼梦研究》里提到，受父母的影响，他们家没有一个不爱读《红楼梦》的，由喜爱而互相讲述，由讲述而互相辩论，由辩论而有研究的意向，这样，全家充满了《红楼梦》的气氛。

李辰冬后来就读于河南省立第十中学，再后来又转入基督教办的开封圣安德烈中学，这为他后来用英文阅读和写作奠定了基础。1924年，他来到北京，就读于燕京大学国文系，开始对文学评论感兴趣，写成《章实斋的文论》一文，发表于胡适主编的《现代评论》。章实斋即章学诚，清代史学家、思想家，中国古典史学的集大成者。章学诚的主要观点我们都知道，比如"经世致用""六经皆史""做史贵知其意"等。这些话，听起来简单，做起来难。别说"经世致用"了，仅仅是"做史贵知其意"，很多从事历史研究、文学史研究的，都未必能知其意啊。章学诚的《文史通义》是研究清代文学、近代文学的必读书，其主要哲学思想就是对"道""器"关系的重新论述，比如，"道不离器，犹影不离形""道因器而显"。"六经皆史"当然不是章学诚首先提出来的，但只有到了章学诚这里，才算进入现在所谓的学术论述的层面。章学诚对《红楼梦》当然也有很深的研究。胡适在《红楼梦考证》中，多次引用章学诚的观点。比如按章学诚的考证，曹寅为两淮巡盐御史，刻古书凡十五种，世称"曹楝亭本"是也，至今为士大夫所称。胡适在引用了章学诚的《丙辰札记》之后，还埋怨了一通，他说："不幸章学诚说的那'至今为学士大夫所称'的曹寅，竟不曾留下一篇传记给我们做考证的材料。"[①]

李辰冬深受章学诚的影响，比如李辰冬后来撰述的《诗经通释》，可以说就是在章学诚"六经皆史"思想影响下进行的学术实践。说到这里，我插一段关于李辰冬的《诗经》研究。他的这个研究可以说石破天惊。他通过考证，认为《诗经》全都出自尹吉甫之手，写了五十年，从周宣王三年（公元前825年），写到周幽王七年（公元前775年）。以前人们认为，尹吉甫是个编辑，也曾参与撰稿，但是李辰冬通过考证，认为这都是尹吉甫的个人写作。他的整个考证过程就像一部侦探小说。他把《诗经》的篇目重新编排了一下，顿时变成了用诗歌形式写成的《战争与和平》，成为世界文学史上最伟大的奇迹。他

---

① 郭豫适编：《红楼梦研究文选》，第208页，上海，华东师范大学出版社，1988。

有一段话说得很有意思，他说，诗三百篇就像一件打碎了的周鼎，在地下埋藏了千年，长满了铜锈，盖满了泥土，这个人说它是这个，那个人说它是那个，谁也不确定它到底是什么。他呢，就细心地把上面的泥土洗掉，铜锈刮掉，使它渐渐地露出原来的面目。他的方法就是先把大的碎片支撑起来，撑起一个轮廓，再依着碴口、花纹、形状、厚薄，把细片凑合起来。这么一凑合，就凑成了一件完整的物件。这个方法，是不是考古学中器物复原的方法？我必须承认，李辰冬关于《诗经》的研究，是最近几十年来《诗经》研究史上最重要的事件之一，有兴趣的朋友可以去看看。对他的考证，你当然可以存疑，不过，有趣的是，他的考证过程，非常让人折服。当然了，看到他对《诗经》的考证，我隐隐觉得，李辰冬或许应该去写小说。如果他去写小说，他会成为什么样的小说家呢？很值得琢磨。李辰冬自从发表了《章实斋的文论》之后，接着又写了关于刘知幾、刘勰、陆机、曹植等人的文论。这说明李辰冬在很年轻的时候，就对中国文学史、对中国文学批评史，下过大功夫，很有新的发现。这是他后来研究比较文学的一个极为重要的背景。现在研究比较文学、研究中国当代文学的人，多少人有这样的知识背景，我不清楚，但我知道，有没有这个背景，眼界、感悟力、判断力，肯定是不一样的。

1928年，燕京大学毕业以后，李辰冬去了法国，在巴黎大学攻读比较文学及文学批评。法国是欧洲汉学的研究中心，直到今天仍然是。不过，法国人对《红楼梦》并不感兴趣，直到今天也没有太大的改观。在《红楼梦》的翻译出版方面，它落后于俄国、德国、美国、英国。与《红楼梦》相比，他们更感兴趣的是《金瓶梅》《三国演义》《西游记》，这当然会刺激李辰冬。这一点，我们留到后面再说。现在我要说的是，就是在法国，李辰冬迷上了泰纳，有的译为丹纳。泰纳的《艺术哲学》是20世纪80年代文学青年的案头书。李辰冬非常着迷泰纳的《巴尔扎克传》，把它译成中文寄回国内，发表于《文学季刊》。随后，他又开始系统阅读泰纳的《英国文学史引言》和《艺术哲学》。泰纳是法国19世纪杰出的文学批评家、历史学家、艺术史家、美学家，他的重要艺术观点就是"三因素"说：种族、环境和时代。他有一个比喻：种族就是植物的种子，全部生命力都在里面，起着孕育生命的作用；环境和时代，犹如自然界的气候，起着自然选择与淘汰的作用。他在《英国文学史引言》中提到，艺术要引导人们去认识一个"真正的人"，把人们带进一个无限的、隐蔽的新世界——心理和情感的世界。那么从哪里着手呢？就是种族、时代和环境。他进而把这三者称为"三个原始力量"：种族是内部主源，时代是外部压力，环境是后天动量。前年，我读到王鸿生先生关于《应物兄》的评论，文章的第一句话谈的是《应物兄》的灵感可能从哪里来。他谈到了种子的作用,他认为贾宝玉是《应物兄》的一粒种子。我当然会联想到王鸿生先生也可能受到了泰纳的批评理论的影响。

　　泰纳的巴尔扎克研究对李辰冬有很大的启示。说起来,巴尔扎克与曹雪芹反差太大了,几乎是两种完全不同的人:一个拼命往上钻营,一个则是没落贵族。套用泰纳的话,这既是由种族的不同,也是由时代和环境的不同造就的。我本人很喜欢读茨威格的传记,茨威格谈到巴尔扎克,说时代造就命运,法国大革命把这个乡下佬推上了风口浪尖,而他本人又有着与生俱来的、哪里有钱就往哪里钻的劲头。他当然跟曹雪芹有着完全不同的生活经验。我曾三次到过巴尔扎克故居,最近一次是在去年10月,每次去都很感慨,也会附庸风雅,点一杯咖啡。我们都知道,巴尔扎克差不多是喝咖啡喝死的,为了出人头地,他拼命地写作,靠喝咖啡提神,总之动机不够高尚。不过,这并没有影响他成为一个伟大的作家。我不知道这个事实是否足以说明,我们真的不能用简单的道德批评话语来谈论作家的写作,当然也包括中国作家的写作。这个巴尔扎克,可以说是真正的19世纪作家。他出生于1799年,18世纪的最后一年。19世纪的人可以跟他开玩笑,说他也是从旧世纪过来的人。他一生创作了九十一部小说,据说他笔下的人物达到了两千四百多个,所以他的小说合称"人间喜剧",一个广大的人间，一个广大的人群。作为人群中的一员，我顺嘴说一下，小说家与诗人的不同之处有很多，比如对人群的看法就很不相同。波德莱尔认为巴黎的人群是无法忍受的，挤得不成样子，一定要走出去。但在巴尔扎克和雨果那里，在曹雪芹和施耐庵那里，人多了好啊，气象万千。雨果说，人群即是深处。也就是说，你描写了人群，描写了形形色色的人，就是描写了深处，而不必去发明一个新的深处。本雅明说，雨果把自己当作英雄走进人群，波德莱尔把自己当作英雄走出人群。雨果为什么对《人间喜剧》评价极高？他们的艺术观在这一点是相同的：人群即深处，深处是人群。

我前面说了，正是阅读了泰纳的《巴尔扎克传》，李辰冬开始写作《红楼梦研究》。李辰冬本人的生活经历、对中国文学传统和批评传统的熟稔，加上对巴尔扎克的阅读，以及对托尔斯泰、莎士比亚的阅读，使他强烈地感受到一种"经验的差异"。这与我们通常理解的比较文学研究有所不同。更多的时候，我们往往是发现了两种不同的文化所呈现的经验的共同性、艺术的共同性，才进行比较研究，但李辰冬最早却是由于感受到这种不同，感受到经验的差异，从而开始了他的研究工作。

李辰冬于1931年开始用法文写作《红楼梦研究》，1934年完成，由巴黎罗德斯丹图书公司出版。也就在这一年，他以此书获得博士学位，并从法国回到了中国。1937年全面抗战爆发，他到重庆执教于中央政治学校，受国民政府中央文化运动委员会主任张道藩的邀请成为主任秘书，并且主编《文化先锋》和《文艺先锋》两个月刊。开个玩笑，我以前以为，"先锋"这个词是吴亮提出来的，现在得改一下了，只能说80年代的"先锋"一词是吴亮提出来的。李辰冬亲自将《红楼梦研究》翻译成中文，经冯友兰先生推荐，1942年由重庆正中书局出版。现在看来销量是不错的，因为1943年出了6版，1946年出了4版，1947年又出了3版。这个"版"的概念，应该指的印刷次数。在重庆期间，他还完成了另一部书，《三国水浒与西游》(1945年)。真是个牛人啊，四大名著全都研究了一遍。后来他去了台湾。他这辈子著述颇丰，我顺便提一下，他著有《文学欣赏的新途径》《文学原理》《陶渊明评论》《杜甫作品系年》，此外还有译作《巴尔扎克研究》和《浮士德研究》。研究范围之大，研究程度之深，研究发现之多，在中国文学批评史上都是罕见的。这当中，影响最大的当然就是他的《诗经通释》和《红楼梦研究》。1983年，他在美国休斯敦探亲时病逝。

几十年来，他在中国大陆没有任何影响，无论是红学界还是批评界，在谈到他时都失语了。他再次被发现、被报道，缘于一个偶然事件。2011年，雍和嘉诚拍卖公司在秋拍的时候，有人拿着俞平伯在特殊时期的交代材料共十五件参拍。其中一页，题目叫"关于李辰冬"。这篇特殊环境中写成的材料，非常有意思，透露出来的心思极为复杂，我们不妨看一下。

关于李辰冬

李辰冬，我本不认识，因他亦写了些关于《红楼梦》的文章，我并不赞成，却知道有这么一个人。他曾到法国留学。据有人告诉我，他把我早年的《红楼梦辨》改头换面，写成论文，在法国得了学位（博士？）。有一次，某日上午（年月都不记得了，总在抗战以前）我去访周作人，某书室已先有客在，周未向我介绍，坐下说了一会儿，我就把李辰冬窃取我写的书骗外国人的笑话讲了。不记得话是怎么说的，总是玩笑讥讽。及客去后，周作人才告我，这个人就是李辰冬！这把我弄得反而很窘。我一向不喜欢奚落人的，更不愿意当面骂李辰冬，且有些怕他，因我知这人是个坏蛋，鬼把戏很多的。但话已说出，亦无可如何了。

抗战胜利，国民党反动派回到北平，搞得乌烟瘴气，李辰冬在那时很得意、活跃。有一次在酒楼招宴文人，我也被邀而去。请客目的总是约人写文章，正因我心鄙其为人，又不愿意再次得罪他。回想仿佛有过这么一回事，印象实已很模糊了，不能说得很明确。

> 红蓝书店，我既无它的股票，亦未和该店作过什么交涉，为出版书籍之类，我总毫无所知。
>
> 俞平伯　1969.4.24[①]

这份交代材料写在《文学评论》稿笺上。对于俞平伯先生，虽然我并不认为他的散文创作有多么高的成就，如果不是与朱自清先生有过同题散文《桨声灯影里的秦淮河》，人们几乎想不起来他是个散文家，但他的《红楼梦研究》（原名《红楼梦辨》）确实在红学史上有着重要地位，是新红学的奠基人。他研究《红楼梦》，我们河南的农民都知道啊，而且农民们认为《红楼梦》就是他写的。我在《应物兄》里写到过一个真实的场景，俞平伯在河南下放劳动时，有一天被农民拦在乡间小道上。农民们问：姓俞的，《红楼梦》是不是你写的？你为什么要用《红楼梦》反党？俞平伯赶紧说：不是不是，不敢不敢，我也写不来。农民急了：什么？报纸上都说是你写的，你还敢抵赖？这确实是真事，不是我虚构出来的。农民们还指着麦苗，问他那是什么。如果他说麦苗，农民们反而不高兴。他一说韭菜，农民们就高兴坏了。由此可见，《红楼梦》确实让他吃了很多苦。俞平伯先生的研究成果，当然也不得了，这有

[①] 转引自黄恽：《舞文诊痴》，第130—131页，上海，东方出版社，2017。

赖于他作为一个文学家的敏感。他力证《红楼梦》前八十回和后四十回，确实分属两个作者。他晚年对昆曲《牡丹亭》的整理、改编也不是一般人能做得出来的。但是，具体到这篇交代材料，我想说，它让我再次感受到，特殊时期中国知识分子生存环境之恶劣，以及在这种恶劣环境中竭力自保的那种窘态。有人可能认为是丑态，即便是丑态，我们也应该表示理解。谁都不敢保证，自己在巨大压力下不会露出那种丑态。求仁得仁，有何怨乎？这是孔夫子才能说出来的话，但我们都不是孔夫子啊。不过，我认为，说这是丑态，可能小看了俞平伯。俞平伯的心思复杂得很。这里面埋着这样一层意思，就是别人抄我的书，就可以在法国弄到博士学位。这里面有炫耀，也有强烈的心理暗示：我是很牛的，我应该保持内心的骄傲。

不过，我现在关心的问题是，这份材料在多大程度上是真实的。如果是真实的，那么我们就太佩服李辰冬了。对俞平伯当面的指责，而且是没有根据的指责，李辰冬竟能一言不发，连一句辩解都没有。这种精神定力，这种自信，这种不屑一顾，这种无所谓，实在让人敬佩。俞平伯讲的另一件事，就是抗战胜利之后，李辰冬请客，竟然又请了曾经当面骂过他的俞平伯，还要请他写文章。有这回事吗？至少现在还没有出现旁证。但如果这事是真实的，那么李辰冬就更了不起了。我想，俞平伯先生应该是后来才看到李辰冬的论文的。看到之后，他或不认同或认同。不认同，就很不满；认同，则认为不应该由李辰冬来说。这里还有一个关键问题，就是俞平伯为什么会写这份材料？是因为他与李辰冬的文章题目是一样的，而李辰冬已经去了台湾，所以有关方面怀疑他们之间有联系吗？这个学术公案，非常值得研究。我在此呼吁一下，这个研究应该有人来做。总的来说，俞平伯在写这份材料的时候，应该是多种情绪交织，其中有政治压力，有学术自负，都混合到了一起，而且还会发酵。用《圣经》里的一个比喻，就是窑里生火了，冒烟了。然后，就导致他的记忆出现了差错。也可以说，他的想象和记忆混到一起了，想象被当成了记忆。对于小说家来说，这很正常。小说家的想象和记忆是一体的，不然他的写作就无法进行。虽然俞平伯不是小说家，但他的经验构成方式与小说家非常相似。想象是什么？想象就是记忆的生长，而记忆是想象的酵母，想象和记忆共同构成了作家的经验，它们常常混合在一起，也必须混在一起。休谟说，什么是经验？经验就是活泼的印象，这个印象就包括想象。也就是说，俞平伯竟然在自己包含着想象和记忆的印象中，看到自己曾经当面嘲讽过李辰冬，又看到自己去吃了李辰冬的一顿饭。这一点也提醒我们，对于作家的回忆录，你不能太当真。如果当真了，不是说你要上当，而是说，你那样做，没多大意思。你要分析的不是哪些是真实，哪些是虚构，而是要分析他的经验是怎样构成的，是怎样呈现在作品中的。不然，做出来的文章真的挺没劲的。

但历史就是如此吊诡。历史吊诡这个概念，黑格尔曾经用过。黑格尔是说，人类为了自身目的而采取行动，但从结果上看，那只是历史意图的一种体现，只是服务于某种历史规律，而这个历史规律外在于人类理性。随着交代材料在拍卖会上的出现，李辰冬开始逐渐回到人们的视野。这恐怕也是俞平伯先生万万想不到的。不过，俞平伯先生在天之灵也应该感到欣慰：因为李辰冬，他的《红楼梦研究》也将被人不断提起。当然，我愿意从最美好的意义上来理解这个历史吊诡：所有人的贡献，包括俞平伯和李辰冬的贡献，最后都会在《红楼梦》研究史的天空各就其位，成为星辰。俞平伯先生有两句诗，说的是风中的灯盏容易被吹灭，但是"欲破周遭暗，荧荧藉尔深"。《红楼梦》中还有很多难解的艺术谜团，但是一代代人的研究，可能一点点照亮那个艺术世界，进一步显示出它的深度，进一步促进它的经典化。

二

我们不妨再简单回顾一下，在李辰冬之前，人们对《红楼梦》到底是怎么评价的。简单地骂《红楼梦》的人，我们就不谈了。不谈是因为没法谈，因为那些人都没留下来，"尔曹身与名俱灭"。这里说的,还是学术上的一些评价。先接着前面提到的俞平伯先生来谈。俞平伯虽然写了《红楼梦辨》,成为新红学的奠基人,围绕曹雪芹的家世生平、续书和版本问题做了许多工作。这些工作现在大多已成定论,即便不是定论,也被绝大多数人接受了。但是,他对《红楼梦》的评价并不高。1954年10月开始的红学大批判,使俞平伯的名字家喻户晓。就像我前面提到的,这甚至让我们朴素的河南农民都误认为《红楼梦》是他写的。还有另一种更容易产生的误解,就是很多人以为,他是由于对《红楼梦》评价过高才招致批判的。不是这么回事,完全不是这么回事。我们来看他的一段评价,这段话说得极为诚恳,可见完全是他的真实想法:

> 平心看来,《红楼梦》在世界文学中底位置是不很高的。这一类小说,和一切中国底文学——诗、词、曲——在一个平面上。这类文学底特色,至多不过是个人身世性格底反映。《红楼梦》底态度虽有上说的三层,但总不过是身世之感,牢愁之语。即后来底忏悔了悟,以我从楔子里推想,亦并不能脱去东方思想底窠臼;不过因为旧欢难拾,身世飘零,悔恨无从,付诸一哭,于是发而为文章,以自怨自解。其用亦不过破闷醒目,避世消愁而已。故《红楼梦》性质亦与中国式的闲书相似,

不得入于近代文学之林。即以全书体裁而论，亦微嫌其繁复冗长，有矛盾疏漏之处，较之精粹无疵的短篇小说自有区别。我极喜欢读《红楼梦》，更极佩服曹雪芹，但《红楼梦》并非尽善尽美无可非议的书。所以我不愿意因我底偏好，来掩没本书底真相。作者天分是极高的，如生于此刻可以为我们文艺界吐气了；但不幸他生得太早，在他底环境时会里面，能有这样的成就，已足使我们惊诧赞叹不能自已。《红楼梦》在世界文学中，我虽以为应列第二等，但雪芹却不失为第一等的天才。天下事情，原有事倍功半的，也有事半功倍的。我们估量一个人底价值，不仅要看他底外面成就，并且要考察他在那一种的背景中间成就他底事业。古人所说"成败不足论英雄"，正是这个意思了。①

简单地说，俞平伯虽然肯定曹雪芹天分很高，但认为这部书在艺术上并没有什么创造，是一本闲书。虽然在世界文学之林中可列为第二等，却不得入近代文学之林。虽然他极喜欢《红楼梦》，但那只是他的偏好而已。什么意思？他的意思是，我喜欢吃臭豆腐，但我不能因此就说臭豆腐是天底下营养价

---

① 俞平伯：《红楼梦研究》，第113页，北京，人民文学出版社，1973。

值最高的美食。

那么,新红学的另一奠基人胡适先生,又是如何看待《红楼梦》的呢?1915年,胡适入哥伦比亚大学哲学系,师从实用主义哲学家约翰·杜威。在美国留学期间,胡适在给他的族叔胡近仁的信件中对中西小说做了比较,他提出以西方小说之长补中国小说之短,还列出了他认为"可以不朽"的八部中国古典小说,并进行了评价和排序:

第一:《水浒传》;第二:《儒林外史》;第三:《红楼梦》;第四:《镜花缘》;第五:《西游记》;第六:《七侠五义》;第七:《儿女英雄传》;第八:《品花宝鉴》。[①]

做出这番评价的时候,胡适还是个年轻人。随着学识的增长,随着他后来从事《红楼梦》研究,而且他还下了那么大功夫,他会不会把《红楼梦》的名次往前提一点呢?评价会不会高一点呢?事实是,胡适在20世纪20年代考证《红楼梦》之后,一以贯之地贬低《红楼梦》的文学价值。胡适到了台湾后,有一年台湾的广播公司因为要播放《红楼梦》,在开播之前约请几个红学家前去捧场。第一位当然要先请胡适先生发言,胡

---

① 胡适:《致胡近仁信札》,上海朵云轩——彭城珍藏近代名人手札展暨研讨会,2015。

适的第一句话就是:"《红楼梦》毫无价值。"主持人都蒙了,问:"胡先生,《红楼梦》既然毫无价值,那么我们明天还播不播了?"胡适感到自己说话不当了,就说:"我只讲考证问题。至于价值问题,请李先生讲好了。"胡适说的李先生就是李辰冬。主持人又问胡适:"《红楼梦》既然毫无价值,您考证它干什么?"胡适说:"我对考证有兴趣,只是为考证而考证。"关于这个场景,李辰冬也有记述。李辰冬是这么说的:

> 我们这种六七十岁年纪的人,从小就喜欢《红楼梦》而重视它的原因,由于胡先生的提倡。现在从胡先生的口里说它毫无价值,真正难以置信。但后来打听,才知道胡先生讲这样的话不止这一次。[①]

胡适不仅在公开场合贬低《红楼梦》,私下也是如此。1960年11月20日,他在写给苏雪林的信中说:

> 我当然同意你说:"原本《红楼梦》也只是一件未成熟的文艺作品。"
> ……

---

① 郭豫适:《中国古代小说论集》,第212页,上海,华东师范大学出版社,1985。

> 我向来感觉,《红楼梦》比不上《儒林外史》;在文学技术上,《红楼梦》比不上《海上花列传》,也比不上《老残游记》。①

当中隔了几天,1960年11月24日,在《与高阳书》中,胡适重复了《答苏雪林书》的观点,进而评价了曹雪芹:

> 我平心静气的看法是:雪芹是个有天才而没有机会得着修养训练的文人,——他的家庭环境、社会环境、往来朋友、中国文学的背景等等,都没有能够给他一个可以得着文学的修养训练的机会,更没有能够给他一点思考或发展思想的机会(前函讥评的"破落户的旧王孙"的诗,正是曹雪芹的社会背景与文学背景)。在那个贫乏的思想背景里,《红楼梦》的见解当然不会高明到那儿去,《红楼梦》的文学造诣当然也不会高明到那儿去。②

胡适与俞平伯,可是新红学的代表人物,代表人物的观点当然极有代表性。那么,现在到了问题的节骨眼儿上,到底是何种批评方法,让他们生出了这样的观点?这实在是一个值

---

①② 宋广波编校:《胡适红学研究资料全编》,第396、405页,北京,北京图书馆出版社,2005。

得讨论的问题。著名红学家郭豫适教授有一篇文章,《论"红楼梦毫无价值论"及其他——关于红学研究中的非科学性问题》。郭豫适分析了胡适等人贬低《红楼梦》的原因,认为这是由于文学观的不同。胡适、陈独秀、俞平伯等人都在不同程度上贬低《红楼梦》,是因为他们机械地照搬西方的文艺观点和欣赏习惯,来衡量中国的古典小说。他说:"胡适对《红楼梦》的评论有两个要点,一个是认为《红楼梦》的创作方法是'自然主义',一个是认为《红楼梦》是曹雪芹的'自传'。这两者结合在一块,使胡适自己无法理解《红楼梦》思想和人物的概括意义,无法理解《红楼梦》这部小说及其一系列成功的文学典型形象所反映的社会思想内容的广阔性和深刻性,因此无法对《红楼梦》的思想价值和艺术价值作出合乎实际的评价。从这个角度来说,要充分地体认和阐述《红楼梦》的价值,对他来说并不只是愿意与否的问题,还有个可能不可能的问题。"[①]我觉得郭豫适教授的分析是中肯的。

当然了,在胡适、俞平伯等人之外、之前,对《红楼梦》评价很高的人也是有的。比如黄遵宪就说过,这是"开天辟地,从古到今第一部好小说,当与日月争光,万古不灭者"。但是,我们需要知道这话是对谁说的。原来他是说给日本人

---

① 郭豫适:《中国古代小说论集》,第111页,上海,华东师范大学出版社,1985。

听的。当时黄遵宪是驻日公使参赞,有感于日本人谈到中国的白话小说,只能列举出《水浒传》《三国演义》《西游记》,当然还有《金瓶梅》和《肉蒲团》,才说出这番话的。意思是,除了这些打打杀杀、妖魔鬼怪、声色犬马,好东西我们不是没有,有!而且能与日月争辉的。黄遵宪是在与日本学者源辉声谈话的时候说出这番话的。源辉声说,知道知道,你们的《红楼梦》写的是荣国府、宁国府闺闱,我们的《源氏物语》写的是九重禁庭之情。这位源辉声,也有译为大河内辉声。他虽然知道《红楼梦》,但并没有读过。这次谈话之后,他立即借来《红楼梦》,通读之后又加注断句,准备出版日语评注本。但是不久,这个人就去世了,出版之事也就不了了之了。

这里或许需要顺便提到鲁迅先生的评价。鲁迅对《红楼梦》的评价是:

> 《红楼梦》是中国许多人所知道,至少,是知道这名目的书。谁是作者和续者姑且勿论,单是命意,就因读者的眼光而有种种:经学家看见《易》,道学家看见淫,才子看见缠绵,革命家看见排满,流言家看见宫闱秘事……全书所写,虽不外悲喜之情,聚散之迹,而人物事故,则摆脱旧套,与在先之人情小说甚不同。

> 至于说到《红楼梦》的价值,可是在中国底小说中实在是不可多得的。其要点在敢于如实描写,并无讳饰,和从前的小说叙好人完全是好,坏人完全是坏的,大不相同,所以其中所叙的人物,都是真的人物。总之自有《红楼梦》出来以后,传统的思想和写法都打破了。——它那文章的旖旎和缠绵,倒是还在其次的事。[①]

这个评价说高也高,说不高也不高,就看你怎么看了。坦率地说,鲁迅先生的这个评价,对《红楼梦》经典地位的形成,其实没有太大关系。这里涉及一个非常关键的问题,就是如何看待我们的经验与文学作品中所呈现的经验。我再说一遍,我相信无论是胡适还是俞平伯,还是鲁迅,我认为他们都是极诚恳的。就艺术判断力而言,胡适可能差一点,但鲁迅和俞平伯都是一流的。那么,他们为什么都没有判断出《红楼梦》是第一流的作品呢?这个问题非常重要,我后面还要提到。好了,我们再来看看,李辰冬之前,国外是如何看待《红楼梦》的。我们的近邻、与中国文化相通的日本人对《红楼梦》就已经如此轻视,那么欧洲人呢?我们可以想到,他们对《红楼梦》更加难以理解。我顺便补充一句,中国现在的小说家,如果你的写

---

① 鲁迅:《鲁迅全集》第8卷,第179、350页,北京,人民文学出版社,1981。

法借鉴了《红楼梦》，相信我，你在欧洲被忽视几乎是必然的。

最早将《红楼梦》介绍到西方的，是一个德国传教士，汉语名字叫郭士立，现在也译作郭实腊。1842年，他用英语发表了一篇介绍《红楼梦》的文章。他对《红楼梦》的评价不高，而且还把贾宝玉当成了女子，以致在相当长一段时间内，英语世界的人提起贾宝玉说的都是"少女宝玉"。最早的德语本，是从俄语翻译过去的，是节译本，翻译的只是第一回的部分文字。在德国比较完整的译本是一个名叫库恩的人译的，此人也翻译过《金瓶梅》。我记得德国一位汉学家说，库恩从1923年起，先后把十三部中国长篇小说译成德文，如《好逑传》《二度梅》《玉蜻蜓》《水浒传》《三国演义》。1938年，库恩译了茅盾的《子夜》，1954年，还译了《儿女英雄传》。外国译者选书，口味真是难以捉摸啊。中国作家介绍译者的时候，比方说，如果库恩是自己的译者，就会说我的作品与《水浒传》《子夜》一个译者，而不会说与《二度梅》一个译者。其实，他们可能是把你的作品当成《二度梅》了。《二度梅》是乾隆年间出现的一部才子佳人小说，但故事是唐朝时期的故事。就是这个库恩先生，他在翻译《红楼梦》的时候，进行了大幅度改写和重新组装，故事围绕着宝玉、黛玉、宝钗三个人展开，一百二十回的故事变成了五十回的故事，于1932年出版。这个德语本，后来被转译成英语本、法语本、意大利语本、荷兰语本等，在西方影响很大。完整的意大利语本、荷兰语本，从汉语直接翻译的，直到现在还在进行当中。我与他们的译者有过对话，他们都是顶尖的译者，拿到了中国的出版翻译资助。至于他们什么时候能够译完，估计连他们自己也不知道。我见他们都会开玩笑：看来你们好像没有什么动力啊，三天打鱼两天晒网，没有太把我们的《红楼梦》当回事啊。可是，翻译中国当下的某些三流小说，有些连三流都算不上，你们怎么那么起劲呢？你们知道吗，墙内开花墙外香，香风吹得游人醉，搞得我们这边的一些朋友，当然首先是你们的热心朋友，都把你们的翻译做成项目工程了，整天都在研究那些作品的海外传播问题。

我觉得，如果研究海外传播问题，库恩等人早年的译介活动，倒是挺值得研究的。库恩对《红楼梦》有什么评价呢？他在译后记中说：

> 我的译本亦非全译，所以我一定要成为欧洲第一个征服《红楼梦》这座大山……的主峰的人，这就是说，围绕着宝玉、黛玉和宝钗这三个人物发生的主要情节，一定要详细地再现于我的译本之中。[1]

---

[1] 转引自姜其煌：《欧美红学》，第177页，郑州，大象出版社，2005。

还得补充一点，先于库恩德译本的英译本译者阿瑟韦利，也强调他的翻译是围绕着那个三角恋爱进行的。库恩接下来的话很有意思：

> 欧洲一直重视每一种行将衰落的文化的每一个无足轻重的证明，不惜工本和不辞辛劳地从荒漠中发掘每一具恐龙的骨架、每一个残剩的废墟、每一枚彩色的陶片、每一根涂画过的木头。这样一个关心精神文明的欧洲，怎么可能把《红楼梦》这样一部保持完整的巨大艺术作品，这样一座文化丰碑忽视和遗忘了一百年之久呢？[①]

这里有几层意思，你自己去品，细细地品。库恩认为，中国青年男女提到《红楼梦》，他们的眼睛就会发亮，他们不是通读过一遍，而是三四遍，有些地方他们已背得烂熟。这表明小说十分严肃认真地探讨了与中国青年男女直接有关的几乎一切问题。库恩由此得出结论说："这部小说类似一本中国青年的生活教科书！"[②]这就是库恩对中国人的误解了。从《红楼梦》诞生到今天，没有哪个年轻人把《红楼梦》当成生活的教科书，当然更不会有家长让孩子把书中的恋爱故事当成教科

[①②] 转引自姜其煌：《欧美红学》，第177—178、178页，郑州，大象出版社，2005。

书。为什么？因为宝玉的生活方式，在中国的实际生活中是完全行不通的。一个男孩子，读书他不行，玩闹第一名，整天就知道与姑娘们厮混，觉得最好吃的竟然是姑娘们唇上的胭脂，最后还要出家，这怎么行？贾宝玉是中国第一个躺平大师啊。家长们看到儿子成为躺平大师，烦都烦死了。

在库恩看来，《红楼梦》的主题有两个：一是道家思想。这不仅表现在小说的很多章回中，而且还表现在小说以太虚幻境（即道教天国）中的序幕开始，以真如福地中的最后一幕结束。而小说结束以前的两行诗，"喜笑悲哀都是假，贪求思慕总因痴"，更表明了整部小说的道教倾向。库恩说："我认为，小说的第二个主题是'母爱精神'，这种精神通过善饮、常乐和团结了整个贾氏家庭的贾母这个完善的形象而得到了体现。"库恩还认为："在一部中国小说中，总会出现以态度严厉、忠于职守的宝玉之父贾政为代表的儒家思想。但是这个题目与上述两个主题相比处于次要地位。"[①]这种理解，只能是库恩的理解，在我们看来，当然是误读了，至少有相当大的误读成分。当然了，可能正是由于这种误读，激发了库恩向德国读者介绍《红楼梦》的豪情。我赶紧解释一下，我并不是在讽刺误读。博尔赫斯有句名言，一切伟大作品都经得起误读。对托尔

---

① 转引自姜其煌：《欧美红学》，第181页，郑州，大象出版社，2005。

斯泰，我们有多少误读？你再怎么误读，他也是伟大作家，再误读他也比李洱伟大得多。经得起误读，是伟大作品的标志。《红楼梦》经得起库恩的误读。哈罗德·布鲁姆甚至认为误读是文学批评的前提，也是作家在"影响的焦虑"中延续并创造传统的前提。我在这里，只是想说明，库恩的误读，其实并没有太多涉及对《红楼梦》的艺术评价。

如果我们把翻译也看成文学批评或者比较文学研究的一部分，那么库恩的批评或研究就非常有意思了。一方面，他觉得这样的小说主题与西方小说不一样。也就是说，他首先感到了经验的差异。他的说法是："当人们进一步考虑到中国人具有儒教和佛教的社会思想，具有人道仁爱思想，具有大慈大悲观世音菩萨的思想，具有佛教和道教的报恩思想、出世思想、救苦救难思想、禁欲主义思想的时候，就必然会提出下面这样一个问题：欧洲在精神上能够为这样一个具有上述伦理观念的民族提供什么呢？难道他们是一群一定要改变信仰的异教徒吗？如果《红楼梦》德译本能有助于消除许多过时的偏见，促进东西方的相互理解，那么在这部小说上所花费的力气就不会是徒劳的了。"[①]另一方面，他看到了经验的汇通：他的汇通首先是个人经验与《红楼梦》的汇通，因为库恩实在可以称作

---

① 转引自姜其煌：《欧美红学》，第179页，郑州，大象出版社，2005。

德国宝玉啊。库恩本人终生未娶，他比卡夫卡还卡夫卡，因为他先后六次放弃结婚的机会。他说："我不被任何女性的影响所动摇，选取了我独特的方式。我固执地、坚定不移地追随我心中的星。"①那颗"星"指的是什么？我不知道。《红楼梦》里说，宝玉潦倒不通世务，行为偏僻性乖张，哪管世人诽谤。库恩也是，经济潦倒，不娶不婚，赤条条来去无牵挂。也就是说，库恩在《红楼梦》中既看到了"他者"，又看到了"自我"。他的翻译，既是一种促进东西方文化相互了解的需要，又是一种个人性情的抒发。或者说，他是在"他者"文化中找到了"自我"。我觉得，库恩这个译本，非常值得研究：他为什么改写？这种改写，与他本人以及德国受众是什么关系？我不懂德语，据说他对人物的外貌描写，都有相当大的改动，以符合他本人的审美。他是不是让黛玉穿上了裤子呢？是不是连宝玉的宝玉也换成了胸针呢？大家不妨去查一下。总的来说，至少我们都看到了，库恩仍然没有从艺术的角度肯定《红楼梦》的贡献。

我们再来看看李辰冬留学的法国对《红楼梦》的评价。我们通常认为，那是西方汉学研究的中心，事实也是如此。我去年在马赛大学，确实看到他们对中国文学的研究是别的国家

---

① 转引自刘士聪主编：《红楼译评——〈红楼梦〉翻译研究论文集》，第430页，天津，南开大学出版社，2004。

不能比的。我到他们的图书馆看了看。莫言的书，当然翻得很全，很多书是莫言获奖之前就翻译了的。莫言作品的法语译者埃诺·杜特莱领着我们去看的。顺便说一下，杜特莱先生的翻译与葛浩文先生的翻译，两种方法迥异：一个忠实于原著，一个并不那么忠实于原著——他都敢删改啊，有时候，不仅删改，还要补写呢。余华《许三观卖血记》的英译本，译者为了符合美国读者的阅读习惯，都会补写一些段落。翻译家白亚仁先生告诉我，不加上那么一段，美国读者就看不懂。有人掉到井里面了，家里人爬到房顶上叫魂："儿子，醒来醒来！"至于怎么从井里捞上来的，余华就不写了。没必要写嘛。但英语读者一定要知道怎么捞上来的。怎么办？余华又不愿意补写，这就需要翻译赤膊上阵了。白亚仁是研究《聊斋志异》的权威，补写一段文字，还是驾轻就熟的。这不能说明余华写得不好，只是因为译者是美国译者，所以他自认为有权力这么做。现在做译介学研究的，对这个情况好像不太了解。这其实是欧洲翻译家与美国翻译家的区别，美国的翻译家似乎兼具两种身份：一个是译者，一个是编辑。你看过索尔·贝娄和厄普代克的相关自述就明白了，他们够大牌了吧？可是编辑拿着他们的稿子，也是铁面无私，六亲不认，手起刀落，尸横遍野。索尔·贝娄是何等人物？海明威、福克纳之后，美国乃至英语世界最伟大的作家，对此也只能双手掩面，捶胸顿足，叫天天不应，叫地地不灵。我觉得，目前从事翻译研究、译介学研究的人，不妨对此做个比较分析。在我看来，这也属于文学批评范畴。我们的批评空间，没有打开的地方确实还有很多。好了，我们还是回到马赛的那个中心。我对那个中心还是有感慨的，因为我的书在那里也有陈列，有原著，有不同的译本。我的书，除了德语有再版，法语也有再版，而且卖得还不错。你想啊，像我等寂寂无名之辈，都会引起他们的关注，说明他们对中国文学的观察是持续进行的。这个事情当然也说明，现在的跨语际交流，比以前要及时，不需要再等作家死去了。法国最早翻译《红楼梦》的汉学家，叫苏利叶·德·莫朗，他在1924年出版的《中国文学概论》中节译了《红楼梦》的第一回，篇幅为十五页，将近两万字，从女娲补天说起，然后说，看了这一回，就可窥一斑而见全豹了。这当然是不可能的，故事还没开始呢，石头还是石头，还没有变成人呢，石头记还没有开始记呢。此后几十年间，虽然法国翻译了大量的中国小说，但《红楼梦》的翻译，大都是由留法的中国学生、学者翻译的片段，也包括从德译本转译的片段。也就是说，李辰冬写作《红楼梦研究》的时候，法国还没有《红楼梦》的完整译本。《红楼梦》的法文完整译本是什么时候才有的？1981年，译者是1937年就去了法国的李治华先生和他的法国夫人雅歌，他们用二十七年时间才译完《红楼梦》。这个法译手稿，于2005年捐给了中国现代文学馆。他们为这个译本，写了六十页的长序。这个序很值得研究，从比较文学和接受美学的角度去研究。有意思的是，李治华先生在序言里说，他们对《红楼梦》的研究方法，用的是毛泽东的《论十大关系》。这个译本，在法国卖得很好，首印一万五千册，后又多次加印。事实上，到了这个时候，《红楼梦》在法国才被接受。

李辰冬之前，法国对《红楼梦》的评论，最早的是1885年法国作家菲利浦·达利尔在《中国世界》一书中提到的。这个评论也很有意思，有代表性：

> 一般说来，中国小说属于道德说教类型，小说中罪恶总是要受到惩罚，美德总是得到回报，但也有一些极其色情淫秽的小说，还常常配有着色的插图，最流行的要数《红卧房的梦》一书，它以几百万册计地流行着。[①]

《红卧房的梦》？对，就是《红楼梦》。顺便补充一下，这个评价，其实不是菲利浦·达利尔的首创，而是沿袭中国人的说法。比如，清代著名文学家、楹联学家梁恭辰在《北东园笔

---

① 转引自郭玉梅：《〈红楼梦〉在法国的传播与研究》，《红楼梦学刊》2012年第1期。

录》中提到:"《红楼梦》一书,诲淫之甚者也。"[1]陈其元在《庸闲斋笔记》中说:"淫书以《红楼梦》为最。"[2]陈其元这个人,以博学多见著称,也出身于名门望族,宦游四方,他的家世也是清代兴衰史的缩影。谈到清代的官场,陈其元的名声是极好的。也就是说,他们的看法,代表了他们的真实想法,但就是这样的人,都恨不得把《红楼梦》从世间抹去。当然了,我们也都知道,《红楼梦》因为被视为诲淫小说,在清代确实曾遭到禁毁。禁毁是最好的广告,不禁不流行,这或许也是它早期在地下流行的原因。

不过,李辰冬在法国研究《红楼梦》的时候,法国以及欧洲的年轻人倒确实出现过一次读《红楼梦》的热潮。这与二战前夕经济大萧条有关。这场源于美国的大萧条波及欧洲,导致大规模的失业。这是人类进入现代社会以来,持续时间最长的经济危机。在德国,它甚至催生了纳粹,并最终导致二战爆发。在这样的状况中,基于现实的危机而催生了一种乌托邦梦想,来自异国他乡的《红楼梦》意外地构成了梦想的载体。青年读者幻想自己生活在一个具有奇幻色彩的大观园里,美酒、美食、美人,谈恋爱。要知道,这些年轻人,他们的生活经历曾经跟曹雪芹很相似,跟小说中描述的人物的生活也有相似

---

[1][2] 一粟编:《古典文学研究资料汇编·红楼梦卷》,第15、382页,北京,中华书局,2004。

之处。纨绔子弟，吃完饭没事干，四体不勤，五谷不分，因为没有必要嘛。宝玉家里可以收租子，他们也可以收租子。他们的庄子大得很，半个非洲都是他们法国人的庄子，殖民地嘛。这梦想在追忆中呈现，在想象中出现。在追忆和想象中，他们来到了东方，来到了林黛玉所说的"仙境别红尘"，贾宝玉所说的"好梦正初长"的大观园，一个纸面上的乌托邦。

而李辰冬的心情，与法国人则有不同。他刚到法国的时候，九一八事变发生，当时的中国政府一开始实施的是不抵抗政策，这让李辰冬深感屈辱。他在《红楼梦研究》自序中写道："由于耻辱，由于苦闷，由于自己国家地位的低落，渐渐回想到我国光荣的古代文化。我想把《红楼梦》介绍给西洋人，意思是我们也有与你们同样伟大的作品。"

三

李辰冬的《红楼梦》研究，可以说是王国维之后，最重要的比较文学研究成果之一。我们都知道，王国维之前的红学研究，我们通常称为"旧学红派"，主要有两派。一是索隐派，就是透过字面探索作者隐匿在书中的真人真事。索隐派是在乾嘉时期经学考据风的影响下形成的一种学派。索隐派的主要手段是大做烦琐的考证，从小说的情节和人物中考索出"所隐之事，所隐之人"。索隐派对后世影响较大的观点有"明珠家事说"，也称纳兰性德家事说；"清世祖与董鄂妃故事说"，亦称福临与小宛情事说；还有"和珅家事说"；等等。这种索引，能不能算作文学批评，大家可以讨论。如果是分析本事与文本中的故事的关系，我觉得应该算作文学批评，大概可以归入小说起源学研究范畴。有人认为，可以算作小说发生学研究，好像不是很准确。因为发生学主要研究某种观念是如何发生的，包含着逻辑推理，起源学研究的是事件是如何起源的，在方法论上具有实证主义倾向。还有一派，就是我们很熟悉的评点派。评点作为一种中国式的批评方法，始于明代中叶，金圣叹评点《水浒传》，毛宗岗评点《三国演义》，张竹坡评点《金瓶梅》，都是典范。张竹坡的评点对《红楼梦》研究也有很多启示，比如他指出《金瓶梅》是第一奇书，而非淫书，是愤世之作，他肯定了《金瓶梅》的美学价值和艺术特色。我们可以说，《金瓶梅》的文学史地位的确立，与张竹坡的评点有很大关系，人称"张评"。《红楼梦》的评点，最有名的当然是脂砚斋，人称"脂评"。

评点作为中国传统的文学批评方式，近年越来越受到重视，这确实是中国最重要的批评资源，值得重新检索，重新认识。我觉得作家很适合做评点，作家对文学作品的批评很大程度上都可以看成评点式批评。如果评得好的话，可以起到画龙点睛式的效果。我在《莽原》杂志做编辑的时候，曾邀请很多小说家对文学名篇进行评点。不过，有些人很懒，拿笔画出一个词、一个句子、一段话，然后在旁边写上一个字：好。所以我每次约稿的时候，都要给他们说清楚，可以写"好"，但必须写清楚，为什么好。这种批评方法，按朱自清的说法，是在南宋时期出现的。小说家格非认为，可以把评点的文字，也看作文本的一部分，这个说法是很有道理的。我们都知道，现在我们看到的很多作品，评点是与评点的对象一起印刷出版的，当然可以看成是小说文本的一部分，而且评点之人或者后人会根据这些评点对小说进行修改，最典型的例子就是金圣叹腰斩《水浒传》。金圣叹手起刀落，把百回本《忠义水浒传》第七十一回以下章节全都砍掉，把第一回《张天师祈禳瘟疫　洪太尉误走妖魔》作为楔子；把第七十一回《忠义堂石碣受天文　梁山泊英雄排座次》改为《忠义堂石碣受天文　梁山泊英雄惊噩梦》，作为第七十回，也就是结尾。他的理由是，他少年时读《忠义水浒传》就觉得，小说第七十回以后的文字是他人的续作，文字不好，是"恶札"。所以他裁剪《水浒传》，到排座次为止，在让梁山好汉的革命事业达到巅峰时戛然而止，只是以卢俊义做噩梦，梦见兄弟们被抓，来预告《水浒传》未来的故事走向。我本人倾向于把文学批评和文学创作看成是一种对话关系，这种对话关系在金圣叹这里，成了砍瓜切菜般地修改文章，我想可以看成文学批评对文学创作的强制性表现。金圣叹的这个工作，既是批评工作，也是编辑工作。当然，在这个意义上，我们也可以说，编辑其实也是一种批评，就像我前面说的，翻译其实也可以看作一种批评。

关于"脂评"，我们现在都已经知道，脂砚斋与曹雪芹关系很不一般。脂砚斋的评点中也处处暗示，他与曹雪芹的关系非同寻常。比如小说第八回，"众人都笑说：'前儿在一处看见二爷写的斗方，字法越发好了，多早晚赏我们贴贴。'"脂砚斋此处有个眉批："余亦受过此骗，今阅至此，赧然一笑。此时有三十年前向余作此语之人在侧，观其形已皓首驼腰矣，乃使彼亦细听此数语，彼则潸然泣下，余亦为之败兴。"意思是，曹雪芹写这段话的时候，他就在旁边呢，他不仅是《红楼梦》的第一个读者，而且部分地参与了创作。对于我们压根儿不可能注意到的一些字词，脂砚斋都会有所评点。比如，脂砚斋提到，曹雪芹如果写到西边的园子，他不用"西"字，而用"后"字，因为写到"西"字，就要流泪啊，也怕别人流泪啊。一个"西"字，为什么就会让人流泪呢？原来曹雪芹的祖父曹寅，自称"西堂扫花使者"，人称西堂公，喜欢把花园称为西园，把花园里的亭子称为西亭。一个"西"字，代表着曹家昔日的兴盛。

脂砚斋的评点，对后来的《红楼梦》研究影响太大了。胡

297

适和俞平伯的研究，就受到"脂评"的深刻影响，李辰冬的研究也大量引用过"脂评"。但是评点派也好，胡适后来的考证派也好，都是在中国古典文学系统之内对《红楼梦》进行研究。引入外来视角，使用西方理论话语对《红楼梦》进行研究，也就是我们现在所说的文学批评或者比较文学研究的第一个人是王国维。

王国维幼年的遭遇，有点类似于林黛玉。林黛玉的母亲贾敏，是在黛玉五六岁的时候死的；王国维的母亲凌夫人，是在王国维四岁的时候死的。王国维自幼熟读四书五经，但是科举却很不顺，参加乡试，考了两次吧，都考不上，从此对科举没有了兴趣。据说，他有一次考试，是故意交了白卷的。这一点又与宝玉有点像，就是无心科举。不过，宝玉压根儿不喜欢读书，他却是喜欢读书的。还有一点，他与宝玉的差别很大，那就是宝玉长得很好，粉嘟嘟的，人见人爱；王国维的长相就比较奇怪了，龅牙，牙齿是黄的，塌鼻子上架着一副玳瑁眼镜，而且说话结巴。

王国维能够从事比较文学研究，是因为他从二十二岁到三十岁，先在上海的报馆工作，又到日本留学，后来又任教于南通师范、江苏学堂等。这期间，他研究了康德、叔本华、尼采，又攻读了西方伦理学、心理学、美学、逻辑学。他自称这一时期，"兼通世界之学术"。后来，他又向中国人介绍了托尔斯泰的《战争与和平》《安娜·卡列尼娜》，并对莎士比亚、但丁、歌德进行介绍和比较。对于自己以后的人生方向，或者事业发展方向，王国维是游移不定的。他有过深刻的自我分析：做哲学家呢，苦于感情太多而知力太少；做诗人呢，则苦于感情太少而理性太多。顺便插一句，王国维之所以喜欢浮士德，可能跟浮士德身上体现出来的那种理性与感性相冲突有关。他在浮士德身上看到了自己。对于自己的《红楼梦》研究，他说：近日之嗜好，所以渐由哲学而移于文学，而欲于其中求直接之慰藉也。借用李卓吾的说法就是：借他人酒杯，浇自己块垒。

我们现在都知道，王国维是读完叔本华的《意志与表象的世界》受到启发，开始用叔本华的哲学来研究《红楼梦》，并完成了他的《红楼梦评论》的。先从文章的篇章结构上看，《意志与表象的世界》共分四章：《世界作为表象初论》《世界作为意志初论》《世界作为表象再论》《世界作为意志再论》。然后是附录《康德哲学批判》。与叔本华的结构类似，王国维的《红楼梦评论》，也是四章加一个余论，或者说附录。

王国维认为，人生、生活的本质就是欲。他开篇即说，《老子》说了"人之大患在我有身"，《庄子》也说了"大块载我以形，劳我以生"。忧患与劳苦之生相对待久矣。夫生者人人之所欲，忧患与劳苦者，人人之所恶也。然后，他便引出叔本华的基本观点：生活之本质何？欲而已矣。欲望多，而难以满足，就有了痛苦。那么，实现了欲望，就幸福了吗？没有啊，因为厌倦之情随之而生。人生啊，就像个钟摆，在苦痛与厌倦之间摆过来摆过去，这个"钟摆论"也来自叔本华。如何从哲学上解决这个问题呢？王国维认为，两千年来，仅有叔本华的《男女之爱之形而上学》解决了这个问题。他引用叔本华的悲剧说，谈到悲剧有三种：第一种，由极恶之人极其所有之能力以交构之者；第二种，由于盲目的运命者；第三种，由于剧中之人物之位置及关系而不得不然者，非必有蛇蝎之性质与意外之变故也。①翻成白话就是：第一种悲剧，里面有大坏蛋，大恶人，大反派；第二种悲剧，造成这种不幸的罪魁祸首不是某个坏人，而是天命，是盲目的命运，它的表现形式是偶然和一系列错误相互作用的结果；第三种悲剧呢，没有什么坏人捣乱，也不是因为偶然，而是剧中人物不同的地位和关系造成的，你都不知道谁对谁错，都还没有搞清楚呢，你就已经是悲剧人物了。叔本华认为，这第三种悲剧才是最宝贵的，因为那是从人之为人的欲望、性格和行为中产生的。从艺术的角度看，第三种悲剧的艺术创作也是最难的。王国维说，中国的悲剧大都属于第一种，善与恶的斗争，充满着道德说教。鲁迅

---

① 见谢维扬、房鑫亮主编：《王国维全集》，第66页，杭州，浙江教育出版社，2010。

不是说了，狂人晚上横竖睡不着，仔细看了半夜，从字缝里看出字来，满本都写着两个字：吃人。这是鲁迅要批判的礼教社会。那么，在王国维看来，只有《红楼梦》才是真正意义上的第三种悲剧，是"悲剧中的悲剧"。

王国维的《红楼梦评论》凡一万四千字，涉及的西方原典，从《圣经》、亚里士多德、柏拉图，到歌德、莎士比亚，可谓多矣，充分显示了王国维的博古通今，东西文化会通。他将浮士德博士与贾宝玉做比较，更是首次将西方文学中的典型人物与中国小说中的典型人物进行比较分析。这个分析，现在看来依然极有说服力。他说，浮士德与贾宝玉同中有异。在他看来，文学艺术的任务，就是"描写人生之苦痛与其解脱之道"，而浮士德与宝玉两个人都有极大的痛苦，那么这两部作品的不同，就是描写他们不同的"解脱之道"：浮士德最后双眼失明，他的解脱之道是升天，所谓永恒之女性引我们上升，而宝玉的解脱之道则是出世做和尚。之所以会有这种不同，是因为东西方的宗教、文化传统不同。在基督教的文化传统中，解脱须寄托于外力，寄托于上帝，而在中国的文化传统中，解脱是个人体悟的结果，是认识到人生如梦，四大皆空。

鉴于以往的红学研究，或为评点式，或为索隐式，那么王国维以外来哲学、外来理论来评价中国文学，用西方的文学人物来比较分析中国的文学人物，可以说在中国开创了文学批评的新模式。王国维拿浮士德与贾宝玉进行比较研究，用现在的术语来说，是不是叫平行研究？这当然有助于《红楼梦》的经典化。但我们已经看到，王国维的研究，其实主要还不是论证《红楼梦》的艺术价值，他更多的是论述《红楼梦》的悲剧性质，甚至我们可以这么说，他是用贾宝玉的故事，来重温叔本华哲学的普世性质。

这里涉及一个根本问题，就是批评家从哪个角度，让我们认识到一部作品是伟大的经典？这里我愿意引述哈罗德·布鲁姆的一个观点。在《西方正典》一书的导言部分，布鲁姆自信地认为，他所选择的二十六位经典作家，已经包括了但丁以降的主要西方作家，其中包括一位批评家。他说："对于这二十六位作家，我试图直陈其伟大之处，即这些作家及作品，成为经典的原因何在？答案常常在于其陌生性，这是一种无法同化的原创性，或是一种我们完全认同而不再视为异端的原创性。……当你阅读一部经典作品时，你是在接触一个陌生人，产生一种怪异的惊讶而不是种种期望的满足。当你阅读《神曲》《失乐园》《浮士德》《哈吉穆拉特》《培尔金特》《尤利西斯》等作品时，人们会体会到它们共有的怪异特征，它们使你对熟悉环境产生陌生感的能力。"[①]而在论述歌德的时候，

---

① ［美］哈罗德·布鲁姆：《西方正典》，第2页，江宁康译，南京，译林出版社，2005。

布鲁姆实际上也提到了经典的另一个标准，这个标准与前面提到的陌生性，似乎存在着张力。布鲁姆说："歌德自身就代表着整个一种文化，即存在于长期传统之中的文学人文主义文化，这一传统自但丁延续到《浮士德·第二部》，后者正是维柯所说的贵族时代的经典成就。"①

我们可以看到，那些对《红楼梦》的艺术成就不满的人，俞平伯也好，陈其元也好，他们其实就在这个传统的内部。他们的不满，可能出自两个原因：一是无法感受到这种前面所说的陌生性；二是对这个文化的推崇，他们不具备反叛性。而《红楼梦》则是以否定的形式，陌生化、批判性地全面呈现了中国传统文化。事实上，如果套用别林斯基的那个著名概念，我们或许可以说，伟大作品呈现出的，就是熟悉的陌生感。事实上，这种熟悉的陌生感，甚至可以让另一种文化中的人感受到。当然，也可以套用赛义德的那个著名概念，就是"经验的差异"。我这里想提到博尔赫斯的一个伟大发现。我们对博尔赫斯的小说可能会有不同的看法，但他对文学的洞见，是值得充分尊重的。他说：

奇怪的是——我不认为这点迄今已被人们觉察

---

① ［美］哈罗德·布鲁姆：《西方正典》，第164页，江宁康译，南京，译林出版社，2005。

到——有些国家选出的人物并不与之十分相像。比如，我认为，英国应该推选塞缪尔·约翰逊博士为其代表；但是没有，英国选择了莎士比亚，而莎士比亚——我们可以这么说——比任何其他英国作家都缺少英国味。最典型的英国味是 understatement，即所谓尽在不言之中。而莎士比亚不惜大肆夸张地运用比喻，如果说莎士比亚是意大利人或犹太人，我们一点不会感到惊讶。另一种情况是德国，这是一个值得赞许而又容易狂热的国家，这个国家偏偏选择了一个宽宏大度而不好偏激的人做代表，此人不太在意祖国的观念，他就是歌德。法国还没有选出一位代表性作家，但倾向于雨果。诚然，我非常敬重雨果，但雨果不是典型的法国人，雨果是在法国的外国人；雨果善用华丽的辞藻，广泛运用隐喻，他不是法国的典型。另一个更加奇怪的例子是西班牙。西班牙本应由洛佩·德·维加、卡尔德隆、克韦多来代表。然而不是，代表西班牙的是塞万提斯。塞万提斯是宗教法庭同时代的人，但他是个宽宏大度的人，既没有西班牙人的美德，也没有西班牙人的恶习。仿佛每个国家都得有一个不同的人来做代表，这个人可能成为医治这个国家的毛病的某种特效药、抗毒素、解毒剂。我们自己本来可以选择萨缅托的《法昆多》作为代表，这是我们国家的书,可是没有。我们有我们的战争史,刀光剑影的历史,我们却选择了一部逃兵的纪事录,我们选择了《马丁·菲耶罗》。尽管此书值得选为代表作,可是,怎么能设想我们的历史由一个征服旷野的逃兵来代表呢?然而,事情就这样,好像每个国家都有这种需要似的。①

顺便说一句,我不知道这段话对于我们更好地理解如何讲述中国故事、中国人物有何种启示。不少论者都注意到了《红楼梦》的陌生感,即这样的作品在中国文学史上确实从未出现过,贾宝玉这样的人物在中国文学的人物画廊中也从未出现过。但也正是因为这种陌生感,导致一些人认为它是一部糟糕的作品。回到王国维的话题,现在我们可以做个小结,就是王国维的研究做了三个工作:一是拿它与以前的中国作品相比,突出它的原创性,这一点我前面没有提到;二是用叔本华的理论证明《红楼梦》写出了人类的悲剧性处境,以及面对这种悲剧性处境的解脱方法;三是通过把贾宝玉与浮士德做对比,告诉我们,他是一个可以与西方伟大作家中的人物相提并论的人物。当然,对王国维的批评,持有批评意见的人,也大有人在,而且不能说没有道理。

---

① [阿根廷]豪尔赫·路易斯·博尔赫斯:《博尔赫斯,口述》,第9—10页,黄志良译,上海,上海译文出版社,2015。

回头再来说李辰冬。李辰冬对王国维的研究极为推崇,在《红楼梦研究》自序中,他说:"要了解《红楼梦》这样的著述,不是一年两年的时光,一个两个人的精力,和一个两个时代的智慧所能办到的。引我们入研究正轨的,始以王国维《红楼梦评论》,继之胡适之先生的《红楼梦考证》。这两篇虽是短短论文,然前者规定了此书的价值,后者决定了作者是谁的争论。"[①]那么,他现在所做的工作,就是把王国维的研究向前再推一步,以证明《红楼梦》确实是伟大的经典。

四

在1990年出版的冯其庸、李希凡主编的《红楼梦大辞典》中,李辰冬与大陆隔绝多年之后,终于有了一次露面。辞典是这么写的:

> 这是一部用西方文学观点对曹雪芹和《红楼梦》比较全面系统的研究专著,认为可以"将曹雪芹置于莎士比亚之旁,作为客观主义作家最伟大的代表"。这是40年代一部有价值的《红楼梦》研究论著,本书根据1934

---

① 李辰冬:《知味红楼:红楼梦研究》,第1页,北京,中国档案出版社,2006。

年巴黎罗德斯丹图书公司的法文版《红楼梦研究》重新写成。重庆正中书局民国三十一年(1942年)版。[1]

李辰冬是第一个以平等的姿态，将中国经典文学与世界经典文学做比较研究，在世界文学范围内给中国小说进行定位的人。我们或许应该承认，李辰冬是中国比较文学研究最重要的先驱之一。可是很遗憾，2005年由湖北教育出版社出版的《比较文学研究》，附录了20世纪比较文学研究主要论著的目录索引，但无论是单篇论文还是论著，李辰冬都不在列。2013年由中国社会科学出版社出版的《中国比较文学百年史》，也压根儿就没有李辰冬什么事儿。

在《红楼梦研究》自序中，李辰冬曾写道："我们这篇论文的用意，只是在解释它在世界文学的地位。意大利有但丁的《神曲》，英格兰有莎士比亚的悲剧，西班牙有塞万提斯的《堂吉诃德》，德意志有歌德的《浮士德》，法兰西有巴尔扎克的《人间喜剧》，俄罗斯有托尔斯泰的《战争与和平》，那末我们有哪部杰作可与它们并驾齐驱呢？现在试作一个解答，也可说这是试答的开始。"[2]李辰冬的比较研究，现在我们看到的

---

[1] 冯其庸、李希凡主编：《红楼梦大辞典》，第1105—1106页，北京，文化艺术出版社，1997。
[2] 李辰冬：《知味红楼：红楼梦研究》，第2页，北京，中国档案出版社，2006。

是五章，其实他最初的设想比我们现在看到的要详细、深入得多。目前出版的《红楼梦研究》中，收录了一个附录，是他写给胡适的信。信中列出了他的写作大纲，他说要在书中单辟一章，题目就是"《红楼梦》在世界文学中的地位"。这一章要分八个部分，分别是：《红楼梦》与莎士比亚、《神曲》、《浮士德》、《战争与和平》、拉辛的戏剧的比较等。尽管这八个部分，没有最终完成，但他的比较文学的视野以及学科意识，能够被我们感觉到。他给胡适写这样一封信，有两个目的：一是想请教胡适，他这种方法是否可行；还有一个目的，就是想从胡适那里知道一些康熙年间的社会、教育、思想、政治、家庭等方面的材料。因为在他看来，康熙时代在文化上略等于英国的伊丽莎白时代、法国的路易十四时代、西班牙的17世纪、意大利的中古时代，这跟《红楼梦》的产生有大关系，他想从胡适那里知道当时著名作家的日记或尺牍。

在李辰冬看来，《红楼梦》这部小说是空前绝后的。关于这一点，他先引用日本人森谷克在《中国社会经济发达史》中的一段话："在清朝时代的中国社会，因为历史的地理的诸条件，包括一切的文化阶段，是现社会诸关系的极度复杂的一国。"然后说："文学是社会意识的表现，而社会意识跟社会演变之复杂而亦复杂，清朝既包括中国的一切文化阶段，那社会意识自然也包括一切阶段。《红楼梦》以前，因社会还未演变至此田地，不能产生《红楼梦》，《红楼梦》以后，因不久即受西洋文化的侵入，中国文化势必走向新的路线，也不能再产生《红楼梦》。如果要说，但丁是意大利精神的代表，莎士比亚是英格兰的代表，塞万提斯是西班牙的代表，歌德是德意志的代表，那曹雪芹就是中国以往一段灵魂之具体化。中国自诗经以来，以表现的社会意识复杂论，没有过于《红楼梦》的。"[1]由此可以看到，李辰冬试图掌握的材料之多。这至少透露出李辰冬对跨学科研究方法的尝试，而这种尝试是围绕着作品的文学性进行的。这种跨学科研究起初是在文学与艺术之间进行，也就是王国维说的美术，后来扩大到人文科学的范畴，后来则突破了这个范畴，与自然科学对话，或者说将孔德的实证主义作为一种方法，引入比较文学。前面提到的泰纳，包括被普鲁斯特批驳的圣伯夫，都曾把实证主义作为文学批评的方法论基础，胡适也可以说采用的是实证主义批评方法。那么现在，我们从李辰冬的批评实践中可以感受到，他对这些方法进行了一次综合。在这种综合中，甚至包括了中国的评点批评，当然也包括带有实证主义色彩的索隐批评，因为他不仅采用了索隐派的成果，而且加入了自己的索隐和考证。

当然，李辰冬的研究，最终落实到了用平行比较的方法，

---

[1] 李辰冬：《知味红楼：红楼梦研究》，第107页，北京，中国档案出版社，2006。

来进行艺术价值的评判。按照别林斯基的说法:"确定作品美学上的优劣程度,应该是批评家的第一步工作。当一部作品经不住美学分析的时候,就不值得对它作历史的批评了。"①

比如关于人物的塑造,李辰冬认为贾宝玉作为曹雪芹的代言人,正如堂吉诃德之于塞万提斯,哈姆雷特之于莎士比亚。但与另外几个人不同,贾宝玉是天生的哲学家,就像他身上就有一块玉一样,是天生的。而另外的人则是学而后知,是知识的产物。比如堂吉诃德是看了骑士小说,才去挑战风车的。在人物关系设置上,无论中外往往都把两个相反的人放在一起。比如在歌德那里,有浮士德,就有摩菲斯特;在塞万提斯那里,有堂吉诃德,就有桑丘。那么在曹雪芹这里,有宝玉,就有宝钗。所以李辰冬说,宝玉就是堂吉诃德,宝钗就是桑丘。他的理由是,宝钗虽然不像桑丘那样仅追求物质的满足,甚至她还可能轻视物质,但他们都没有理想。尤其是宝钗,她处处照世俗所谓的美德行事,毫无反抗精神。所以,在《红楼梦》里,除了宝玉和黛玉,没有人不喜欢宝钗的。宝钗的孝顺,宝钗的待人忠厚,宝钗的性格温柔,宝钗对作诗、作画无所不通,所以宝钗代表着士绅阶级对女性美德的向往。

李辰冬也分析不同作家的个性对人物的影响。比如,歌德

---

① [苏联]别林斯基:《别林斯基论文学》,第261—262页,梁真译,上海,上海新文艺出版社,1958。

是极度主观化的一个人。他引用德国美学家巩都尔富的关于歌德的传记讲了一个小故事，说歌德三岁的时候，就不喜欢与丑孩子玩，一次在会场里，歌德哭了，喊着，快把那个黑脸棕发的孩子抱走，我简直不敢看他。你们知道吗，看到残疾人歌德就会呕吐，看到画纸上有污渍歌德就会头晕。我想起一个写小说的年轻人来找我，曾向我讲述他的痛苦，说他刚才坐地铁，看到地铁里的女人都要闭上眼睛，但因为没钱，无法打出租车，只好忍受对面坐着一个不好看的女人。我当时就对他说，你可以写诗，别写小说了。而曹雪芹则是一个极度客观化的人，是一个极端写实主义者，他的目的只是客观地、冷静地创造人物，给每个人物一种个性，并不誉此而贬彼。所以，曹雪芹一点也不像巴尔扎克、歌德、托尔斯泰那样，持一种说教者的态度。

　　不同人物的塑造，还与作家背后的文化传统有关。这方面，李辰冬也有详尽的论述。我想着重提一点，就是李辰冬比较详细地分析了《红楼梦》和《战争与和平》在结构方法上的不同。关于《红楼梦》的结构，李辰冬是这么说的："人物既有，接着就得将人物安排起来，而使之成一整体，那就是结构。读《红楼梦》，因其结构的周密、错综繁杂，好像跳入大海一般，前后左右，波涛澎湃，且前起后涌，大浪伏小浪，小浪变大浪，也不知起于何地，止于何时，不禁兴茫茫沧海无边无际之叹！又好像入海潮正盛时的海水浴一般，每次波浪，都带来一种抚慰与快感，且此浪未覆，他浪继起，使读者欲罢不能，非至筋疲力尽而后已。"[1]他先引用了泰纳的话，谈到了莎士比亚戏剧惯用的结构方式。简单说，如果说曹雪芹的结构是涌动的波浪，那么莎士比亚的结构就是奔腾的野马，有着不可思议的跳跃。然后，他详细地分析了曹雪芹在结构方面如何将尺水兴波变成惊涛骇浪的，这种结构方式是西方小说里没有的。而在《战争与和平》里，每一回故事都有起落，好像是数百篇短篇小说的连缀。如果要将一段文字选到中学课本里，你很轻易就从《战争与和平》里选取了，但《红楼梦》却不行，你选得再精彩，读者也会感到莫名其妙。那么巴尔扎克呢？他是让这部长篇小说与另一部长篇小说进行勾连，几十部小说，虽是单独成篇，实际上却是一个整体，为了让它成为一个整体，巴尔扎克倾尽了毕生的精力，而《红楼梦》本就是一个整体。那么，通过这样的结构分析，李辰冬得出的结论是什么呢？他的结论是，曹雪芹通过一部小说的写作而描写了整个宇宙。虽然看上去头绪万端，错综复杂，但它却有一贯的系统。以结构论，没有能与《红楼梦》相比的。此外，他还比较了东西方不同小说的风格以及对情感的不同处理方式。比如，他认为读托

---

[1] 李辰冬：《知味红楼：红楼梦研究》，第112页，北京，中国档案出版社，2006。

尔斯泰的小说，引发的是意念而非意象，是观念而非情感，等等。我们当然可以对李辰冬的观点持不同意见，他的方法、观点、判断都有值得商榷之处，但他确实为中国小说研究开辟了一条新路，当然更是中国比较文学研究的伟大先驱。

我们可以这么说，如果不是李辰冬把《红楼梦》放在世界文学史上进行定位，影响到很多红学家的看法，再进行反复阐释，《红楼梦》至少不是我们今天所理解的经典。任何一部作品，当它一旦成为经典，按照布鲁姆的说法，它不仅取消了知识和意见的界限，而且成了永久的传承工具，也就是说，关于它的经典性，已成定论，不容怀疑。但对于任何一部书，对于它走向经典的道路，我们却是需要加以分析的。

这是否可以说明，今天的小说创作，更应该放在世界文学的范围内进行评估，今天的文学批评，也需要放在一个更大的空间里进行？在世界各国文化交流、信息交流日益频繁的今天，任何一部作品已经不可能仅仅在自己的文化系统内产生，因为自己的那个文化系统事实上已经不属于你自己。在东西方文化充分交流的今天，我们需要发现自己的价值，但自己的价值如何认定？需要在比较中认定。这对写作者当然提出了很高的要求。按照赛义德《差异的经验》中强调的，比较文学的意义在于获取一种超越自己民族的视域，而视域就是比较文学安身立命的本体。正是比较文学研究者和批评家自身的学养，构成了这个比较视域。我们最终可能还会更加深刻地体会到，无论是对一部小说，还是对一篇批评文章，它的意义很多时候不在于它本身，而在于它与整个视域的关联方式，在于我们如何发现并阐释那个关联方式，并在文学的时空共同体内对它进行恰当的定位。

《当代作家评论》2023年第1-2期

致广奈：一个成熟的作家，会有自己的修辞

答广奈五问

广　奈：李洱老师好！《导师死了》是您发表的第一部中篇小说，小说中书写了"疗养院""教堂""墓园""澡堂"等空间，充满了死亡、忧郁的氛围。我在阅读的时候，很像在看一部哥特风格的电影，也会在脑海中想象这样的场景——"镶满白瓷片的教堂二楼的浴室""盘旋的楼梯"，以及"穹顶上被水雾腐蚀的斑驳的壁画"。小说中的教堂，完全是您虚构出来的吗？还是参考了现实中某座建筑的布局？我们在写作时，如何能够将空间呈现出电影的画面感？

李　洱：《导师死了》的故事，发生于某个特殊时刻。一

个翻译家注意到,每当提到那个时刻,我的句子会出现某种变化,似乎变得繁复,不再是具体的直陈,而是换作另一种表述。小说写的时候,市场经济时代正在来临。你知道,博尔赫斯在诗中用到过一个表述——"时间的缝隙"。时间变成了空间,时间被空间化了。处在那个特殊的年代,你的这种感受会很强烈。另一个感受则是,知识分子的私人生活与公共生活,这两个空间呈现出了差异,这种差异不仅无法消弭,而且还在加剧,简直是一日千里,日复一日,如今竟比太平洋还要大,比塔克拉玛干沙漠还要大。所以,我的小说中曾用到一个说法:任何一只鸟都飞不出它的疆域。在20世纪90年代初,我试图用小说的方式对这种状态下的知识分子的知与行、生与死做出某种描述。当然,从写作技术上说,任何一部小说,都需要把时间变成空间,否则故事难以展开。小说中的教堂,我当然去过多次,虽然我不信教,这一点也与民俗学家吴之刚教授相同。

广 奈:长篇小说《应物兄》您写了十三年,在如此漫长的时间里,您有深陷于某个人物的身份而难以解脱的时刻吗?还是始终保持了一种冷静的客观?

李 洱:竟然写了十三年,这使我本人都感到了吃惊。这当中,很多朋友都认为,我可能写不完了,我自己也会这么想。确实,时常有一种无法解脱的感觉。不过,产生这种感觉,不是因为陷入某个人物的身份,而是苦于无法实现自己对写作的期待。人到中年之后,写作者会有一种梦想,就是趁自己脑力、体力还够用,在一部小说中通过一个人的命运,来书写你对这个世界的整体性感受。在写作的过程中,我尽量保持冷静,但也时常灵魂出窍,情不能已。

广　奈:从《导师死了》到《应物兄》,在您的小说中,欲望在空间里肆意蔓延,这些知识分子所处的空间,如学校、医院等,其实与他们所表现出的欲望,有一种强烈的冲突。您是否认为,理解欲望是理解一个知识分子的途径呢?或者扩大一点说,理解一个人最根本的方式就是看他如何对待自身的欲望?

李　洱:是的,理解欲望是理解所有人的重要途径,不仅是知识分子。因为人是欲望的产物,欲望又使人类延续。但这个欲望,却不仅仅是生物学意义上的欲望。其实再细分一下,在小说中,更多的时候,与其说写的是欲望,不如说写的是愿望。欲望可以满足,愿望却不容易实现。欲望是原发的,是属己的,是排他的,是容易灌注的;愿望是次生的,是需要与他人共同分享的。当然这两者有交叉,有重叠。欲望之间有冲突,冲突在寻求和解;愿望之间有分歧,分歧在寻求弥合,但都难以遂愿。

广　奈:一直以来,我对长篇小说的写作都是望而却步的，因为觉得人生阅历没有达到一定程度，写出来的长篇小说会显得轻薄而可疑。在您看来，写作长篇小说是否真的需要"把所有菜准备好才下锅"，还是灵光闪现就开始写作，等待故事自然发生？

李　洱：里尔克说，诗歌处理的是经验问题，无关感情。这是里尔克诗学的核心观念。其实，小说尤其如此。浪漫主义运动之后，这就是个基本常识了。经验肯定与生活阅历有关，这也是很多人强调深入生活的一个理由。它很朴素，但确实有道理。不过，在我看来，深入生活固然重要，但更重要的是深入认识生活。这个"深入认识"，说白了就是意识到生活与文化、文明的关系。我越来越倾向于认为，长篇小说可能需要更多地触及文化与文明问题，作者对人物命运的呈现，也因此呈现为人物与文化、文明的冲突或者和解。至于所谓灵感，它常常是在写作过程中闪现的，所以我认为，作者在写作之前，最好不要对此有依赖。

广　奈：人们常说"唯有风格永存"，对于今天的青年写作者而言，初写的小说，往往都是模仿名家的风格。我有一个疑惑，如何在模仿中寻找到自我的风格？您在写作中又是如何确立自我的风格的呢？

李　洱：一个成熟的作家，会有自己的修辞，我们会比较笼统地称之为个人风格。它是一个综合的结果，在写作中逐步形成。它来自阅历、经验、认识，也来自你所关注的题材本身，当然还有必不可少的个人才能。更重要的问题或许是，在写作的某个阶段，一个作家是否有可能形成另一种修辞，另一种风格。最终，这个问题可以表述为，你是否能发现自己，成为自己，而后又成为另一个自己。

给广奈的一封信

广奈兄：

近好！

阅读《你说的爱与时间是什么？》，我仿佛重返20世纪80年代中期，坐在华东师大图书阅览室第n次翻阅博尔赫斯的小说。那时候，还没有几个人知道博尔赫斯。你知道，一个年轻人往往会对不可知的事物着迷。重要的是，他的那些幻想性作品，对于个人经验欠缺的年轻写作者，尤其具有激励作用。

布鲁姆的说法是对的，有别于契诃夫的写作，博尔赫斯对现代短篇小说的传统构成了挑战，而卡夫卡则是博尔赫斯的先驱。卡尔维诺呢？他隶属于卡夫卡与博尔赫斯建构起来的传统。直到今天，我对这个传统一直保持着敬意，这也正是我看到你在小说中提到贝莱尼切、欧菲米亚，便由衷地感到亲切的原因。我记得，它们都是卡尔维诺所写的"看不见的城市"。卡尔维诺对欧菲米亚商贸的描述，是为了探究一个问题，对于成为触手可及的"物"（商品），人们是否可以回想起它的来历，它如何是它，又如何不是它。这里潜藏着卡尔维诺反叛式的忧思，蕴含着对真相、真实的渴望。而贝莱尼切，则是不同的城市在不同的时间里的延续，如果你认为它是公正之城，那么你应该意识到，公正的种子里隐含着毒种，就像麦籽里混杂着稗籽。卡尔维诺认为，这样的城市将在未来永存。现在，你似乎在激情之中又带着犹疑不决，试图重新描绘这样的城市，并且试图把卡尔维诺的城市收入博尔赫斯的《沙之书》。看到你在21世纪20年代的今天，秉烛夜行，雪夜访戴，我似乎理解了你在这组作品中用到的第一个定语：遥远而寂寞。

　　精确地、过于精确地描述一个幻想之城，只是为了让它变得更加抽象，让它成为一种隐喻。人与书的相遇，则不仅是抽象、隐喻意义上的。在阅读活动中，它本来就意味着人与世界的相遇。"世界"这个词，既是时间（世）概念，也是空间（界）概念，但绝大多数人都只意识到，它指的是某个时间和某种空间。我注意到，你在小说中用到一个词：邂逅。这个说法显然是准确的。我也注意到，与安娜·卡列尼娜告别之后，你写道，没有名字的你，就是一座城市里的一粒沙。这应该是一声真实的感叹。我当然也有我的感叹：托尔斯泰笔下百转千回的人类生活，人性的、过于人性的生活，在这里只化为一句对话，一个细节。

你眼下进行的工作，或许用得上你在小说中提到的一个表述：修补词语。修补它依赖互文性，然后呈现幻想性；你用名词代替了动词，将动词中所蕴含的世俗经验束之高阁。我不知道，你对这种写作的兴趣，以及从中获得的"匿名的快感"，还会持续多久。我可以顺便提一下，我现在更感兴趣的作家，其实是契诃夫与博尔赫斯的混血，比如埃科和拉什迪。顺便再说一句，博尔赫斯身上其实也盘踞着契诃夫的幽灵，比如他的《南方》和《小径分岔的花园》。而卡尔维诺，虽然他从契诃夫走向了博尔赫斯，但他却坦率地承认，他爱契诃夫，正如他爱托尔斯泰、福楼拜和康拉德。正是这种爱，使他成了我们现在所看到的卡尔维诺。正因为如此，我相信，曾经写出过契诃夫式的《蓝格子街》的广奈，喜欢博尔赫斯和卡尔维诺的广奈，也会成为现在的广奈。

李洱
二〇二三年七月二十日

从《一千零一夜》开始

1. 《一千零一夜》,博尔赫斯认为,这是世界上最好的书名。"一千"夜就是"永远","一千零一夜"就是"比永远还要远",就是"永恒"。所以,英文里表达"永恒"用的就是"forever and a day"(永远零一天)。在写作意义上,"一千零一夜"让整体变成个体,让模糊变得具体,让整体与个体相融,让模糊与具体交织。"一千零一夜"也让每一个夜晚变成"这一个"夜晚,让每一个故事变成"这一个"故事。由此,永恒以瞬间的形式出现,无限同时意味着有限。

2. "一千零一夜",仅就题目所示而言,既是终结,也是开端,因为它意味着将进入下个"一千夜"的循环。博尔赫斯

曾著有名诗《循环之夜》:

毕达哥拉斯辛勤的门徒知道:
星辰和人世周而复始,循环不已;
命定的原子将会重组那喷薄而出的,
黄金的美神,底比斯人,古希腊广场。
在未来的时代,半人半马怪,
将要用奇蹄圆趾践踏拉庇泰人的胸膛;
当罗马化为尘埃,在发臭的迷宫,
牛头怪在漫漫长夜里奔突,咆哮不已。
每一个不眠之夜,都会毫发无爽地重现,
而写下这诗的手将从同一个子宫里再生。
铁甲的军队,要筑起深渊。

(爱丁堡的大卫·休谟说过同样的事。)

诗中出现的众多知识充溢着理趣,而义理正是诗歌的骨头;诗中也有着隐蔽的情绪,而情绪正是诗歌的血肉,其中"子宫"不仅是血肉,还要生出血肉,进入人世的循环。博尔赫斯的诗,常令我想到宋诗中最好的部分:状理则理趣浑然,状事则事情昭然,状物则物态宛然。诗中提到的众多知识当中,首句中的毕达哥拉斯和末句括号中的休谟,不可轻易略过。

3. 毕达哥拉斯最早从数学角度，列举出各种矛盾关系，包括奇数与偶数，阴与阳，一与多，善与恶，直与曲，有限与无限，等等。在《一千零一夜》中，这些矛盾关系都将得到完整呈现。"一千零一夜"，一千是偶数，偶数为阴；一千零一是奇数，奇数为阳。故事由宰相女儿山鲁佐德讲述，听者则是因戴过绿帽子而嗜杀成性的国王山鲁亚尔，以及山鲁佐德的妹妹。在成书过程中，故事虽由男性辑录，但却假托女性来讲述。女性讲述的每一个故事，都是从薄暮讲到黎明。讲述的故事和故事的讲述，就是善与恶斗争的过程，就是生与死博弈的过程……在这里，语言不仅丈量了落日到旭日的距离，也丈量了生与死的距离。"一千零一夜"，就是一千零一次阴阳相克相生，一千零一次生死相别相依。而对于大卫·休谟，我曾多次引用过他的名言：经验就是活泼的印象，它是所有思想的来源和材料。

4. 博尔赫斯很少提到"子宫"：他从女人的子宫里来，但女人的子宫却没有生出他的子嗣。因为只发生一次的事，就像没有发生过一样，所以他只是偶尔想起。而当他偶尔想起，并让它进入自己的诗行，博尔赫斯就再次回到了子宫，借由他写诗的手得以再生，并因为再生而与上一次生命共同构成了独特的节奏。此时，他的诗歌就具有独特的节奏，我可以把它看成命运的节奏。最好的小说如同最好的诗歌一样，它的节奏就是命运的节奏。此时我想起了布朗肖的名言：人的命运就是上天的节奏。

5. 甚至可以把博尔赫斯诗歌中反复出现的"迷宫"，看作是对"子宫"的模仿。那里有他的迷惘，他的虚无，还有再生的期盼，尽管再生还会再次进入迷宫，就如推巨石上山的人还会回到山下。从子宫到迷宫，即是从迷宫到子宫，生而为人仿佛就是时间的囚徒。所以博尔赫斯在自传性诗歌《盲人》中写道：

> 我是朦胧的时间的囚徒，
> 没有黎明和黄昏，只有夜晚。
> 我只能用诗歌，
> 塑造我荒凉的世界。

只有把两首诗放到一起读，才能读出"同一个子宫"和"时间的囚徒"说的就是"时间的子宫"。

6. 根据博尔赫斯的考证——这当然也是常识，《一千零一夜》就是从"时间的子宫"里诞生出来的。它产生的过程很神秘，难以详述，因为它是不同地区、不同文化背景、不同性别的人，在漫长时间里共同创作完成的一部书。每一个参与创作的人、参与整理的人，都将其个人经验带入了作品。这些纷纭复杂的个人经验，在"时间的子宫"里如切如磋、如琢如磨，然后一次次降生，然后又以不同的语言在世界各地传播，如同游子返乡，被人围观。围观者希望从游子那里听到新的故事，并从那故事中辨认出自己的形象。

7.《一千零一夜》中的第三百五十一夜，山鲁佐德讲述了一个题为《一夜成富翁》的故事。相传古时候，巴格达有位富翁，家财万贯。但时隔不久，家财耗尽，变得一贫如洗。他无可奈何，只有通过艰辛劳动才能维持生计。一天夜里，他疲惫不堪，不知不觉进入了梦乡，梦中遇见一个人对他说："你的生路在米斯尔，到那里去谋生吧！"他醒来后立即启程前往米斯尔。当他到达米斯尔时，天色已晚，便睡在一座清真寺里。清真寺旁有一个宅院。就在那天夜里，一群盗贼进了那座清真寺，由清真寺溜进那座住宅。宅主听到了动静，立即大喊大叫起来。省督带人前来抓贼，贼见有人来，慌忙逃走了。省督离开那家宅院，走进清真寺，发现了睡在那里的那个巴格达人，便将他抓走，严刑拷打。三天后省督才提审他："你打哪儿来的？""我从巴格达来。""你来米斯尔有何事啊？""我做了个梦,梦见一个人对我说:你的生计在米斯尔,到那里去谋生吧!我来到米斯尔,发现梦中人告诉我的生路竟是挨打。"省督一听,大笑不止:"你这个没有头脑的家伙!我曾做过三次梦,都梦见一个人对我说,巴格达有座房子,院内有座小花园,园中的喷水池下面埋着大笔钱财,你赶快去巴格达取吧!尽管这样,我都没到巴格达去。你竟然为了梦中见到的事,辗转奔波。要知道,那都是幻梦。你这不是自讨苦吃吗?"讲到此处,眼见东方透出了黎明的曙光,山鲁佐德戛然而止。到了第二夜,也就是第三百五十二夜,夜幕降临,山鲁佐德接着讲到:陛下,省督给了那个巴格达人几个第纳尔,并且说:"拿上这几个钱当盘缠,回家去吧!"那个巴格达人接过钱,一路辛苦跋涉,返回巴格达。原来,省督梦中的那座房舍,正是巴格达人的家宅。巴格达人回到家中,到喷水池那里一挖,果真发现那里埋着许多钱财。安拉开恩,他一下变成了腰缠万贯的富翁。世上竟有这样的巧事!讲到这里,妹妹杜雅札德说:"姐姐讲的故事多精彩、有趣、动人啊!"山鲁佐德说:"如蒙陛下许可,我讲一个更精彩、更绝妙的故事。"国王说:"讲下去!讲下去!"于是,另一个故事开始了。

8. 博尔赫斯的小说《两个人做梦的故事》几乎重写了这个故事,保罗·科埃略的《牧羊少年奇幻之旅》则进一步扩充了这个故事。借用德勒兹的概念，这三者之间既有"深邃的重复"，也有"纯粹的差异"。德勒兹说，当代小说艺术，无论是其最为抽象的反思，还是其实际操作的技术，都围绕着差异与重复旋转；无意识，语言，艺术，无论在哪个领域，重复本来的力量都得到了发现。德勒兹本人就是博尔赫斯的铁粉。博尔赫斯以给想象中的著作写评论的方式写小说，深刻地启迪了德勒兹看待哲学史的方式。德勒兹甚至通过阅读博尔赫斯来解读莱布尼茨，而莱布尼茨正是博尔赫斯喜欢的哲学家，我无数次看到他对莱布尼茨的引用。我是否可以将这种相互的引用和启发，看成是另一种重复与差异？这让我想起博尔赫斯在《永生》中的独白："在永生者之间，每一个举动（以及每一个思想）都是在遥远的过去已经发生过的举动和思想的回声，或者是将在未来屡屡重复的举动和思想的准确的预兆。经过无数面镜子的反照，事物的映像不会消失。任何事情不可能只有一次，不可能令人惋惜地转瞬即逝。"

9. 重复即是回到"时间的子宫"，然后再生一次。博尔赫斯临死前之所以执意回到瑞士，因为瑞士就是他的"时间的子宫"。博尔赫斯终其一生都是怀疑论者，都是个人主义者。他说，"个人为上，社稷次之"。但是，将"个人"与"社稷"并论，正说明后者在他心中亦占据重要位置。临近生命的终点，他因阿根廷正在民主重建与专制复辟之间摇摆而备受困扰，彷徨于无地，所以他要在"意识到自己的意识正在丧失"之前离开布宜诺斯艾利斯，到达一个多元、包容的和谐之城。这个和谐之城，对他来说就是瑞士的日内瓦。他在十四岁的时候曾随父亲来过瑞士，在这里完成了中学教育，并且在这里有了自己的初恋。博尔赫斯六十岁之前的情爱生活已是一笔烂账，在他的各种传记里出入的女人，除了性别一致，年龄、芳名、家世、学历，简直乱成了阵势。其中有个女孩的名字经常被人提起：诺拉。有资料显示，博尔赫斯正是在瑞士认识这个女孩的。当时她只有十五岁。博尔赫斯在日记中描述她："一头秀发，光泽照人；身材高挑，步履轻盈。"当诺拉出版第一部诗集的时候，博尔赫斯给她写序："（她）激情满怀，就仿佛一面在空中猎猎飘扬的旗帜。……我们倾听着她令人激动、令人心潮起伏的诗篇；我们仿佛看到，她的嗓音就像一张总能射中猎物的硬弓。"但他的父亲阻止了这段爱情。现在，他回到瑞士，就是要说明，若有来世，那么生命和爱都可以从头再来。

10. 博尔赫斯最后一部小说集中的最后一篇小说《乌尔里卡》，是博尔赫斯在《阿莱夫》之外，少有的直接描写爱情的小说。小说中有一个关键词：肉体的形象。他在小说中写道:"地老天荒的爱情在幽暗中荡漾,我第一次也是最后一次占有了乌尔里卡肉体的形象。"为什么不是"肉体",而是"肉体的形象"?在这里,与其说他把具体的肉体抽象化了,不如说他把抽象再次具体化了。这首先与博尔赫斯本人的身体状况有关。作为一个盲人,当博尔赫斯在书中写到主人公占有一个女人的时候,在博尔赫斯本人的感受中,占有的其实是他以前看到过的女人的形象,虽然书中的男主人公并不是盲人。这是作家个人经验直接融入书中人物身上的真实例证。博尔赫斯晚年接受采访时说:"现在,我认为我最好的小说是《乌尔里卡》。据我的朋友说,这是我写过的唯一的故事,其他故事都可以视为它的草稿。"他这么说,是因为这篇小说最接近他个人的真实经验。他在这篇小说的开头写道:"我的故事一定忠于事实,或者至少忠于我个人记忆所及的事实。"当他写下这句话的时候,他并不是在玩弄叙事花招。而我之所以重视这篇小说,除了这篇小说直接写到他的个人经验,还因为我把他在小说中提到的"肉体的形象"看作可以与"时间的子宫"相对应的词语,就像上联与下联。

11. "我"很想说,我是在约克市的修女院初次见到她的,那里的彩色玻璃镶嵌的长窗气象万千,连反对圣像崇拜的人都极力保护它。这句话与小说的故事没有直接关系,惜墨如金的博尔赫斯为何要这么写？这是为了说明，男女之爱，可以超越意识形态的限制，就像美可以穿越意识形态。小说接下来写到，但事实上，"我"是在城外的北方旅馆的小餐厅里认识她的。当时她背对着我，有人端给她一杯酒，但她谢绝了。"我拥护女权运动，"她说，"我不想模仿男人。男人的烟酒叫我讨厌。"她想用这句话表现自己的尖锐，"我"猜她绝不是第一次这么说。后来"我"明白她并不是那样的人，不过我们也都并非永远言如其人的。她说她去参观博物馆时已经过了开放的时间，但馆里的人听说她是挪威人，还是放她进去了。在座有一个人说："约克市并不是第一次有挪威人。""一点不错，"她说，"英格兰本来是我们的，后来丧失了。如果说人们能有什么而又能丧失的话。"这时候，"我"才注意打量她。威廉·布莱克有一句诗谈到婉顺如银、火灼如金的少女，但是乌尔里卡却是婉顺的金。她身材高挑轻盈，眼珠浅灰色。需要稍加留意：此处对乌尔里卡的描述，与他早年在日记中对诺拉的描述是相同的：身材高挑轻盈。有人给"我们"做了介绍，"我"告诉乌尔里卡，自己是大学教授，哥伦比亚人。"哥伦比亚人是什么意思？""我不知道。那是文件证明之类的问题。"在这里，他们既表明了自己的种族，自己的文化背景，同时又说明，那其实没有意义：眼下，我们是超越了种族和文化背景的男人和女人。第二天早上，"我们"在餐厅里再次相遇。夜里刚下过雪,窗外白茫茫一片,荒山野岭全给覆盖了。餐厅里没有别人。乌尔里卡招呼"我"和她同桌坐下。她说她喜欢一个人出去散步,接下来小说描写了"我们"散步的情景。"我"说"我"听到了狼叫。女人说,英国已经没有狼了。英国当然还有狼,那么女人这么说是什么意思?这是说在英国这个高度工业化的国家,那种大自然本身的美,那种天然的人性、兽性,已经大为减弱。然后,女人提到了英国散文家德·昆西。我们知道,德·昆西有一篇著名的散文《流沙》:"悦耳的丧钟声,从不知多远的地方飘来,为那些黎明前去世的人哀唱。它唤醒了睡在舟中的我,舟正停泊在熟悉的岸旁。"这个德·昆西在十七岁的时候爱上了一个女孩安娜——与博尔赫斯爱上诺拉的年龄相仿。安娜虽是妓女,却曾倾囊救助醉死的德·昆西,地点是在牛津街。此后很多年,每当德·昆西拜访伦敦,都会来牛津街寻找安娜,他相信只要他看到安娜,一定能够把她从无数女人的面孔中分辨出来,但他再也没有见到过安娜。现在请注意这个女孩的年龄,十五岁,这也是诺拉遇到博尔赫斯时的年龄。散步的时候,乌尔里卡说:"德·昆西在牛津街的茫茫人海里寻找他的安娜,我将在伦敦重循他的脚步。"乌尔里卡下午要去伦敦,"我们"的行程是错开的,因为下午"我"将去爱丁堡。但"我"是怎么回答呢?我说:"德·昆西停止了寻找,我却无休无止,寻找到如今。"乌尔里卡说:"也许你已经找到了。"这句话的意思当然是说，我就是你的安娜。所以，博尔赫斯很自然地写道："我知道有一件意想不到的事对我来说并不受到禁止，我便吻了她的唇和眼睛。她温柔而坚定地推开我，然后干脆地说：'到了客栈我就一切听你的。现在我请求你别碰我。'"在客栈里，小说写道："我"到了楼上，发现墙上有深红色的壁纸，上面有水果和禽鸟交织的图案。乌尔里卡先进了房间。房间幽暗低矮，屋顶是尖塔形的，向两边倾斜。期待中的床反映在一面模糊的镜子里，边缘抛光的桃花心木使"我"想起《圣经》里的镜子。乌尔里卡已经脱掉衣服。"我"觉得外面的雪下得更大了。家具和镜子都不复存在。然后，"肉体的形象"这个词出现了："时间像沙漏里的沙粒一样流逝。地老天荒的爱情在幽暗中荡漾。我第一次也是最后一次占有了乌尔里卡肉体的形象。"

12. 仿佛是要完成一个使命，他们不约而同地出现在一个地方，向对方交出了灵与肉；仿佛是要完成一个仪式，他们为了告别而相聚，为了分手而相爱。这个使命和仪式，就是人类最为错综复杂，但仿佛每个人都在经历的故事。所以，它是地老天荒的，它一直在黑暗中运行，在黑暗中荡漾。它已被无数人写过，现在它被博尔赫斯以近乎寓言的形式重新写过。需要进一步追问的是，这个"肉体的形象"，是乌尔里卡的形象吗？不，它是博尔赫斯所有梦想中的女人的形象，是由一系列的诺拉生发出来的。这个从"时间的子宫"里生发出来的形象，被博尔赫斯命名为乌尔里卡。所以，乌尔里卡不是肉体，是肉体的形象，是经验的形象。

13. 再回到《一千零一夜》的故事。与山鲁佐德讲述的别的故事一样，这个故事深深地吸引了国王，他竟然忘记把山鲁佐德杀了。于是，一千零一夜之后，山鲁佐德终于得救了，山鲁亚尔也重新成为一个受人爱戴的国王，而且与山鲁佐德相亲相爱。讲故事的山鲁佐德，不仅让自己得救，也拯救了国王，因为她使他恢复了人性。她也兑现自己的诺言，使举国的女子免遭屠戮。在这里，故事本身的教化功能得到强调，语言介入现实政治与公共生活的能力得到强调。不过，当我写下这些句子的时候，截止到2023年10月30日，本次巴以冲突中，巴勒斯坦已经死去八千五百二十五人，以色列已死去一千四百零五人。而且这个数字每分钟都在被炮弹改写。不同国家，不同地区的人，每天都打着算盘，统计着死伤的人数。算盘打得太响了，此时你坐在写字台前都能听到。那些死去的人，那些打算盘的人，本该在月圆之夜坐在一起再次讲述和倾听《一千零一夜》的故事。他们以前肯定听过这些故事，他们是没有听懂，还是觉得那只是童话故事？

莫非山鲁佐德未能转世,只有山鲁亚尔传世至今?由于未被"佐德",山鲁亚尔才愈加残暴?

14. 正如我已经提到的,博尔赫斯的《两个人做梦的故事》与山鲁佐德在第三百五十一夜讲述的《一夜成富翁》几乎一样。按照现在的学术规范,它甚至无法排除抄袭的嫌疑。但是,如果仔细辨别,你可以发现博尔赫斯对原来的故事进行了大幅度的改写,使它从一个传说变成了现代小说。小说开头的第一句话,就是原文没有的,但这句话非常重要:"这个故事是阿拉伯历史学家阿里·伊夏吉在哈里发阿里·马姆恩(公元786—833年)在位的时候讲的。"博尔赫斯说得跟真的似的。人物、人物身份都非常具体,时间则是既具体又模糊。这倒应了《红楼梦》中的那句话,假作真时真亦假。反过来说,就是真作假时假亦真。小说的第二句话是:"有些值得信任的人曾经在文字记载中说(但是只有安拉是全知全能全爱而且不睡觉的)……"这是再次引用,再次证明这个故事曾经进入过历史,曾经有文字记载。记载的是:从前在开罗有一个人,拥有巨额财富,然而出手很松,生活放荡,以致家产荡尽,只剩下父亲遗留下的房子。过了不久,他不得不靠劳作谋生。他干活那么辛苦,有一天晚上不免在自己的花园里的一株无花果树下睡着了,做起梦来。梦中有一个人来拜访他,那人浑身湿透,从嘴里拿出一枚金币,对他说:"您的财富在波斯,在伊斯法罕,到那里去寻找吧。"与《一千零一夜》相比,这个人的出发地从巴格达改成了开罗,目的地从米斯尔改成了伊斯法罕。第二天一早,这个人醒来就出发了。他长途跋涉,遇到了沙漠、海洋、盗匪、偶像崇拜者,遇到了河川、野兽以及人类的种种危险,终于到达了伊斯法罕。但是一进城门,天就黑了下来。他走进了一座清真寺,在院子里躺下来睡觉。清真寺有一座房子。由于全知全能的安拉的安排,有一帮盗匪进了清真寺,然后从这里闯进隔壁的房子。盗匪的声音惊动了房子的主人,醒过来的主人大声呼救,巡逻队队长率领官兵来到,把盗匪吓得爬上屋顶逃之夭夭。随后队长命令在清真寺搜查,发现了这个从开罗来的人,用竹鞭将他揍了一顿。两天后,他在监狱里苏醒过来,队长把他叫过去问话:"你是谁,从哪里来的?"他说:"我是从知名的城市开罗来,我名叫穆罕穆德·阿里·马格里比。"队长问:"你为什么到伊斯法罕来?"这个人想,还不如说实话的好,就说:"我是被梦中的一个人所指引,到伊斯法罕来的,他说我的财富在这里等着我。可是等我到了伊斯法罕,他所说的财富原来就是你那么慷慨地赏赐给我的一顿鞭子。"队长听了,禁不住哈哈大笑,笑得嘴里的白齿都露了出来:"你这个人啊,真是蠢透了,是毛驴和魔鬼生的吧?我呢,接连三次梦见开罗的一座房子,它的庭院里有一个花园,花园往下斜的一头有一座日晷，走过日晷有一株无花果树，走过无花果树有一个喷泉，喷泉底下埋着一大堆钱。可是我从来没有去理会这些荒诞的梦兆。你呢，你这个毛驴和魔鬼养的家伙，竟然相信一个梦，走了这么多路，不准你再在伊斯法罕露面了。把这几个小钱拿去，滚吧！"这个人拿上了钱，走上了回家的旅程。他在他的花园（就是队长梦见的那个花园）的喷泉下面挖出了一大笔财宝，安拉就是这样大量地赐福给他，报偿了他，抬举了他。安拉是慈悲为怀的，安拉是无所不在的。

15. 博尔赫斯都做了哪些改动，使原来的故事变成了博尔赫斯的小说？题目变了，从《一梦成富翁》变成了《两个人做梦的故事》（又译为《双梦记》）。前者强调的是致富的偶然性，后者的主题显然不是写如何致富的，而是如何看待梦，如何看待梦与现实的关系。主人公显然比队长更相信梦，他不仅相信自己的梦，而且相信队长因为他讲述的梦而顺口说出来的梦，但队长编造出来的梦却无比接近事实。显然，对博尔赫斯来说，梦即现实。在博尔赫斯的小说中，主人公拥有了自己的名字穆罕默德·阿里·马格里比，仿佛历史上实有其人。小说中故事发生的地点也改了，巴格达改成了开罗，米斯尔变成了波斯的伊斯法罕。为何要将巴格达改成开罗？这是因为在博尔赫斯笔下，开罗从来不是一座普通的城市。他在《阿莱夫》中这样描述开罗的清真寺:"去开罗清真寺礼拜的信徒们清楚地知道,宇宙就在它中央大院周围许多石柱之一的内部……把耳朵贴在柱子上的人不久就宣称听到宇宙繁忙的声响……清真寺建于七世纪,但石柱早在伊斯兰教创始之前就从其他寺院迁来了。"如果让我现在改写这篇小说,我将毫不犹豫把这段文字放进去,因为这段文字足以表明,这个清真寺和这里的石柱,事实上逸出了宗教的范畴,而成为宇宙的中心。至于将米斯尔改为伊斯法罕,则是因为伊斯法罕更有真实的历史感和现实感:它是古波斯的首都,是古丝绸之路上的要地,今天依然是伊朗的著名城市。主人公寻梦的过程变得更加具体了。原来只是说,"他醒来之后,立即启程前往米斯尔。当他到达米斯尔时,天色已晚,便睡在一座清真寺里"。现在却写得非常具体:"他长途跋涉,遇到了沙漠、海洋、盗匪、偶像崇拜者、河川、野兽,以及人类的种种危险。"这里罗列的种种危险,就是人类可能遇到的艰难险阻。小说的结尾变了,《一梦成富翁》里说,主人公一下成了腰缠万贯的富翁。世上竟有这样的巧事?而博尔赫斯,则弱化了这个巧合,而突出这是安拉的意志,是人的命运。一个两千字左右的故事出现这么多的改写,我们当然有理由说这是博尔赫斯的故事。正是因为这些改写,我们可以认定,它不再是传说,而是一篇现代小说。

16. 现在要问的是，博尔赫斯为什么要改写这个故事，《一千零一夜》的众多故事中，博尔赫斯为何选择重写这个故事？这涉及当代写作要处理的一系列问题。博尔赫斯很喜欢柯勒律治，柯勒律治有一句名言："如果一个人在睡梦中穿越天堂，别人给了他一朵花作为他到过那里的证明，而他醒来时发现那花在他手中……那么，会怎么样呢？"现在，我们可以认为，这个人往返开罗与伊斯法罕之间所经历的一切苦难，都是他到过天堂的证明。如何处理梦与现实的交织，这是卡夫卡以来很多小说家要处理的问题。所以，哈罗德·布鲁姆认为，博尔赫斯的写作应该放在卡夫卡开创的小说谱系中去考察，这是一个有别于契诃夫式写作的小说谱系。这个谱系的作家写的是什么呢？用美国诗人玛丽安·摩尔的诗来说，他们写的是"在想象的花园里，有一只真实的蟾蜍"。

17. 当代小说必然涉及自我与他者的关系问题。必须与他者发生关系，自我才能够成立。自我与他者，有如梦境与现实、男人与女人、贫穷与富裕，它们互为镜像、互有所寄，因双向同构而成为整体，又因互相发明而完成自己。关于自我与他者的关系，我几乎可以说，这是所有小说的主题。即便是写内心独白小说，它也要处理自我与他者的关系。我们可以发现，博尔赫斯小说里，大量地写到镜子。按照心理学家的说法，人是在两岁左右，开始照镜子的。当我们照镜子的时候，你已经进入一个塑造自我的过程。你会按照社会约定俗成的方式，来整理自己的容貌、发型、衣饰。你会想到某个明星——我要跟她一样；你会想到某个你讨厌的人——我千万别跟他一样。博尔赫斯关于镜子、梦的描述，令人想到法国的拉康。他们两个人相差两岁，博尔赫斯出生于1899年，比拉康大两岁。他们共同经历了20世纪的大部分岁月，但这两个人从未谋面。他们都对弗洛伊德的学说很熟悉，同时又都反对弗洛伊德。但正如布鲁姆所说，这是"影响的焦虑"。每一代作家，都在这种"影响的焦虑"中确立自己的身份。博尔赫斯在《镜子》一诗中写道：

> 不倦的镜子啊，你为什么那么执着？
> 神秘的兄弟啊，你为什么要重复
> 我的手的每一个细微的动作？
> 你为什么会成为黑暗中突显的光幅？
> 你就是希腊人所说的另一个自我，
> 你时时刻刻都在暗中窥探监视。
> 你透过飘忽的水面和坚硬的玻璃，
> 将我跟踪，尽管我已经成了瞎子。
> 我看不见你，但却知道你的存在，

> 这事实本身使你变得更加可怖。
> 你是敢于倍增代表我们的自身,
> 和我们命运之物的数目的魔物。
> 在我死去之后,你会将另一个人复制,
> 随后是一个,又一个,又一个。

根据拉康的说法,意识的确立发生在婴儿的前语言期的一个神秘瞬间,此即为"镜像阶段",之后才进入弗洛伊德所说的俄狄浦斯阶段,儿童的自我和他完整的自我意识由此开始出现。其对镜像阶段的思考基本上是建立在生理事实上的。当一个6~18个月的婴儿在镜中认出自己的影像时,他尚不能控制自己的身体动作,还需要旁人的关照与扶持。然而,他却能够认出自己在镜中的影像,意识到自己身体的完整性。但这个完整性,是个"肉体的形象"。只有当他意识到社会的权力结构、文化结构以后,他的意识才会进入精神层面。他愿意让自己成为理想中的人,那个理想中的人是社会认可的,有着积极评价的人。这个时候,我们会发现,自我已经镶嵌在他者之中,他者也是自我。

18. 本雅明认为,卡夫卡的故事是个椭圆,两个焦点遥遥相对。其中一个焦点是神秘主义经验,这种经验首先是对传统的经验；另一个焦点是现代大都市人的经验。我们也可以解释说，一个经验是公共经验，一个经验是个人经验。或者说，一个是他者，一个是自我。为了说明白这一点，本雅明特意提到卡夫卡讲过的一个故事，这个故事与我们前面讲述的故事有着奇妙的呼应：在一个信仰犹太神秘宗的村庄，在安息日的夜晚，犹太人聚在一家破陋的客栈。他们都是本地人，只有一个无人知晓、贫穷、衣衫褴褛的人蹲在房间的暗角上。客人海阔天空地闲聊，随后有人建议每人都表白一个愿望，假定能如愿以偿。一人说他想要钱，另一个说他想有个女婿，第三个人梦想有张新打的椅子。只剩下暗角里的乞丐没有说话。在众人的催促下，他终于说道："我愿意是一个强权的国王，统治着一个大国。一天夜里，我在宫殿熟睡时，一个仇敌侵犯我的国家。凌晨，他的马队闯进我的城堡，如入无人之境。我从睡梦中惊起，连衣服都来不及穿，身披衬衣就逃走了。我翻山越岭，穿林过溪，日夜跋涉，最后安全到达这里，坐在这个角落的凳子上，这就是我的愿望。"座中人面面相觑，不知所以。"那这对你有什么好处呢？"有人问。"我会有一件衬衫。"他答道。我们发现这个故事似乎是告诉我们，他很穷，穷人最大的想象就是当了国王就可以拥有衬衫。但是，我们还可以做另外的理解。比如，可以理解为我们现在的生活，便是我们梦想的产物，至少其中已经包含着我们的想象。还可以做另外的理解，就是我们每个人现在的生活，都同时包含着穷困与富贵，卑微与显赫，同时包含着自我与他者。而最重要的是，博尔赫斯和卡夫卡是要告诉我们，我们每个人的内心都有一个院子，院子里有日晷，有陶罐，有一株无花果树。无花果树下有财宝。那个财宝就是你的经历，就是你的梦，就是你的衬衫，就是你的想象，你的才华。它们有一个共同名字：经验。

19. 保罗·科埃略是博尔赫斯的忠实读者，忠实到他不仅模仿博尔赫斯写下了另一部《阿莱夫》，还根据博尔赫斯对《一千零一夜》的改写，写下了《牧羊少年奇幻之旅》。该书出版于1988年，随后风靡全球，被译为七十多种语言，畅销一百七十多个国家，荣获三十三项国际奖，全球销量超过七千万册。有资料显示，它现在出版的语种之多已经超过《圣经》，作者也被联合国任命为和平大使。不过，这个作者少年时期非常顽劣，父母把他送进过精神病院。在那里，他曾多次逃跑，又被抓回来，直到二十岁才离开精神病院。但很快又成为嬉皮士和瘾君子。等他把不该干的坏事全做完了，他终于坐下来开始写作。《牧羊少年奇幻之旅》这本书，可以看作他自己的精神自传。但是，书中的故事与他本人的故事相比，看上去却是相反的。

20. 故事的主人公是圣地亚哥，一个普通的西班牙少年，在神学院一直待到十六岁，他的父母希望他成为一个神甫，但他自己的梦想却是要去见识外面的世界。这个少年，诚恳，善良，聪明——这完全是作家本人的反面。一天下午，他鼓起勇气告诉父亲，自己不想当神甫，只想云游四方。父亲劝他留在家里，但是没用。十六岁的少年，怎么会听父母的话呢？比如，在我儿子眼里，我的话基本都是错的。父亲说，你想云游四方？那除非你去当牧羊人。少年说，好，我就去当牧羊人，父亲给了他一点钱，买了几只羊给他，他就带着自己的羊群，逐水草而居，见到了很多人，交到了不同的朋友，其中不乏狐朋狗友。一天，圣地亚哥赶着羊群，到了一个教堂，颓败的废弃的教堂。里面有一株无花果树。当时天色已晚，他和羊群就睡下了，然后做了一个梦，梦里有个男孩带他去了埃及金字塔，告诉他在金字塔旁边某个地方埋藏着大量的宝藏。第二天醒来后，圣地亚哥找到了一个会解梦的老妇人，将自己梦中所见告诉了她，老妇人说这次解梦不收钱，但若他找到了宝藏，要将其中的十分之一当作报酬送给她，圣地亚哥发誓自己会这样做。老妇人告诉圣地亚哥，梦中那个男孩的话是真的，只要他到了金字塔就能找到宝藏。圣地亚哥问，如何才能到达金字塔？老妇人说自己也不知道，她会解梦但不会将梦变成现实，圣地亚哥带着失望走了。在公园里，圣地亚哥品尝着刚买的葡萄酒，随手翻阅着一本刚淘来的书籍，一个老人过来搭讪，但他并不想理会这个老人。但是老人竟然向他讲起他正在看的这本书。老人说，你看的这本书，揭示了世界上最大的谎言。圣地亚哥问，什么谎言？还是世界上最大的谎言？老人回答："在人生的某个时候，我们失去了对自己生活的掌控，命运主宰了我们的人生。这就是世上最大的谎言。"圣地亚哥说，这事跟我没关系，因为我的命运是我掌控的，我想放羊就放羊。老人说，那是因为你喜欢云游四方。圣地亚哥觉得，这个老人似乎知道他的心思。后来，圣地亚哥去了非洲，遇到一个少年。这个少年说自己可以带他去金字塔，但需要买骆驼。这个少年其实是个骗子，把他的钱都骗走了。他就到一个水果店打工，想攒钱当盘缠，再去金字塔。他还真的攒了不少钱。后来他遇到一个炼金术士和一个少女。他爱上了这位少女。炼金术士告诉他，他的使命是穿越沙漠，寻到宝藏，不要贪图爱情和享受。他继续前行。他一路上遇到过盗贼，遇到过狂风，也遇到过崇拜者，也遇到过好心人。在好心人的帮助下，他终于到了金字塔。然后，他就开始挖宝藏。盗贼出现了，拿走了他手中的金子，是那个炼金术士给他的金子。盗贼一边打他，一边问他到此地干什么。他感到自己快死了，他想到，在死亡面前，钱财又算得了什么呢？于是他就说了实话，说自己曾经做过一个梦，梦中这个地方有金子。这句话惹得盗贼们哈哈大笑。领头的人对圣地亚哥说，他也做过一个梦，在去往西班牙的田野上，有一个破败的教堂，其中一间屋子里长着无花果树，而树下就埋着大量的宝藏。领头的人说，我才没那么傻，不会为了一个梦漂泊千里。这几个人走了以后，圣地亚哥松了一口气，他终于知道此行的意义了，于是回到那个破败的教堂，在无花果树下挖出了大量的宝藏，并遵守承诺给了老妇人十分之一，然后又回到沙漠找那个等待他的少女。如果说博尔赫斯的改写，突出了路途的艰辛，那么这个小说则是把路途的艰辛放大到极致，它们填充了这部小说，使它变成了一部长篇小说。

21. 2002年，保罗·科埃略曾访问中国。接受媒体访问时，他谈到了他与文学传统之间的关系。他认为自己不关心传统，他只与个别的作家发生关系，接受个别作家的影响："博尔赫斯帮助我理解了人类的象征性语言，亚马多使我理解了巴西人的灵魂，亨利·米勒使我理解了写作必须是自发的，威廉·布莱克让我看到了写作的充满想象的一面。"对于别人质疑他的作品如此畅销，是否影响他在巴西乃至拉美文学史上的地位，他更坦言说，他的写作更看重的是小说的读者，因为读者比知识分子更有眼力。他认为自己是一个严肃作家："这个严肃的意义是说我对自己的工作非常精心。我不认为写得晦涩让人读不懂就是严肃作家。我做的是让自己的想法与更多的人共享,越多越好。我不希望把作家分成严肃作家和不严肃作家。"这个访谈有着明显的矛盾,比如一方面说自己是严肃作家,一方面又不赞成把作家分成严肃与不严肃的派别。可见即使是这位享誉全球的畅销书作家,心里也是纠结的。那么,如果你要问我,他是不是一流作家?我的看法是,与博尔赫斯相比,他毫无疑问是二流的:博尔赫斯对《一千零一夜》的改写,具有方法论的意义,而保罗·科埃略的改写,只是扩充了情节,填充了细节而已。尽管如此,他的写作仍然告诉我们,写作就是将个人经验与文学传统紧密地联系起来,即便是通俗写作也是如此;他虽然认为自己不关心传统,但他却自觉地将自己置身于传统的核心。正如博尔赫斯告诉我们的,每个人的经历都是宝藏,科埃略的写作正是对自己的宝藏进行了巧妙的开发和利用。当他就任联合国和平大使的时候,他是否意识到,山鲁佐德正是和平大使的先驱?

22. 在《尤利西斯》中,乔伊斯曾经写过一段独白:"每一个生命,都是许多日子组成的,一日又一日。我们通过自身往前走,一路遇到强盗、鬼魂、巨人、老人、年轻人,媳妇、寡妇,慈爱兄弟。但永远都会遇到的是我们自己。"在《尤利西斯》的另一处,乔伊斯又写道:"一天天把我们自己的身体拆散又编织起来，让它们的分子来往穿梭，艺术家也同样编织又拆散他的形象。尽管我的身体已经由新的材料一遍遍重新编织过，我出生时右乳上的那个黑痣依然在老地方，同样，通过那位不安的父亲的阴魂，没有成活的儿子的形象却显现出来。在想象力强烈凝聚的瞬间，心灵，雪莱说，成了即将烧尽的煤，过去的我成了现在的我，同时也可能成了将要形成的我。所以，在未来，即过去的姊妹，我可能看到现在坐在这里的我，但反映的却是未来的我。"乔伊斯这段独白的灵感，来自他的妻子。他的妻子名叫诺拉，与博尔赫斯的初恋女友是一个名字。

23. 最后，引用 T. S. 艾略特的诗《为了到达那儿》作为这篇文章的结尾：

> 到达你所在的地方，
> 从一个你不在的地方启程，
> 你必须踏上那永远无法出离自身的旅途。
> 为了通达你尚且未知的路，
> 你必须经历一条无知的路；
> 为了得到你无法占有的物，
> 你必须经由那被剥夺的路；

为了成为你所不是的那个人，

你必须经由一条不为你所是的路。

而你不知道的正是你唯一知道的，

你所拥有的正是你并不拥有的，

你所在的地方正是你所不在的地方。

  某种意义上，这首诗既可看成对《一千零一夜》《两个人做梦的故事》《牧羊少年奇幻之旅》的解释，也可看成对上面的三个故事的反写。在我看来，这个反写完全可以成立，可以与上面的三个故事构成对话关系。

《当代文坛》2024年第1期

图书在版编目 (CIP) 数据

超低空飞行：同时代人的写作 / 李洱著. — 北京：北京十月文艺出版社，2025. 2. — ISBN 978-7-5302-2432-8

Ⅰ. I206.7-53

中国国家版本馆CIP数据核字第2024PV1686号

超低空飞行
同时代人的写作
CHAO DIKONG FEIXING
李洱　著

出　　版	北京出版集团
	北京十月文艺出版社
地　　址	北京北三环中路6号
邮　　编	100120
网　　址	www.bph.com.cn
发　　行	新经典发行有限公司
	电话 010-68423599
经　　销	新华书店
印　　刷	北京盛通印刷股份有限公司
版　　次	2025年2月第1版
印　　次	2025年2月第1次印刷
开　　本	880毫米×1230毫米 1/32
印　　张	11.25
字　　数	205千字
书　　号	ISBN 978-7-5302-2432-8
定　　价	55.00元

如有印装质量问题，由本社负责调换
质量监督电话　010-58572393

版权所有，未经书面许可，不得转载、复制、翻印，违者必究。